Unkorrigiertes Leseexemplar

Über Ihre Meinung freuen wir uns sehr.

Bitte schreiben Sie an:
vertrieb@kampaverlag.ch

Wir danken Ihnen im Voraus für Ihre Zustimmung
zu einer Veröffentlichung.

Bitte beachten Sie die Sperrfrist für Rezensionen bis zum 3. September 2019.

PRESSE DEUTSCHLAND
Politycki & Partner
Tel.: +49 - 40 - 43 09 315 14
E-Mail: stefanie.stein@politycki-partner.de

PRESSE ÖSTERREI
Presse
Tel.: +41 -
E-Mail: press

Sonja M. Schultz

Hundesohn

Roman

Kampa

Für den Blick hinter die Verlagskulissen:
www.kampaverlag.ch/newsletter

Lektorat: Ulrike Ostermeyer, Berlin
Originalausgabe

www.kampaverlag.ch
Satz: Tristan Walkhoefer, Leipzig
Gesetzt aus der Stempel Garamond LT
Druck und Bindung: CPI books GmbH, Leck
Auch als E-Book erhältlich
ISBN 978 3 311 10013 3

Für Cornelia

I

Miss Stetson brannte lichterloh. Hawk stand viel zu nah am Feuer. Er hielt die Hände hoch wie zum Boxkampf, die Muskeln pumpten ins Leere, die Hitze fraß seine Augenbrauen. Sein Gesicht war eine geballte Faust, die Unterlippe zwischen die Zähne geklemmt, seine Augen zu Schlitzen gezogen. Die Haut war kurz davor zu reißen, so sehr spannte sie über den glühenden Fingerknöcheln, bald kam das Rote durch und dann die weißen Knochen. Ihm stach der Geruch von versengtem Haar in die Nase, doch sein Gehirn schaltete nicht, dass es sein eigenes war.

Jemand musste sie mit Benzin übergossen haben, während er in seiner Ecke am Tresen saß, dieses mickrig kleine Bier vor sich. Jemand hatte sie schön gleichmäßig vollgespritzt und aus ihr eine Fackel gemacht, deren Flackern ihm die Netzhaut zersäbelte.

Das Feuer schlug in den Nachthimmel.

»Weg da!«, rief einer der Säufer von hinten.

»Hau ab, Mann!«

Hawk tat keinen Schritt, er ließ den Vulkan nicht aus den Augen, der vorhin noch Miss Stetson gewesen war, jetzt Flammen nach oben spuckte und eine tiefschwarze Pest von Rauch hinterher, das war doch nicht normal.

Das konnte nicht sein.

Es machte einen Knall, der erste Reifen platzte. Miss Stetson ging aufs Knie und sackte schräg nach vorn.

Ein gelbes Meer überloderte ihren roten Lack, der ohrenbetäubende Blasen schlug und zu Fetzen ohne Farbe zersprang, dann fiel ein Pistolenschuss. Die Frontscheibe rieselte in die Nacht wie eine Silvesterrakete, tausend kleine Sterne, Hawk wurde der Schädel zu eng.

»Weg hier! Der Tank explodiert!«

Der Typ packte Hawk an der Schulter, aus Hawks Kehle kam ein angebranntes Knurren, Autos explodieren nur in Filmen.

Pures Gift waberte auf die Gaffer zu, die sich auf dem Schotter am Hinterausgang versammelt hatten. Die Menge stöhnte, als zwei Reifen hintereinander explodierten, heißes Gummi landete auf Hawks Hosenbein, biss sich blitzschnell durch den Stoff und in sein Fleisch, er prügelte mit der Hand drauf ein, ohne zu begreifen, was vor sich ging, das Zeug klebte an seinen Fingern fest und schmorte sich unter die Haut.

Miss Stetson ging komplett zu Boden, nie wieder würde sie hochkommen, und jetzt sprengte sie mit einer Serie gezielter Schüsse alles, was sie noch hatte, ihre Scheinwerfer riss sie zu Löchern, und Flammen schlugen raus, ein Regen aus Glas flog den Säufern um die Ohren und sprenkelte ihnen die unrasierten Visagen. Dann ging die Hupe los, ein langgezogener Schrei.

Hawk schnappte nach Luft, weil jemand sein Bein zerschossen hatte, genauso fühlte sich das an, weil sein

Mund voll Rauch war und er nur noch Qualm in die Lungen röchelte, weil er glaubte zu sehen, wie der Hut auf dem Armaturenbrett, der graue Stetson, sich in einen Vogelschwarm aus Asche verwandelte, abhob und alles mit sich nahm, was natürlich Quatsch war, weil es im Inneren des Wagens nichts mehr gab außer Feuerrausch, Atomexplosion und ein letztes sich aufbäumendes Hupen wie beim Untergang der Titanic.

Wieder schüttelte ihn einer und schrie.

»Willst du verrecken?«

Mit dem nächsten Hitzeschwall wirbelte Hawk herum, und er schlug dem Typen dorthin, wo das Gesicht sein musste, und noch mal und noch mal, bis Hawk seine aufgequollene Zunge im Hals stecken blieb, er in den Schotter fiel und den anderen am Kragen mitriss.

Wieder jaulten die Leute auf, hier war ganz schön was geboten, wer hätte das gedacht, und das an einem Freitagabend, von dem sich niemand mehr versprochen hatte als eine zugeknallte Birne in der lauen Sommernacht, zum Versinken weich wie ein Federbett. Hawk und der Typ wälzten sich vor der verlodernden Karosserie, bald nur noch ein weißes Gerippe, sie krallten sich ineinander und grunzten, versuchten mit den Fäusten irgendwas zu treffen, Hawk haute gegen die Ohnmacht an, und sein Herz pulsierte in zehnfacher Größe gegen seine Rippen.

Dann klatschte was Weiches in sein Gesicht, es wurde dunkel und nass. Der Lappen blieb kurz kleben, kühl und komplett aus dem Zusammenhang gerissen. Hinter Hawks Stirn rückte etwas gerade – sie hatten Miss

Stetson angezündet, unter seiner Nase angezündet –, dann platschte ihm der Lumpen in den Schoß. Er nahm den anderen Typen gar nicht wahr, würde den im Leben nie wiedererkennen, der sich jetzt hochrappelte, Hawk einen Tritt verpasste und davonfluchte.

»Ende der Vorstellung«, sagte der Wirt, der den Putzeimer über ihnen ausgegossen hatte.

Von Miss Stetson kam kein Ton mehr. Nur noch das Rascheln der Flammen und das leise Wabern der pechschwarzen Wolke, die der Nacht mal zeigte, was wirklich Nacht ist, eine lachende Botschaft aus der Hölle.

Mit ihrem penetranten Fiepen arbeiteten sich die Sirenen aus der Ferne ins Bewusstsein der heißgeschwitzten Menge auf dem Parkplatz vor. Ganz schön viele Sirenen für so eine Gegend. Jemand holte sich ein frisches Bier.

Verdammt, dachte Hawk, verflucht – und stützte sich auf die Knie, um hochzukommen. Die Pranke des Wirts stieß ihn zurück in den Dreck.

»Mach deinen Ärger woanders. Hier is Hausverbot.«

2

H … A … W …«
Der Bulle tippte nur mit einem Finger, nicht auszuhalten. Der Finger fuhr in der Luft hin und her, bis er über der richtigen Taste hing, dann rammte der Bulle ihn runter. Er schnaufte und schickte den Finger wieder auf Pendeltour.

»… K«

Ein Elend.

»So heißt doch keiner.«

»Ich schon.«

»Und woher kriegt man so einen Namen?«

»Mädchenname der Mutter.«

»Soso«, sagte der Bulle. »Mädchenname.«

»Was dagegen?«

Hawks Stimme war zerkratzt. Fühlte sich an, als hätte er Knochensplitter im Hals.

Im Polizeiwagen hatten sie die Fenster runtergekurbelt, weil Hawk so nach Fleischräucherei stank. Er verrenkte den Hals beim letzten Blick auf Miss Stetson, die Löschfahrzeuge kreisten sie ein, weißer Schaum ertränkte den Schrotthaufen, der sein Auto gewesen war. Dann hatte ihm jemand einen Promillefänger vors Gesicht gehalten, Alkomat hieß das neuerdings, »schön blasen«, sagte der Typ, was lächerlich war bei dem bisschen Bier, und worum ging es hier eigentlich, aber er hatte sich das Ding in den Mund gehängt, und dann musste er kotzen.

Der Bulle sah ihn an. Sein Polizeihemd war voller Flecken. Was zum Wechseln hatten die wohl nicht im Schrank, oder dem Typen war's komplett egal, wem will der hier schon was vormachen. Uniform hatte Hawk schon immer affig gefunden, da kann man ja nur drüber kotzen. Aber der Bulle hatte Glück gehabt, das meiste von dem Zeug war auf der Rückbank gelandet.

»Ihren Führerschein haben Sie auch nicht? Das würde die Sache erleichtern.«

»War im Auto.«

»Geldkarte, Visitenkarte, irgendwas?«

»Verbrannt.«

Hawks Stimmbänder hatten in Säure gebadet.

»Leseausweis von der Bibliothek?«

Das Mädchen auf der Bank kicherte. Sie hatte da schon gesessen, als Hawk von den grünen Knechten reingeschleift worden war, und sofort zu zetern angefangen, dass es hier stinkt. Sie trug ein durchsichtiges Kleid, zumindest soweit Hawk das beurteilen konnte, und es war nicht auszumachen, ob sie was verbrochen hatte oder wen anzeigen wollte. Es schien auch keinen zu kümmern. Unter Hawks Zunge pappte sich was Schlammiges zusammen, ein Klumpen Asche.

Der Bulle stierte ihn an und fuhr sich langsam mit dem Zeigefinger über die rechte Augenbraue.

»Und Vorname Herbert?«

»Hm.«

»Heißt das ja?«

Hawk räusperte sich und musste husten.

»Hm.«

Der Finger hing zwischen Augenbraue und Tastatur, als wäre die Zeit angehalten, für immer vier Uhr nachts auf dem Provinzrevier. Das Mädchen im durchsichtigen Kleid gähnte mit weit geöffnetem Mund, Hawk sah aus dem Augenwinkel, wie sich ihr Gesicht verzerrte.

»Na schön.«

Der Finger sauste wieder runter.

»H … E …«

Hawk schob die zähe Pampe im Mund herum. Sein Blick wanderte vom fleckigen Kragen des Bullen runter unter den Tisch. Der saß breitbeinig auf seinem Bürostuhl, und bei jedem Buchstaben wippten ihm die Knie. An der Seite wippte sein Pistolenhalfter, eine P6, was sonst.

Um nicht auf dumme Gedanken zu kommen, zwang Hawk sich, schön hochzugucken und die Sachen an der Wand zu studieren, ein paar Fahndungsplakate, ein Abrisskalender vom letzten Jahr und diese Bilder von verschwundenen Kindern, die immer in Supermärkten hängen. Hawk versuchte, den Kalenderspruch zu entziffern. *Es gibt …*

irgendwas … *es gibt …*

… die Schrift verschwamm auf dem vergilbten Papier, was soll's denn schon geben, da war nichts zu machen, hier drehte sich alles, Hawks Kopf sackte runter auf die Brust, und in seinem Hals gurgelte was, die endlose Suppe von Meer, die gegen den Ozeandampfer schwappte, tausend Seemeilen weit weg, ein Tuten vom Schiffshorn und Wellen von allen Seiten, aber dann schnaufte der Bulle furchtbar nah, Hawk hievte sein Kinn und den ganzen Rest nach oben und schüttelte sich, um wieder was klar zu kriegen.

Der Klumpen in seinem Mund war angeschwollen. Der Bulle legte den Hörer auf.

»Soso. Vorbestraft.«

Hawk starrte das Telefon an, mühsam blinzelte er. Da stand einer dieser alten Apparate, die es eigentlich nicht mehr gab, mit Wählscheibe, ein sumpfgrünes Ding wie aus den Kellern des KGB, durch dessen Telefonschnur sicher reihenweise Todesurteile gerauscht sind. Daneben eine große Kaffeetasse.

»Gibt's hier Wasser?«, brachte er heraus. Die Worte machten Schmatzgeräusche. Die ganze Schmiere klebte ihm am Gaumen, bald würde sie sein Maul stopfen.

»Eins nach dem anderen«, sagte der Bulle.

»Und Sie haben wirklich keine Ahnung, wer das Fahrzeug angezündet hat?«

Hawk zog die Stirn zu Falten und versuchte, den Typen scharf zu stellen.

Der Bulle beugte sich über den Tisch.

»Vielleicht waren Sie's ja selbst? Im Suff?«

Jetzt halt mal die Luft an, wollte Hawk sagen oder zumindest diesen versifften Hemdkragen packen und den Typen aus seinem Bürostuhl holen. Als hätte der's gerochen, beugte sich der Bulle noch ein paar Zentimeter vor, sein Arsch hing sicher schon halb in der Luft, und er fuhr seinen Finger wieder aus.

»Die Kollegen sagen« – der Finger drehte sich zum Telefon –, »Ihre Akte ist noch ganz warm. Drei Jahre Vollzug und dazu zwei auf Bewährung. Bei der kleinsten Kleinigkeit fahren Sie wieder ein.«

Der Finger machte einen Ruck und zeigte Hawk ins Gesicht.

»Dachten wohl, hier auf dem Land sind wir nicht auf Zack? Dachten, hier kennt Sie keiner?«

Hawk fing an zu husten, ihm brannte es runter bis in die Brust.

»Ich sag Ihnen was, im Gegenteil!«

Der Schmiermichel lehnte sich zurück, sein Stuhl quietschte.

»Wir haben alles im Blick. 360 Grad.«

Jetzt reicht's, dachte Hawk, er spannte den linken Arm an, das ging noch, das fühlte sich sogar einigermaßen solide an, dann machte er eine Faust, das sah schon schlechter aus, die hatte was abgekriegt. Die Gelenke knackten, als er die Hand mit einem Ruck öffnete. Er langte über den Tisch, na bitte, und packte die Bullentasse. Ein bisschen musste er die Zunge zu Hilfe nehmen, dann würgte er den Klumpen raus und spuckte ihn in den Rest dunkler Plörre. Der schwarze Schleim schwamm ein wenig herum und ließ sich dann träge auf den Grund des Kaffeepotts sinken. Das war ihre Asche, die er ausgerotzt hatte. Das war sein Auto gewesen.

»Dich interessiert einen Dreck, wer sie angezündet hat«, krächzte Hawk. »Aber ich krieg's raus.«

Er knallte die Kaffeetasse auf den Tisch, dass es dem Bullen fast an die Nase spritzte. Der rollte mit seinem

Stuhl nach hinten und machte ein angewidertes Gesicht, seine Wumme wippte im Halfter. Hawk wischte sich Spucke vom Kinn.

Der Bulle schnaufte.

»Na schön. Und Anzeige erstatten – wie sieht's damit aus?«

»Kann ich verzichten.«

Der Typ fixierte Hawk. Dann streckte er den Arm aus, packte die Tasse und ließ sie einfach so zwischen seine Füße fallen, die ganze Sauerei verschwand unterm Tisch. Hawk begriff erst nichts, aber klar, da stand der Papierkorb, wo sich die Suppe jetzt in Ruhe durch zerknüllte Formulare fraß, durch misslungene Phantombilder und Kreuzworträtsel, durch Papiere, die kein Mensch brauchte und die die Welt keinen dreckigen Fingernagel breit besser machten.

»Die Toiletten sind hinten«, sagte der Bulle und verzog keine Miene. »Falls Sie den Dreck entfernen wollen, bevor Sie gehen.«

Als Hawk aufstand, war ein Schmerz am Bein, aber auszuhalten. Das Mädchen auf der Bank war eingeschlafen, die hatte er komplett vergessen, jetzt lag sie da in ihrem durchsichtigen Kleid auf dem speckigen Holz und atmete wie ein Schmetterling. Fast hätte Hawk seine Jacke über sie gelegt, nur die Jacke war ja verbrannt.

Auf dem Klo blieb er lange am Spiegel hängen, der totale Horror. Sein Schädel war aufgequollen, das kurze Haar stand zerklebt zu Berge. Schmutzige Striemen zogen sich quer über den Bart, die Haut sah abgerieben aus, wie von Schmirgelpapier. Hawk drehte das Wasser auf und schob seinen Kopf unter den Hahn. Er ließ es kalt über sich wegrauschen, ließ es durch Mund und Ohren zischen und über die rußigen Finger laufen, am besten wäre es, die ganze Sache in den Ausguss zu spülen, diese ganze Nacht, und nicht mehr aufzutauchen, das wäre wirklich das Beste.

Durch das Rauschen hindurch waren Stimmen zu hören. Hawk drehte den Hahn zu und schaute ins Waschbecken, der Ausguss zog sich den dreckigen Strudel rein. Tropfen fielen von seinem Gesicht und zersprangen auf dem Porzellan. Offenbar war das Mädchen aufgewacht, sie schimpfte, und die tiefere Bullenstimme hielt dagegen.

Ob die beiden was miteinander hatten? Vielleicht war sie blöd genug, was mit einem Kriminalknecht anzufangen, ein deprimierender Gedanke. Hawk strich sich die Haare zurück und sah in den Spiegel.

Die Striemen waren runtergewaschen. Dafür waren seine Augenbrauen fast weggebrannt, und die dünne Narbe, die sich sonst unter seiner rechten Braue verbarg und nur am Ende als blasser Strich etwas herausragte, war für alle Welt sichtbar und leuchtete knallrot.

Wie ein Pfeil überm Auge, der schrie: Hier reinschlagen, genau hier! Was für eine misslungene Fresse, dachte Hawk, ein Scheißhaufen von einem Gesicht. Gleich kommen die Fliegen und setzen sich drauf.

Als er zurückkam, saß der Bulle hinter seinem Schreibtisch und rauchte. Das Mädchen war verschwunden.

»Wo ist sie?«, fragte Hawk.

»Wer?«

»Na, die im Kleid.«

Der Bulle saugte an seiner Zigarette, Roth-Händle oder Ernte 23, irgendein übles Kraut, die Spitze glühte wie verrückt.

»Wer?« Er blies Rauch aus.

Einen Moment lang ließ Hawk sich einnebeln. Sein Blick fiel wieder auf den Kalender an der Wand, und er kniff die Augen zusammen. Das oberste Blatt war vom letzten Sommer, Juni 88, jetzt konnte er den Spruch lesen. Auf dem Zettel stand:

Es gibt vielerlei Lärm, aber nur eine Stille.

»Aha«, machte Hawk.

Draußen dämmerte es, ein rosa Streifen schwebte am Himmel, als Hawk aus der Wache kam. Er hatte keine Ahnung, wo er war. Er lief die Straße runter und saugte Luft ein, aber da war nichts. Wäre das hier seine Gegend, könnte er die Malzfabrik riechen, deren süßlicher Dunst über allem hing, über den Häusern, in den Kronen der Bäume und irgendwann auch in seinen Klamotten. Das hatte ihm gleich an diesem Kaff gefallen, und er war in die viel zu kleine Wohnung gezogen, Hauptsache, ein Dach überm Kopf, weit weg vom alten Mist und der großen Stadt, ein Stück Erde, wo ihm süße Bierschwaden zum Fenster reinbliesen und keiner ihn kannte, das war doch ein Anfang.

Hawk hinkte ein wenig, er sah nach seinem Bein. Wo sich das heiße Gummi durch die Hose gefressen hatte, schaute ein Stück seines Oberschenkels raus, die Haut war wässrig, die angebrannten Ränder des Stoffes klebten an der suppigen Wunde fest. Die Hose war hinüber.

Dann hob er den Kopf, und da stand das Mädchen im durchsichtigen Kleid. Sie lehnte an einer der Laternen, die nie brannten, weil hier keiner Geld hatte für so was wie Licht auf den Straßen, und es war sowieso besser, wenn die Leute in ihrem Wohnzimmer vor der Glotze vergammelten, alles unter Kontrolle.

»Fährst du mich nach Hause?«

»Klar«, sagte Hawk.

Fast hätte er in die Hosentasche gegriffen, wo der Autoschlüssel steckte. Fast schlug ihm die Hitze wieder ins Gesicht, fast rollte das Flammenmeer auf ihn zu, verschluckte diese Straße und das Mädchen, zersengte ihr Kleid zu schwarzen Flocken, in null Komma nichts wäre alles verloren, aber Hawk bekam sich in den Griff, na klar würde er sie nach Hause fahren. Er sah sich um, bis er an einem Zaun ein Fahrrad entdeckte. Er musste nicht einmal das Schloss knacken, es reichte, eine Latte rauszubrechen.

»Du siehst echt übel aus«, sagte sie.

Sie hatte es erfasst.

»Macht ja nichts.« Sie lächelte. »Fahr einfach los.«

Sie schlingerten ordentlich. Das Mädchen war seitlich auf den Gepäckträger gehüpft, und obwohl sie nichts wog, hatte Hawk Mühe, den Lenker gerade zu halten, er war hundert Jahre nicht Fahrrad gefahren. Noch dazu war das hier ein verdammtes Damenrad. Hawk trat in die Pedale, und die mit seinem Hosenbein verklebte Haut riss sich los.

»Und was hast du da überm Auge?«

Die Stimme des Mädchens kam von hinten, ihr Finger tippte seinen Schädel an.

»Alte Narbe«, sagte Hawk.

»Hat sicher wehgetan.«

»Keine Ahnung. Lange her.«

»Sieht aus wie ein Pfeil«, sagte sie.

Hawk wäre es lieber gewesen, wenn sie ihre Arme um ihn geschlungen hätte, um sich festzuhalten, ihre Arme um ihn rum, das würde das Radeln leichter machen, aber sie schien das nicht nötig zu haben und saß einfach so da, die Beine an der Seite übereinandergeschlagen. Wenn er den Kopf drehte, konnte er ihre Fußspitzen in der Luft wippen sehen, in Sandalen, wie beim Strandausflug, vielleicht fuhr der Wind ihr unters Kleid.

»Und was machst du jetzt? Ohne dein Auto?«

Er dachte an Miss Stetson. Das Knirschen ihrer Ledersitze, wenn er sich hinters Steuer schob. Wenn er die kühle Lederhaut im Rücken spürte, spannten seine Muskeln bis zu den Ohren, und alles kribbelte los. Ein Dutzend Jahre hatte er sie gefahren. Hätte sie weiterfahren wollen, bis sie unter ihm zerfallen wär.

»Das war nicht irgendein Auto«, sagte er, als wär wichtig, dass sie das wüsste.

»Jetzt linksrum«, sagte sie.

Er verkrampfte die Arme, um nicht umzufallen, dieses Rad war ein ganz schön schweres Geschütz. Um sie herum wurde es heller.

»Was war's denn dann, wenn's nicht irgendein Auto war?«

Hatte sicher keinen Zweck, ihr zu erzählen, was ein Alfa Romeo ist, ein echter Alfasud Sprint. Mit zwei gelben Scheinwerferpaaren auf jeder Seite, wie Fuchsaugen, an denen die Insekten im Sommer schier durchdrehten. Wie das schmale Lenkrad unter seinen Händen durchglitt und der Motor schnurrte. Die Straßenlage war so todsicher, dass er sogar sturzbetrunken fahren konnte, nichts brachte sie aus der Ruhe, Miss Stetson rollte weiter und fand ihren Weg.

Das konnte er dem Mädchen schlecht erzählen, also ließ er es bleiben und machte nur ein Geräusch.

»Und weißt du, wer's gewesen ist?«

Sie fragte ganz schön viel.

»Das Feuer. Warum du so stinkst.«

Hawk stellte sich vor, wie sie die Reste von Miss Stetson auf einen Schrotthof schleppten, gut möglich, dass sie das gerade taten, wie ihr Gerippe kalt werden würde zwischen all den anderen traurigen Karren. Gut, dass die Waffe nicht mehr im Handschuhfach lag. Die Provinzbullen hätten sie womöglich aus dem Wrack gezogen, bevor es in die Schrottpresse wanderte, dann wäre er wieder dran gewesen. Und noch mal Knast würde er nicht packen. Wenigstens die Knarre war sicher.

»Ist jemand hinter dir her?«

Sie ließ nicht locker.

»Hinter mir ist keiner her.«

Aber natürlich kam ihm die Sache mit Verfurth hoch. Daran hatte er schon auf der Wache gedacht. Bloß war das nicht Verfurths Stil, Sachen anzuzünden, ganz und gar nicht, und Hawk hatte alles abgesessen, sie waren quitt, ein für alle Mal. Oder nicht? Er trat in die Pedale und keuchte, all diese Kanaillen gingen ihn nichts mehr an, Hamburg ging ihn nichts mehr an, er war raus. Wer weiß, wer da alles noch eine Rechnung offen hatte. Die ganze Stadt war eine offene Rechnung.

»Da rüber.« Das Mädchen zeigte mit dem Arm über Hawks Schulter auf die nächste gottverlassene Straße in dieser gottverlassenen Gegend.

Hawk zitterte um die Ecke, den Lenker fest gepackt, an seinen Schläfen perlte der Schweiß. Mitten in der Kurve ging die Sonne auf.

»Ich weiß, wer's war«, sagte das Mädchen. Sie klang gut gelaunt, ist ja klar, sie ließ sich herumfahren und konnte mit den Beinen schlenkern, sie hatte ihr Leben noch vor sich. Hawk legte den Kopf in den Nacken, der Schweiß änderte die Richtung und rann ihm in die Ohren.

»Das war eine Frau. Autos anzünden, so was machen Frauen. Und zwar eine, die dich ganz genau kennt.«

Das Fahrrad schlingerte, aber Hawk umklammerte den Lenker und hielt weiter Kurs in die aufgerissene Sonne.

»Und – hab ich recht? Hast du mit einer was?«

»Nicht mehr«, brummte Hawk.

»Ach, wirklich?«

Das Mädchen lachte. Sie lachte, bis ihr Kleid überall flatterte, ihre Sandalen tanzten durch die Luft, die Morgensonne schien mitten durch sie hindurch.

3

Die Kaffeemaschine gurgelte. Das war schon die zweite Fuhre, die erste war einfach durch ihn durchgelaufen, ohne Spuren zu hinterlassen. Hawk starrte auf die Uhr über dem Spülbecken und wunderte sich, wo die eigentlich herkam, sie hing wohl schon da, als er einzog, irgendein Typ mit einem Tick musste das gewesen sein, wer sonst schraubt sich so was Hässliches an die Wand.

Ein paar Stunden Schlaf waren es vielleicht gewesen. Dann war er von seinem eigenen Husten aufgewacht, die Klamotten stanken zum Himmel, er riss sich den Rauch vom Leib und lief in seinen Boxershorts Kreise durchs Zimmer, eine ganze Weile schon.

Er konnte sich nicht erinnern, wie er nach Hause gekommen war. Das war auch nicht wichtig. Wichtig war, dass er sich genau zwei Stunden Zeit gegeben hatte, um einen klaren Kopf zu kriegen und zu entscheiden, was zu tun war, zwei Stunden, die längst vorbei waren, und der Zeiger tickerte trotzdem voran, ein nervtötendes Geräusch, das konnte einen Mann wahnsinnig machen. Hawk zog die Kanne aus der Maschine, schenkte nach und verschüttete die Hälfte auf den Boden. Zum Glück nicht übers Bein, das sah schlimm genug aus, die Wunde wässerte vor sich hin.

Malzgeruch zog von draußen rein, Hawk knallte das Fenster zu.

Der klare Kopf war deswegen wichtig, weil die Sache durchdacht sein musste, nicht so ein Schnellschuss und dann wieder in die Falle tappen.

Der Plan sah so aus: Er würde den verfluchten Zug nehmen, wie all die anderen armen Teufel ohne Auto, und am Abend würde er in Hamburg sein. Er würde zum Hafen gehen, sie zur Rede stellen, und sobald die Sache erledigt war, mit dem nächsten Zug zurück, ein sauberer Schnitt. Selbst wenn sie drum bettelte: Er würde nicht bei ihr bleiben.

Hawk kippte einen großen Schluck Kaffee runter, obwohl der viel zu heiß war, kochend und schwarz.

Sie würde das nicht noch mal mit ihm machen.

Im Zug trank Hawk das erste Bier. Er stand im Gang und ließ sich durchrütteln, die Gleise ratterten unter ihm weg. Der Schaffner schaute ihn komisch an, sagte aber nichts und knipste das Ticket. Hawk stellte sich vors Fenster, und alles da draußen pfiff an ihm vorbei. Was für eine nichtssagende Landschaft. Es gab bis zum Horizont nur Getreidefelder, dazwischen Wiesen mit Kühen drauf, ab und zu einen Bahnübergang. Es war merkwürdig, nicht hinterm eigenen Steuer zu sitzen, merkwürdig, in einen Zug zu steigen, den jemand ganz anderes fuhr, wo Hawk nichts tun konnte, als mit den platten Feldern ein Bier zu trinken und zu warten, bis der richtige Bahnhof kam.

Er dachte an Lu.

Hakenkreuz-Eddi hatte sie als Erster entdeckt. Der war besessen von Tätowierungen, sonst von nichts, und fing nach dem fünften Bier ernsthaft an, über Tinte zu schwafeln, über die richtige Nadelgröße und wie früher noch anständig im Hinterzimmer der Kneipe genadelt wurde, oder gleich am Tresen, Arm rauf, Schnaps und los. Heute hetzen sie dir sofort die Hygienepolente auf den Hals, bei dem Thema kam Eddi richtig in Fahrt, könnten ja irgendwo Keime dran sein, als ginge es um Babypopos und nicht um die Oberarme von echten Kerlen, denen Keime am Arsch vorbeigingen.

Hakenkreuz-Eddi hatte die Brust voller Hakenkreuze und behauptete, dass wär ein indisches Zeichen für Glück, dabei waren es eben Hakenkreuze, und einmal hatten sie ihn im Hafenkrankenhaus deswegen vor die Tür gesetzt, in dem Laden hatten die Schwestern noch Mumm in den Knochen.

Wenn es spät wurde und hoch herging, zog Eddi immer sein Hemd aus. Er rasierte sich die Haare vom Oberkörper, damit die Hakenkreuze nicht zuwucherten, finster schimmerten sie auf Eddis Haut. Es sah wirklich beschissen aus.

Eddi kam eines Tages an und hatte leuchtende Augen.

»Die Keule ist wieder offen!«

Keule, das war die schlimmste Spelunke unten am Hafen. Nach einer Schießerei war der Laden dichtgemacht worden und stand seitdem leer. Jetzt hatte sich einer gefunden.

»Das ist ne Frau«, sagte Eddi, »echt ne Frau, guck's

dir mal an. Die hat mehr Tinte im Leib, als du Verstand hast.«

Und das stimmte.

Es war dunkel geworden. Der Zug rollte in den Hauptbahnhof, unter dem Dach flatterten die Tauben. Hawk sah zu, dass er vom Bahnsteig kam und raus aus der Halle, weg von den Leuten, zu viel Gedränge. Die einen schleppten Koffer hinter sich her, die anderen hielten nach Handtaschen Ausschau, die lose an einer Schulter baumelten, nach Geldbörsen, die hinten die Hosen ausbeulten, und Jackentaschen, in die eine Hand kriechen konnte, zack im Vorbeigehen, so läuft das eben.

Draußen schob er sich an den Gestalten mit den flackernden Pupillen vorbei, an den Irren und den Gestrandeten, die ihr Leben in Tüten stopften, an die sie sich bis in den Schlaf klammerten. Irgendeiner spielte Blockflöte für ein paar Groschen, die Mütze lag auf dem Asphalt.

Hawk machte einen Bogen um eine Frau, die ihre Augenlider kaum hochhalten konnte, Rauschgiftaugen, sie streckte die Hand nach ihm aus.

»Hast ne Mark? Komm schon, ne Mark, weißt du, wie das ist? Ich brauch echt was, nur ne Mark, komm schon, hast du eine?«

Aber Hawk war schon weg. Er wusste, wie das ist.

Über dem Hafen hing der Nebel. Er schluckte die Kräne in der Ferne, vielleicht hatte es sie auch nie gegeben, er verschluckte Hawks Schritte, schluckte das Echo, kühlte alles aus. Die Lichtkegel der Laternen kämpften sich durchs milchige Grau. Hier konnte einer abhauen und wiederkommen, dem Hafen war's egal, und wenn du krepierst, macht das auch keinen Unterschied, dann kommen andere und torkeln über das glattgestoßene Kopfsteinpflaster, die Ritzen voll mit Kronkorken, Kippen und vermasseltem Leben.

Hawk überquerte die Hafenstraße mit wenigen Schritten und steuerte den kleinen Kiosk an, immer noch die gleiche Kamellenbude, das billigste Bier auf zwei Kilometer und niemals Feierabend. Vom Stehtisch draußen hatte er den besten Blick auf die Eckkneipe, Les fleurs du mal, wie Lu den Laden genannt hatte.

Hawk schnippte eine Bierdose auf und saugte den Schaum ab.

Natürlich nannte niemand den Laden so, außer Lu, das gefiel ihr.

Er wusste noch genau, wie er die ersten paar Abende am Tresen gesessen hatte, ohne den Mund aufzumachen. Dafür sperrte er Ohren und Augen auf, sie hatte einen Akzent, Tschechisch war das, Tschechisch wie das Bier, das sie verkaufte, und ihr Name war Lu. Ludovica.

Als sie schließlich ins Reden kamen, hatte er sich was zurechtgelegt, er fragte nach dem Kneipennamen.

Les fleurs du mal.

»Blumen des Bösen heißt das«, sagte sie.

Und er: »Das passt ja.«

»Siehst du«, sagte Lu. »Ganz genau.«

Hawk schüttelte sich und zerdrückte die Dose in der

Faust. Eine Gruppe junger Kerle schlenderte am Wasser entlang, schwarze Silhouetten vor Grau.

Die Kneipentür ging auf, Musikfetzen schwirrten rüber, jemand warf eine Flasche nach draußen und schlug die Tür wieder zu. Hawk würde jetzt da reingehen und sie zum Reden bringen. Er fuhr sich noch einmal mit der Hand übers Gesicht, sah ganz schön zerschlagen aus, das war nicht zu ändern, aber den Bart hatte er sich noch zurechtrasiert, bevor er in den Zug gestiegen war, drei Millimeter, das klang wie ein Waffenkaliber, und das gefiel ihm gut.

Früher, vor einem Jahr, bevor alles den Bach runtergegangen war, da fuhr sie ihm gern mit den Fingernägeln durch die frisch gestutzten Stoppeln, sie mochte das Geräusch, wie eine kratzige Langspielplatte. Und Hawk mochte das Kratzen in seinem Kopf.

In seinem Rücken blies ein Dampfer sein Signalhorn durch den Dunst. Zeit, die Sache hinter sich zu bringen.

Er ging rüber, seine Schritte wurden mit jedem Meter breiter.

Drohen würde er ihr nicht, zumindest nicht sehr, das war nicht nötig. Er sah schon, wie all die Blassgesichter sich umdrehen würden, wenn er seinen Fuß in den Laden setzte, wie Lu sich umdrehen und in der gleichen Sekunde bereuen würde, was sie getan hatte, alles bereuen, wenn er durch die Tür kam, entschlossen zum Äußersten.

Hawk spürte, wie der Nebel vor ihm zurückwich, er ging schneller, und sein Arm holte aus, mit Wucht traf er die Klinke, die Tür schwenkte gewaltig nach innen, und Hawk tauchte in den Qualm und den Lärm der Blumen des Bösen.

Einem Typen mit Glatze, der sich grad eine drehte, blies der Luftstoß den Tabak durch die Finger, er blickte kurz hoch und fluchte. Dann griff er sich seinen Beutel mit dem Schwarzen Krausen und fing von vorne an.

Sonst drehte sich keiner um.

Lu stand hinter der Theke und hatte zu tun, sie sah ihn nicht. Umso besser, dachte Hawk, umso besser, er konnte erst mal die Lage klären. Alles sah aus, wie es immer aussah. Es war eng, klebrig, voll mit Leben und ihrer Musik.

Hawk ließ den Blick schweifen, viele Kerle, die er nicht kannte, zum Glück, denn auf dumme Sprüche konnte er verzichten. Dann entdeckte ihn eine Brünette, erst etwas erschrocken, aber schon lächelte sie und stieß ihre Freundin an. Hawk hatte dieses Grübchen am Kinn, das die Frauen liebten, geschwungene Lippen und dichtes pechschwarzes Haar, es hatte was Wildes, aber mit Stil, so ein ganz eigenes Fluidum. Sein vierkantiger Kiefer, der immer auf was kaute, besonders jetzt. Mit ihm war nicht zu spaßen, das konnte jeder sehen, und die Frauen schätzten das. Weil es wenigstens ehrlich war.

Die Brünette hob ihr Glas. Hawk deutete ein Kopfnicken an.

Er bahnte sich seinen Weg zur Theke, jemand machte ihm einen Hocker frei, er war wohl nicht in Vergessenheit geraten. Er schob sich hoch und nahm Lu ins Visier, sie zapfte eine Runde Halbe, er heftete seinen Blick an ihr fest, bis sie das merken würde, bis sie sich umdrehte, um ihn anzusehen.

Die Schlingpflanzen auf ihren Armen fluteten hin und her, als sie die Gläser hob und verteilte. Er hätte ewig verfolgen können, wie die dunkle Tinte auf ihrer Haut wogte, wie ihre roten Locken drauf rumtanzten und machten, was sie wollten. Sie trug ein schwarzes Shirt, das den Rest bedeckte, aber er wusste, was darunter war.

Das Meer.

Im Hinterzimmer klackten die Billardkugeln. Jemand rief etwas, und Lu lachte.

Hawks Mund war trocken. Die Musik spielte, und die Boxen rauschten, hatte das immer noch niemand repariert?

Er erkannte den Song im Knistern der Lautsprecher, eine ihrer Lieblingskassetten, der Sänger rief was von einer schreienden Sonne oder so in der Art, das war auf Englisch und nicht zu verstehen.

Lu drehte sich um und stellte ein Bier vor ihm ab.

»Das geht aufs Haus und dann verschwinde.«

Schon stand sie wieder am Zapfhahn, mit dem Rücken zu ihm, sie redete und lachte, sie machte die Gläser voll, aber Hawk bildete sich ein, dass die Schlingpflanzen auf ihren Armen anders auf- und abbrandeten, als wären sie angespannt, auf der Lauer, als wäre da was drunter, das ihn etwas anging, als wären ihre Locken bereit, ihn einzufangen.

Da haute ihm jemand auf die Schulter.

»Guck an! Wir dachten, dich gibt's nicht mehr! Warst sicher ein Jahr weg aus der Stadt!«

Der Weiße Riese ließ seine Pranke fallen.

»Die Jungs ham gewettet, du hast den Abgang gemacht. Irgendein letztes großes Ding und byebye!«

Er strich sich eine Strähne hinters Ohr, wo schon eine Filterlose klemmte. Seine weiße Mähne glänzte auf der rissigen Lederjacke.

»Aber ich hab gesagt, auf keinen Fall. Du bist einer, der wiederkommt.«

Der Weiße Riese zeigte seine Zahnlücke.

»Stimmt doch, oder?«

Und schon kamen noch zwei, drei Typen aus den Tiefen des Lokals gekrochen, die Hawk gestohlen bleiben konnten.

»Wie siehst du denn aus?«, fragte einer, dessen Namen Hawk vergessen hatte, nur dass der nicht alle beisammen hatte, das war sonnenklar.

»Warst wohl beim Friseur?« Der Kerl grinste.

Die anderen hielten sich lieber zurück.

»Hab deinen roten Schlitten gar nicht an der Straße gesehen«, setzte der Kerl noch einen drauf. »Hat der alte Hobel schlappgemacht?«

Hawk fixierte Lus Rücken und ließ sich nicht ablenken, konzentrier dich, nur nicht reizen lassen. Als Lu eine Flasche oben aus dem Regal angelte, rutschte ihr Shirt hoch und gab den Streifen Haut über ihrem Gürtel frei, ein Stück Ozean, ein kurzer Moment.

»Der ist abgebrannt«, sagte Hawk mit lauter Stimme, sodass auch sie es hören konnte. »Den hat jemand angezündet.«

Der Weiße Riese pfiff durch die Zähne.

»Den Alfa?«

Wieder mischte sich der Typ ohne Namen ein.

»Sei doch froh, dir ist das Teil doch unter den Füßen weggerostet!«

Der Weiße Riese haute der Null in die Seite, höchste Zeit, den Mund zu halten.

»Fall mir nicht auf die Nerven«, knurrte Hawk, ohne den Blick von Lu zu lassen. Aber er musste an Mahmoud denken, der immer auf Jagd nach Ersatzblech für Miss Stetson gewesen war. Gar nicht so leicht, denn in Neapel hatten sie zum Zusammenschweißen der Karossen das mieseste Blech aus Russland geholt, wenn sie denn überhaupt geschweißt und nicht nur wieder einen auf Streik gemacht hatten. »Die rostet aus purer Freude am Fahrtwind«, hatte Mahmoud immer gesagt und mit seinen öligen Fingerspitzen den Lack gestreichelt. »Aber das kriegen wir geflickt.«

Mahmoud würde heulen, wenn er Bescheid wüsste.

Der Weiße Riese schüttelte seine Mähne.

»Alter. Angezündet? Wer bringt denn so was?«

Der Riese meinte das ehrlich, er hatte ein Herz für Oldtimer. Eine lange Strähne löste sich, er strich sie wieder zurück.

»Und da ist nichts mehr zu retten?«

Hawk schwieg. Lus Schulterblätter ruderten unter dem schwarzen Stoff. Als der Weiße Riese nach ihr rief, drehte sie sich widerwillig um, jede Wette, dass sie alles gehört hatte, sie kriegte immer mit, worauf es ankam. Der Riese bestellte eine Runde Klare, inzwischen waren noch mehr Kerle dazugekommen, und die Nachricht vom abgebrannten Auto ging um, ein Alfasud Sprint, echte Schande und schöne Scheiße, solche sieht man nicht mehr oft und wenn, dann nur als ein Haufen Rost, so ein verteufeltes Elend auch.

Lu knallte ihm ein Tablett mit Schnäpsen vor die Nase, dann verschränkte sie die Arme und hob ihr Kinn. Hawk kannte das, sie musterte ihn bis auf die Knochen. Und während all die Kerle nach dem Fusel griffen, rührte Hawk keinen Finger und hielt ihren Blick.

Seine Nackenhaare stellten sich hoch.

»Herbert Hawk ist wieder da!«, rief der Weiße Riese und holte extra Luft, aber dann fiel ihm nichts mehr ein.

»Prost!«

Zwei volle Gläser blieben auf der Theke zurück. Lu machte keine Anstalten, sich eins zu nehmen. Hawk auch nicht.

»Freust du dich nicht, mich zu sehen?«, fragte er.

»Soll ich?«

Lu hatte grüne Augen, die Hawk komplett undurchsichtig erschienen, jetzt zumindest. Er prallte dagegen und blieb einfach liegen, sie konnte K. O. schlagen, wen sie wollte mit diesem Blick. Sie schauten sich an wie bei dem Spiel, wo keiner blinzeln darf. Wer es tut, hat verloren.

»Früher hast du dich gefreut.«

»Ganz genau«, sagte Lu.

Wieder kam aus den Boxen so ein Lied, das er kannte. Damals hatte sie mitgesungen, auf seinem Wohnzimmertisch, die Schuhe von den Füßen geschleudert, der Teppich voller Eiscreme.

»Warst du gestern Abend hier?«, fragte er.

Ihre Augen wurden dunkler. Sie hatte verstanden.

»Ich hab's dir doch gesagt.«

»Was?«

»Komm erst mal klar.«

Lu sah ihn an, als wüsste er Bescheid, als wüsste er, was sie sagte, als läge alles, was zwischen ihnen gewesen war, hier auf dem Tresen, zwischen den Bierpfützen, und das Licht von der Bar spiegelte sich drin, und die Musik schlug Wellen, die immer höher stiegen, um ihn zu ersäufen.

»Was ist denn hier los?«, polterte es von hinten, der Typ ohne Namen wollte nach den Schnäpsen langen. »Trinkt ihr die nicht?«

Da schnappte sich Lu die beiden Gläser und schmiss sie mit einer fließenden Bewegung an die Wand.

»Für die Geister. Und jetzt hau ab.«

4

Der Zug donnerte ins Schwarz. Hawks Zunge lag im Mund wie ein toter Fisch. Hätte er nur den Kurzen getrunken. Wenigstens das. Hawk versuchte, durch sein Spiegelbild in der Fensterscheibe raus in die Nacht zu sehen, aber das ging nicht, der Zug raste durchs dunkle Loch, und Hawk blieb immer an der eigenen Fratze hängen. Der Pfeil über seinem Auge brannte, als wollte der sich durch die Haut bis in den Knochen ätzen. Ein Brandzeichen, wie bei den Rindviechern.

Für die Geister – was sollte das heißen?

Noch war er lebendig. Auch wenn es nicht ganz danach aussah. Kann sein, dass er irgendwas nicht mitbekommen hatte, dass Lu ihm was hatte sagen wollen oder schon gesagt hatte oder dass das noch kam, kann sein. Aber mitgekriegt hatte er, wie sie ihn angeschaut hatte, als er zur Tür gegangen war, langsam, und all die Gestalten an der Theke zurückließ, mitten durch den Rauch ging, das Gedröhne und Gelächter, ihre Hände zapften die nächste Runde, ihr Blick ließ ihn nicht los, und keiner von beiden blinzelte. Er war schon fast an der Tür, war schon fast weg, da glaubte er durch den Bierdunst, Zigarettennebel und den Kneipenschweiß wie eine plötzlich zuhauende Erinnerung Lu zu riechen. Ihren Nacken, da unter den Locken, wo es immer warm ist. Und dann war er draußen, und es war alles wieder da.

Lu roch angezogen, als wär sie nackt. Und nackt sah sie aus wie ein verdammtes Gemälde. Sie war tätowiert, als wär sie ihr ganzes Leben zur See gefahren, als hätte sich die See mit Tinte unter ihre Haut gestochen. Da saugten Schlinggewächse an ihren Zehen und wickelten sich um ihre Knöchel. Fische schwammen auf ihren Oberschenkeln, Seerosen wiegten sich in der Strömung, wenn Lu ihren Hintern bewegte. Gischt spritzte an ihrem Rücken hoch, ihre Rippen waren Wellen, auf denen ein Schiff segelte, im Wind ihrer Schulterblätter, manchmal im Sturm. Die Masten bogen sich, wenn Lus Rücken sich bog und ihr Haar flatterte.

Ihr Oberkörper war mit einer blauen Gestalt bedeckt, vom Hals bis zum Nabel, ein Körper im Körper. Der Schwanz der Meerjungfrau ruhte auf ihrer Hüfte, er glänzte schuppig, und Luftblasen stiegen auf. Zwischen Lus Brüsten streckte sie ihre eigenen kleinen Brüste nach oben, mit noch kleineren Nippeln, das war zum Irrewerden, und manchmal sah dieses Gesicht aus Tinte so aus, als würde es lächeln. Hawk war nie dahintergekommen, wie das sein konnte.

Das war nicht zu verstehen.

Hawk dachte daran, wie er Luft geholt hatte, um zwischen ihre Schenkel zu tauchen, wenn sie ihre Beine um seinen Kopf schloss und ihn wie die Brandung herumwarf, sie packte ihn am Nacken und zog ihn tiefer unter Wasser, bis er überall nass war und die Luft aus ihr heraussaugte, als hinge sein Leben dran, Algen in seinem Bart, sie schwamm ihm davon.

Hawk war mit der Stirn gegen die Scheibe gekippt, das Vibrieren des Zuges schüttelte ihm die Trommelfelle, sein Spiegelbild zitterte vor seinen Augen.

Komm erst mal klar.

Dann stellte er sich vor, dass sie einen anderen hatte. Ganz sicher hatte sie einen, und der Gedanke, dass der jetzt an ihr ertrank und sie ihre Schlinggewächse um ihn wickelte, nahm ihn in die Zange, bis seine Rippen schmerzten.

Ich hab's dir doch gesagt.

Nichts hatte sie gesagt.

Ein Schwall Müdigkeit goss sich über ihm aus, aber er krallte sich an dieses Bild: Lus nackter Körper und irgendwer darunter, darauf, daneben, Lu, die lachte, die alle Gläser an die Wand schmiss, Lu, die ihre Arme verschränkte und auseinandernahm, zwei Paar Brüste, zwei Paar Augen, die ihn anglotzten, bis er ins Schwanken kam und nicht mehr wusste, wo was zum Festhalten war.

5

Im Treppenhaus bekam Hawk ein komisches Gefühl. Na gut, ihm war duselig, und er hatte Schlagseite, aber hier hing noch was anderes in der Luft. Ein Windzug wischte über die Stufen, von oben segelte eine weiße Feder nach unten, eine Daunenfeder, sie schwebte in aller Stille am Geländer entlang und verschwand im nächsten Stock. Dann kam noch eine und noch eine. Kissenschlacht, dachte Hawk, ein Spiel für Kinder, aber hier gab es keine Kinder, niemand im Haus hatte so was, zumindest hatte er noch nie Schreie gehört oder Gebrüll und Geheule. Und wenn, dann von Erwachsenen oder aus den Fernsehern hinter den Wohnungstüren, da schrie es mächtig, nur jetzt, mitten in der Nacht, war alles ruhig.

Eine weitere Feder trudelte Hawk vors Gesicht, es roch merkwürdig, das war nicht das Malz aus der Malzfabrik, ganz und gar nicht, das war wie ein kleiner Messerstich. Dann ging das Treppenlicht aus, und das Ding strich ihm im Dunkeln über die Wange, nur ein Hauch, aber bei Hawk stellten sich alle Antennen auf, und er fummelte nach dem roten Knopf an der Wand, um die Lampe wieder anzukriegen.

Er schob sich Stufe um Stufe nach oben, sein Schatten klebte ihm an den Füßen.

Hawk hatte die Dachwohnung gemietet, grad genug Platz für einen Mann zum Existieren, das meiste aus der alten Wohnung hatte er weggeschmissen, genau wie das meiste aus seinem Leben, wer brauchte den Firlefanz. Niemand.

Hawk setzte den Fuß ins oberste Stockwerk und spähte um die Ecke. Aus seiner offenen Wohnungstür wehte eine Feder.

Es roch kalt und ätzend, der Gestank war jetzt unmissverständlich. Hawk schlich näher. Die offene Tür pendelte im Luftzug und knarrte, überall lagen Türrahmensplitter, vermutlich hatten zwei Tritte genügt, keine große Kunst bei der maroden Substanz. Der sauber ausgefahrene Riegel ragte nutzlos aus dem Holz. Er sperrte immer ab, auch wenn es hier nichts zu holen gab.

Das Licht ging schon wieder aus. Adrenalin schoss Hawk den Rücken hoch, griff nach seinem Nacken, machte ihn hellwach, setzte die Kopfhaut unter Strom. Hätte er nur seine Knarre dabei, das wäre ein gutes Gefühl. Aber die lag ja auf Nummer sicher im Schließfach, neben dem anderen Zeug, das er lieber aus dem Verkehr gezogen hatte, was für ein Schachzug. Also hob Hawk die Fäuste und ging dahinter in Deckung, jeder Muskel sprang in Position, er machte einen Schritt über die Türsplitter, hinein in die Bude. Dann tastete er nach dem Schalter in seinem Flur – die rechte Faust blieb auf Abwehr – und legte den kleinen Plastikhebel um.

Ein Klicken.

Es blieb dunkel, der Gestank pestete ihn ein.

Die Tür ächzte im Durchzug, wieder streichelte ihm

etwas über die Wange, fast hätte er die Feder angebrüllt. Er konzentrierte sich, und langsam gewöhnten sich seine Augen an die Zustände, die Konturen der Dinge krochen heran. Links die Tür zum Klo, er stieß sie mit dem Fuß auf, kein Mucks zu hören. War auch nicht viel Platz drin für einen, der sich mit dem Vorschlaghammer verstecken wollte oder wer weiß womit. Aus dem anderen Zimmer fiel Hawk ein bläulicher Schein vor die Füße, es hatte ein Fenster zur Straße. Als er den nächsten Schritt machte, knirschte es, dünnes Glas zerbröselte unter seiner Sohle. Glühbirnenglas.

Da hatte sich einer Mühe gemacht. Hawk wartete, und wieder rührte sich nichts. Langsam hob er den Fuß, Splitter fielen, und er musste aus irgendeinem Grund an Schneeflocken denken. Knirschen bei jedem Schritt und weiße Flocken, mitten im Sommer. Wo kamen die verdammten Federn her?

Er schob sich am Türrahmen vorbei ins Zimmer, stabile Stellung, das Kinn zur Brust, rechte Faust vorn, die linke bereit für den Gegner.

Das Fenster stand offen. Es ließ den Wind und grad genug Mondschein hinein, dass der Boden bedenklich glitzerte. Schwarzblaues Licht sammelte sich in Pfützen mit schillerndem Rand, es sah aus wie etwas, was aus der Milchstraße kam, etwas, was man in Ruhe lassen sollte.

Hawk atmete durch den Mund. In der Mitte des Raumes lag ein undurchsichtiger Berg, daraus flog ein Schwung Federn auf und taumelte in einer Wolke von Benzingestank. Er ließ die Flocken vorbeiziehen, die

Fäuste immer noch in der Luft. Kopfkissen. Das war sein Kopfkissen, das Innere davon. Eine der Federn landete in der Pfütze vor seinen Füßen und saugte sich voll mit Sprit.

Hawk sah nach oben, wo sonst die Glühbirne hing, aber er konnte nur das Kabel ausmachen, das aus der Decke ragte, schon verstanden, hier wollte jemand wirklich Ärger machen. Er klopfte seine Taschen ab, irgendwo musste ein Feuerzeug sein, na bitte, und er wollte schon am Rädchen drehen für ein bisschen mehr Licht, als es durchsickerte. Keine gute Idee. So wie es stank, hatten sie ihm einen ganzen Kanister in der Bude ausgegossen. Aber mal sehen, wie gerissen die waren, er kannte das aus einem Film, da hatte der Mörder alle Lampen in der Wohnung zerhauen, um das Dunkel auf seiner Seite zu haben, aber eine hatte er vergessen. Hawk konnte sich noch erinnern, dass das im Film entscheidend fürs Mädchen war, wie auch immer, auf jeden Fall peilte er die Küchenecke an, umkurvte die Benzinlachen und zog die Kühlschranktür auf.

Sieh mal an. Die kleine Birne war heil. Sie tat sich mit dem Mondlicht zusammen und warf ihren Schimmer in den Raum, genug, um sich das Elend näher anzuschauen.

All sein Zeug, alles, was er noch hatte, lag in der Mitte des Zimmers auf einem Haufen und war zu Fetzen geworden. Die Wolldecke ein zerrupfter Wust, die aufgerissenen Kissen zeigten ihre Federn, schöne Federkissen, die hatte er sich mal gegönnt, Handtuch, Hosen, nicht mehr zu benutzen. Er erkannte den harten Stoff vom

Boxsack, der auseinanderklaffte, sie hatten seine Hemden aus den Kisten geholt und in Streifen geschnitten, auch das einzige gute, dessen Kragen noch nicht von seinen Bartstoppeln zerscheuert war – das ging schnell, die waren wie Draht –, verdammte Scheiße, sogar seine Unterhosen lagen da, zerstört. Was für ein Berg zerlumpter Müll, wie der Plunder, den Penner im Einkaufswagen durch die Gegend schoben.

Obenauf lag was, Hawk griff danach.

Eine Streichholzschachtel. Ein einziges Hölzchen ragte raus, mit dem roten Kopf zuerst. Klare Ansage.

Hawk trat in den Lumpenberg, alles flog auseinander, die Federn tanzten besoffen. Da stand seine Hantelbank, das Lederpolster der Länge nach aufgeschlitzt, die Gewichte unberührt, die sind nicht kleinzukriegen, ihr Scheißkerle. Da war das Sofa, ein Ausziehsofa, das auch als Bett taugte, bezogen mit hellem Cord. Es hatte vor einiger Zeit beim Sperrmüll gestanden, lauter Ramsch, der noch gut in Schuss gewesen war, vielleicht war jemand gestorben und brauchte das alles nicht mehr. Er hatte es nur eine Straße weiterschleppen und durchs Treppenhaus zerren müssen, es schlief sich ganz ordentlich drauf. Dieses Sofa war jetzt zerstochen, die Füllung quoll nur so raus. Hawk ging näher ran und fuhr mit den Fingern über das Rosshaar, das ihm entgegenkam, kratziges Schamhaar, komisch, er hatte nie einen Gedanken dran verschwendet, wie es drinnen in dem Ding aussah. Und dann entdeckte er, dass das ein Buchstabe war, über den sein Finger fuhr, eine Reihe von Buchstaben, ins Sofa geschnitten.

BASTARD

Da stand *BASTARD*.

Das Kühlschranklicht fiel drauf, das Mondlicht fiel drauf. Die Benzinpfützen glänzten. Das große Küchenmesser steckte im Sitzpolster, bis zum Schaft reingerammt. Ein Luftzug schoss durchs Fenster und knallte die Wohnungstür zurück in den Rahmen, Holz splitterte. Hawk wischte sich übers Gesicht, und sein Auge tränte, Benzin klebte an seinen Fingern.

BASTARD.

Niemand nannte ihn so. Niemand.

Er starrte die drahtigen Haare an, die sich ihm entgegenstreckten, Haare von einem Tier. Dann knurrte sein Magen. Hawk presste die Hand auf den Bauch, er konnte sich nicht erinnern, wann er das letzte Mal was gegessen hatte, nicht mal eine Handvoll Nüsse in der Kneipe. Er drehte dem Sofa den Rücken zu und steuerte das offene Maul des Kühlschranks an.

Zwei Dosen Bier gab der her, ein Würstchenglas voll trüber Flüssigkeit, aber ohne Wurst, eine zusammengequetschte Tube Senf. Senf auf Brot, dachte Hawk, sein Magen knurrte bis in die Knochen, aber im Schrank war kein Brot. Nur ein paar verloren gegangene Nudeln und überall Kaffeepulver. Er kniete sich in den Staub und tastete den Schrank von innen ab, was klug war, denn ganz hinten versteckte sich eine Dose gebackene Bohnen.

Jetzt zog Hawk die Schubladen auf und suchte den Öffner – diese Bohnen in Tomatensoße waren eine tolle Sache, die kamen aus Amerika –, er durchwühlte den

Pappkarton unter der Spüle, in dem Pfanne und Bratöl lagerten, fand aber nur das verklumpte Scheuerpulver vom Vormieter. Egal, was braucht's schon den Dosenöffner. Ein Messer geht auch.

Hawk griff sich ein Brotmesser und versuchte, die stumpfe Schneide durch den Deckel zu rammen, das machte eine lächerliche Beule, sonst nichts. Okay, dann die harte Tour. Er holte sich eine der Hanteln, sechs Kilo, glänzend Metallic, seine treuen Begleiter. Er setzte das Messer an, schwang die Hantel und haute zu. Tomatensoße spritzte ihm ins Gesicht und auf die Klamotten, seine letzten Klamotten, wie ihm mit einem Schlag aufging, der Rest war nur noch stinkendes Gelump, und dann holte er erst recht aus und hämmerte das Messer in die Dose, bis das Ding aussah wie etwas, was unter den Laster geraten war, triefend, zerbeult und erledigt. Hawk legte den Kopf in den Nacken und goss sich die Bohnen durch das gezackte Loch in den Hals, einfach nur schlucken, sein Magen spielte komplett verrückt.

Über ihm hing die Küchenuhr und tickerte, als wär nichts gewesen. Wieso hatten sie diese Uhr heil gelassen? Ausgerechnet.

Warum halbe Sachen machen, dachte Hawk, wenn man schon dabei ist, das ist was für Versager. Die Hantel flog durch die Luft, zerschmetterte das Glas und holte die Uhr von der Wand, alles krachte in die Spüle. Hawk griff nach den sechs Kilo, fühlte sich gut an, Metallic, kühl und entschlossen.

Er holte aus, und der Wasserhahn flog aus der Verankerung, schlecht verarbeitet, billiges Material wie alles hier, er zertrümmerte den Sperrholzschrank und zerschlug die paar Teller und Tassen gleich mit. Die Hantel zerlegte die Kaffeemaschine in ihre Plastikteile, donnerte gegen die Kühlschranktür, bis die sich aus den miesen Scharnieren bog, sie haute gegen die Wand, dass der Putz abflog und das Mauerwerk platzte, was war das für eine Wand, die kampflos nachgab, wer baute solche Häuser und setzte Menschen rein?

Eine Welt voller Verbrecher.

Im Klo war es dunkel, das war fast noch besser, denn Hawk sah Sterne mit jedem Schlag, die Kacheln regneten von den Wänden, der Boiler verbog sich, Hawk spuckte und schnaubte. Das Waschbecken hielt am längsten stand, erst schossen Risse in die Keramik, die dumpfen Schläge wurden heller, dann knirschte es, Hawk ließ die sechs Kilo fallen und riss am Becken, mit aller Kraft, bis er brüllen musste und im ohrenbetäubenden Krach mit dem Brocken zu Boden ging.

Nichts ist für die Ewigkeit.

Die Nachbarn standen im Treppenhaus und glotzten, in ihren Schlafanzügen oder was sie sonst an würdeloser Aufmachung trugen, wenn sie in ihren Betten lagen. Jetzt schlackerten sie vor Aufregung, als Hawk die Treppe runterwankte, wie jemand, der aus dem Schuttberg kam, mit eigener Kraft freigeschaufelt, zwei Hanteln in den bloßen Händen. Einer versuchte, ihn festzuhalten, aber das versuchte der nicht lang. Eine Frau schrie nach der Polizei, ihre Stimme schnappte über, sie nutzte die Gelegenheit, sich mal richtig auszuschreien, die Ersten hielten sich die Ohren zu.

»Kein Feuer machen«, rief Hawk nach oben, als er die letzte Stufe erreichte.

»Da ist was ausgelaufen.«

Er hatte so einen Instinkt, und der flüsterte ihm zu, besser nicht raus zur Straße, wo sie vielleicht mit der Benzinspritze warteten oder wo sich die Schlafanzüge aus ihren Fenstern hängten, nach den Bullen schrien und sich nass machten vor lauter Gewese, bis das Blaulicht über den Asphalt schwappte und herumzuckte wie auf Ecstasy.

Besser war's, nach hinten abzutauchen, an den Mülltonnen vorbei und durch die Hecke. Die zweimal sechs Kilo zerrten an Hawks Armen, aber die ließ er nicht los. Das Gestrüpp war zäh, die Äste hakten sich ineinander, um niemanden durchzulassen, sie weigerten sich, sie hatten Stürme und Unwetter überstanden, sie wussten, wie man überlebt. Nur jetzt war Schluss damit, das Geäst splitterte, zerkratzt verschwand Hawk mit seinen Silberhanteln in der Nacht.

6

Ein Gewitter aus Gebell rollte heran, fegte über den Waldboden und grub mit den Krallen Furchen in die Erde, schwoll bis zu den Spitzen der Baumkronen und schüttelte sie, Äste krachten herunter. Hawk warf den Kopf hin und her und rannte, aber die Hunde waren schneller, sie wussten, wie man ihn kriegte. Die Hunde schnappten nach seiner Kehle wie alte Bekannte, sie schnappten sich gegenseitig weg, ein Jaulen, wenn rottige Zähne eine der Schnauzen auffetzten, gesträubtes Fell, das Funken schlug, er roch den stinkenden Atem der Hunde, und dann sah er, wie sie ihre Fangzähne in seine Beine versenkten, sich festbissen, denn er war das Aas, er schlug um sich, aber es waren zu viele. Er wollte die Hunde zurückrufen, er wusste ihre Namen, doch sie pressten ihr Fell gegen seine Schnauze, ihre Haare in sein Maul, und er hörte, wie seine Bauchdecke unter ihren Zähnen zerriss, spürte, wie es heiß wurde – eine Hitze, die viel zu groß war, was hieß, dass er bald erfrieren würde, wenn er es nicht schaffte, die Augen zu öffnen, um nicht zu verbluten.

Die Hunde versenkten ihre Mäuler in seinen Bauch, ihre Köpfe drängten sich aneinander, die Vorderläufe in den Boden gestemmt. Hawks Eingeweide glitten raus, blasse Innereien wie beim Ausweiden der Tiere, ein plätschernder Wasserfall. Er wollte die langen Schlingen festhalten, sie zurückholen, aber er konnte nicht, weil seine Hände fehlten. Da ragten Pfoten aus den Stümpfen, die leere Haut seiner Finger schlackerte an den Seiten, seine Vorderpfoten zuckten blind.

Er schlotterte vor Kälte.

»Mann, wach auf.«

Er musste das Blut wieder einsammeln, das ihm aus dem Bauch schwappte, die Hunde schleckten es weg, ihre Schnauzen dampften, es war seins.

»Mach die Augen auf, du Penner!«

Der Typ bellte Hawk ins Ohr.

Es brauchte eine Weile. Dann kriegte er die Lider auf Halbmast und hatte die Fresse von Landa vor sich, die Hunde liefen davon, der Blutgeruch hing noch etwas in der Luft, bevor er sich dünnemachte. Hawk griff sich an den Bauch, aber da war alles am Platz.

»Hast du sie noch alle?«

Landa, das war der viel zu junge Kerl, der Hawk oft beim Wachdienst im Krankenhaus ablöste. Er redete nur von Mädchen, klares Zeichen dafür, dass er keins hatte und auch so bald keins haben würde, zumindest keins mit Verstand.

»Was schnarchst du hier rum? Hast du überhaupt schon die Runde gemacht?«

»Einen Teufel hab ich«, sagte Hawk und quälte sich in die Senkrechte, erst ein Bein von der Pritsche, dann das andere, vorsichtshalber blieb er erst mal sitzen, obwohl die Gedärme wieder drin waren. Er hatte einen irren Brand auf Orangensaft.

Landa war in voller Montur, da stand er drauf, komplett in Schwarz und an jeder Ecke ein Riesenaufnäher: SECURITY.

Das war ganz was Neues, Sicherheitsdienst war gestern. Hawks eigene Uniform hing im Spind, die trug er nur, wenn der Chef vorbeikam, und nachts kam der nie. Landa hatte sogar die alberne Kappe auf, und an seinem Gürtel klapperten Taschenlampe, Walkie-Talkie und Schlagstock um die Wette. Müsste er jemals wen durch die Flure verfolgen, würde ihm das ganze Gebimmel ordentlich was zwischen die Beine pfeffern, jede Wette. Und all das Theater nur, weil hier manchmal ein paar Bengel Steine schmissen oder die Fenster aufhebelten, um in den Leichenkeller einzusteigen, eine Mutprobe, schließlich war hier sonst nicht viel los in der Provinz, also rein gar nichts, weshalb auch das ganze Krankenhaus leer stand, so wie der halbe Ort, und im Keller lag längst keine Leiche mehr. Wer hier krank wurde oder tot umfiel, musste sich schon in die nächste Stadt schleppen lassen. Immerhin ein guter Posten, um Wache zu schieben, ruhige Kugel auf Stundenlohn.

»Wie spät ist das?«

Hawk fuhr sich mit den Fingernägeln durch die Bartstoppeln, das Kratzen zündete ein paar Raketen hinter seiner Stirn, sie gingen pfeifend in die Luft.

»Bist du dicht oder was? Ablösung ist jetzt, sechs Uhr«, sagte Landa.

Sechs Uhr früh, wenn's hochkam, hatte er zwei Stunden geschlafen, wenn man das Schlaf nennen konnte, auf der durchgelegenen Krankenliege im Schwesternzimmer.

»Du stinkst wie Hölle.«

Landas Visage unter der Security-Kappe kräuselte sich, das stand ihm überhaupt nicht.

»Stinkst wie ne Tankstelle und siehst aus wie vorn D-Zug geworfen, total zusammengehaun.«

»Mach mal piano«, sagte Hawk. Jetzt glaubt dieser Typ doch glatt, er hat Oberwasser, nur weil er fest auf zwei Beinen steht in seinem lachhaften Aufzug. Ein Walkie-Talkie macht noch keinen Kerl.

»Und was solln die Dinger hier?«

Landa kam richtig in Fahrt, er stieß mit seinem Stahlkappenstiefel gegen die Sechs-Kilo-Hanteln, die unter der Liege lagen, sie klirrten mit Schwung aneinander, und wieder ging eine Rakete hoch.

»Hier die Schicht verpennen und dann erst mal Eisen stemmen oder was? Meinst wohl, der Bunker bewacht sich von selbst?«

Der Typ wurde unangenehm.

»Leck mich am Arsch mit dem Bunker.«

Hawk ließ seinen verschrammten Körper von der Pritsche gleiten und stellte ihn auf die Füße, in Zeitlupe, der Boden schwankte leicht. Mit zwei Stunden Schlaf war kein Blumentopf zu gewinnen.

»Mach dir nicht ins Hemd, ich geh die Runde. Dann hau ich ab, und alles gehört dir.«

Er schlurfte zur Tür, bloß raus aus dem Kabuff, in dem Brigaden von Krankenschwestern ihre Augenringe gepudert hatten.

»Und Finger weg von meinen Eisen.«

Er hatte nicht vor, die Runde zu gehen. Nur ein wenig die Knochen strecken, bloß sachte, er musste wieder funktionstüchtig werden, und dem Boden unter seinen Füßen war nicht zu trauen. Aber alle Achtung, dass er es gestern Nacht noch hierhergeschafft hatte, ins Krankenhaus, das alle Bunker nannten, wahrscheinlich weil es zackenhässlich war. Oder weil es einen auf Hoffnung machte wie ein mickriger Luftschutzbunker, wo die Leute in ihren Betten schimmelten und drauf warteten, dass der Krebs sie fraß, die Bombe sie traf oder jemand ihnen die Raucherbeine abhackte. Jetzt schimmelten nur noch die Wände. Er hatte es in den Bunker geschafft, während die Bullen durch seine Wohnung stiefelten – und anscheinend hatte er sogar Schicht, verdammt, das war doch was, noch war nicht alles aus dem Ruder gelaufen.

Hawk stieg die Stufen runter ins Erdgeschoss, unten war ihm die Sache lieber, wer dermaßen eins reinbekommen hat, muss seine Fluchtwege im Auge behalten. Er ging zum Haupteingang und sah nach draußen. Sechs Uhr früh, nicht zu fassen, da war schon wieder alles hell und auf dem besten Weg, sich zu viel Sonne einzuhandeln. Hawk schüttelte ein Frösteln von der Schulter, er war noch nicht auf der Höhe. Der Parkplatz lag wie ausgegossen da, schlapp, eine verlassene Landebahn, an deren Rändern sich das Moos breitmachte, um sich geduldig alles zurückzuholen. Es hatte alle Zeit der Welt.

Seit einem halben Jahr schob er hier regelmäßig Schicht, am liebsten nachts und am Wochenende, weil das Zuschlag gab. Den anderen Aufpassern begegnete er nur bei der Ablöse. Der Job war echtes Glück, das war ihm klar, wer nimmt schon einen, der gesessen hat? Beim ersten Antanzen vorm Chef hatte er die Muskeln spielen lassen, damit der wusste, bei ihm bleibt der Bunker sauber. So wie er selbst sauber war, Meister Proper, spiegelblank, keine Fahrten mehr, keine Tauschgeschäfte und keiner, dem er was schuldig war.

Er mochte es, nachts auf Schicht mit dem Taschenlampenkegel durch die Dunkelheit zu kreisen, leere Gänge, leere Zimmer, leere Betten.

Niemand da, der ihm reinpfuschte.

So sah sein neues Leben aus.

Hawks Magen krampfte sich zusammen, das Knurren schickte sein Echo bis in den Leichenkeller. Er brauchte Orangensaft, brauchte was zwischen die Zähne. Und er stank fürchterlich, das zog ihm in die Nasenlöcher, bis sich die Haare kräuselten, Benzin und Tomatensoße, rote Sprenkel überall. Hawk sah an sich herunter, wer weiß, ob das alles nur Tomate war, irgendein Gestrüpp hatte ihm die Arme aufgekratzt, und seine Fingerknöchel waren steif. So konnte er nicht ans Tageslicht.

Er drehte sich Richtung Cafeteria, komplett nutzlos natürlich, die war genauso dichtgemacht wie der Saal, wo sie an den Leuten rumgeschnippelt hatten, wie die riesige Küche aus Stahl für den Krankenhausfraß und wie das Zimmer vom Chefarzt, wo nur noch ein paar Tittenhefte mit Eselsohren in der Schublade lagen, ein trauriger Anblick, er konnte gar nicht sagen, wieso.

Aber ihm schwebte diese Saftpackung vor Augen, in Orange, das wurde immer dringender, mit Fruchtfleisch, am besten ein paar Liter davon.

Hawk betrat die Kaffeestube. Kleine Inseln aus Resopaltischen und in den Boden geschraubten Stühlen, die Wände hatten sie pissgelb gestrichen, hinter der Verkaufstheke gähnte die Leere. Nur die Schilder klebten noch: Käsebrötchen, Wiener im Brot mit Kartoffelsalat, Stulle mit Schmalz. Sein Magen kriegte das sofort spitz und schraubte sich ein paar Mal um sich selbst. Großes Kompott, kleines Kompott. Ein Glas Milch. Phantomschilder wie nach dem Atomangriff, nichts mehr zu holen, kein rausgehusteter Krümel mehr.

Aber Moment, an der Wand stand ein Automat für Zuckerbrause. Hawk spähte in die Fächer, und da steckte eine Flasche, eine einzige Flasche. Ihm lag die Orange schon auf der Zunge, die Kohlensäure stieg ihm glatt hoch, und er schob die Hand in die Hosentasche, um nach Münzen zu angeln, fingerte alles raus und warf es auf einen Tisch. Da war der Autoschlüssel, ein nutzloses Ding, der blanke Hohn, und da war der andere Schlüsselbund mit dem ganzen Rest, dann die zweite Hosentasche, Streichhölzer, irgendein Müll und tatsächlich zwei Münzen, halleluja. Gerade wollte er die kleinen Glücksbringer in den Schlitz fummeln, da wurde ihm klar, dass keine einzige Steckdose in diesem verfluchten Seuchenhaus Strom draufhatte. Brauchte keiner. Alles tot.

Hawk packte den Automaten mit beiden Händen und starrte die Flasche an.

Aufbrechen ging natürlich auch.

Er zögerte. Vielleicht, weil das Einschlagen des milchigen Fensters, hinter dem sich die Brause räkelte, ihm wieder Raketen hinter die Stirn schießen würde. Vielleicht, weil ein schwerer Gegenstand besser wäre, um das elegant zu lösen, besser als seine steife Faust. Vielleicht zögerte er auch, weil er Wachmann war, Uniform hin oder her, das hier war sein kleiner wanziger Job. Den er vermasseln würde, wenn er das Fensterchen einschlug, dieses eine Fensterchen.

Er stand da, sein Blick fiel auf den Tisch, und da lag die Streichholzschachtel, die er in der Hosentasche mit sich herumgetragen hatte. Die in Benzin getränkten Hölzer aus seiner zerlegten Wohnung, der Gruß vom Unbekannten, die Drohung ohne Absender, bereit, alles anzuzünden und ihn gleich mit. Hawk griff nach der Schachtel und las den Aufdruck: *Elmsfeuer.*

Einen Moment rührte er sich nicht, während die Gänsehaut an seinen Armen hochkroch, Elmsfeuer, unvorstellbar kalt war das hier, dann griff er seine Schlüssel, duckte sich und rannte aus der Kaffeeschenke, rannte durch die Eingangshalle mit der gläsernen Front, jeder hätte auf ihn anlegen können, er brauchte Deckung, rannte ins Treppenhaus, die Stufen hoch, wo seine Beine sich verhakten, knapp fing er sich am Geländer auf. Sein Kiefer presste die Adern raus, sein Puls haute in die gleiche Kerbe. Hier kannte ihn einer mehr, als gesund war, und das stank zum Himmel.

Der Automat behielt seine letzte Flasche.

7

Der Krankenwagen donnerte über die Landstraße. Was für ein Geschoss, es fühlte sich an wie Panzerfahren, oben auf dem Bock sitzen und durch den Asphalt pflügen, die anderen machten Platz. Neben der Straße blühte noch der Raps und alles andere auch, riesige Bäume schoben sich wie Flügelblenden zwischen die Felder und zerlegten die Landschaft in Gelb und Grün.

Hawk drückte das Gaspedal bis zum Anschlag und schaute der Tachonadel dabei zu, wie sie schwitzend voranzitterte, das Tempo kam langsam, und das Führerhaus wackelte, er streckte den Arm aus dem Fenster und ließ sich vom Fahrtwind einwickeln.

Die Packung Orangensaft lag platt auf dem Boden, nie im Leben hatte er so guten Saft in sich geschüttet, zum Niederknien, jede seiner Poren hatte sich draufgestürzt und gesoffen, was das Zeug hielt. Er trug die schwarzen Security-Klamotten, die aussahen wie frisch gebügelt. Die passten nicht zu seinem Gesicht, in dem nichts gebügelt war, aber besser als weiter dreckige Fetzen am Leib. Seine alte Kleidung hatte er in den Spind geknüllt, sicher stank das Schwesternzimmer schon danach. Seine Hanteln schlummerten auf dem Beifahrersitz.

Die an der Tankstelle hatten ganz schön geguckt, als er auf wackligen Beinen aus dem Krankenwagen geklettert war und mit seinen letzten Münzen den Saft gekauft hatte, die größte Packung im Regal. Für Benzin hatte es nicht mehr gereicht, obwohl im Tank wirklich kein Paradies herrschte, aber bisher war ihm immer was eingefallen.

Und Glück musste man auch mal haben, oder nicht?

Das Glück zum Beispiel, dass die Tür vom Leichenkeller dicht hielt. Dann würde er Landa wieder rauslassen, bevor zur Wachablösung am Abend irgendein pickeliger Kollege das Geschrei mitbekam, unten aufsperrte und womöglich die Bullen rief, alles nur wegen einer Krankenschleuder, die keiner mehr brauchte, wo war denn da bitte das Problem? Aber das wollte der Kerl nicht verstehen.

»Das ist ein Notfall«, war Hawks Ansage gewesen, »Notfall – wie im Krankenhaus, alles klar? Ich muss in Hamburg was regeln, danach bring ich die Kiste zurück. Merkt doch keiner.«

Aber da fummelte Landa schon an seinem Walkie-Talkie, das aussah wie ein Kinderspielzeug, lächerlich, wen wollte er damit aus dem Bett holen am Sonntagmorgen.

»Lass den Quatsch stecken«, sagte Hawk, er hatte es wirklich im Guten versucht.

Das Funkgerät knarzte beim Einschalten.

Landa war ein fürchterlicher Schreihals. Und erbärmlich leicht auszutricksen. Aus dem Kreuzgriff kam er nicht mehr raus – und so was nennt sich Sicherheitsdienst. Im Keller konnte der sich heiser brüllen, wie er wollte. Die Taschenlampe ließ Hawk ihm da, im Dunkeln sitzen will keiner.

»Hast was gut bei mir, wenn ich wiederkomm.«

Der Morgen bretterte dahin, der Fahrtwind blies den Staub von der Krankenkarre, und der Benzinanzeiger stand kurz vor der Ohnmacht. Hier mit der Ambulanz am Straßenrand liegenzubleiben, war keine gute Idee. Wenn er in dem Aufzug und mit der verkohlten Fresse per Anhalter fuhr, rief er die Bullen auf den Plan, noch ehe sich sein Daumen in die Morgensonne reckte. Ihm klebte genug Scheiße am Schuh.

Hawks Finger trommelten übers Lenkrad, komm schon, sein Gehirn feuerte Lösungen, die keine waren, zum Beispiel den Gedanken, eine Tanke klarzumachen, falls hier jemals wieder eine auftauchen würde, irgendwie an Sprit rankommen. Aber erstens hatte er keine Waffe, nicht mal ansatzweise, hier fanden sich höchstens ein paar Spritzen, und die Hanteln brachten ihn auch nicht weiter, und zweitens war er sauber, seit er dem Knast Adieu gesagt hatte, ein solider Typ, der im Telefonbuch stand, mit seinem Namen am Briefkasten und einem Job auf Kontonummer.

Da wühlte einer in seinem Leben, da wollte ihn einer zum Bastard machen, aber wie sollte er das parieren, wenn er im Rapsfeld strandete, eine Niete in gebügelten Security-Hosen. Wer würde da nicht nervös werden und Gebete zu einem Himmel schicken, der seine Ohren immer woanders hatte.

Oder nicht.

Denn da hinten glitzerte was zwischen den Bäumen. Meilenweit weg und noch nicht zu fassen, ein Flirren wie Autoblech in der Sonne, eine verwaschene Fata Morgana. Hawk hielt drauf zu. Er musste gar nichts machen auf dieser schnurgeraden Straße, nur dranbleiben und Glück haben, lass es ein friedliches Auto sein, vollgetankt bis unters Dach.

Wie sehr er sich wünschte, Miss Stetson zu fahren und nicht diese donnernde Krücke, seinen glorreichen Wagen, in dem ihm keiner was konnte, diese Perle von Auto, die in einer von Mahmouds Garagen auf ihn gewartet hatte, als er aus dem Zuchthaus gekommen war. Sie war sofort angesprungen.

Wer zündet so was an?

Jetzt klärte sich das Bild. Da funkelte tatsächlich ein Autodach zwischen zwei stämmigen Eichen, die Hoffnung blitzte auf und rückte näher. Uralte Klopper, diese Bäume der Landstraße, die wer weiß was gesehen hatten, all die jungen Kerls auf zu viel Friesengeist, die ihre Karren um die Stämme wickelten, dass die Rinde spritzte und das Hirn gleich dazu. Die Eichen ließen sich nicht stören, sie wuchsen immer weiter, wer solche Wurzeln hat, fällt nicht mehr um.

Hawk klammerte die Hände ums Lenkrad, noch die paar Meter bis zur Rettung, was für eine Pracht, das einsame Auto strahlte in die Landschaft hinein. Ein unglaublich behäbiger Opel in Froschgrün, eigentlich eine Scheußlichkeit, aber der Fahrer schien ausgeflogen, als wär's bestellt.

Hawk ließ die Seuchenwanne vorsichtig näher rollen.

Dann hielt er am Straßenrand und drehte den Motor ab.

Überall Rapsfelder mit ihren süßlichen Schwaden, kurz vorm Verblühen. Wenn er Pech hatte, war der Typ nur kurz pinkeln und kam gleich zurück aus dem gelben Meer. Mit etwas Glück hatte der was Längeres am Laufen und blieb eine Weile abgetaucht. Hawk stieg aus, ging zur Hecktür und klappte sie auf. Und jetzt finde dich mal in so was zurecht. Offensichtlich hatte hier alles seine Ordnung, aber nur für Leute, die jeden Tag mit Blaulicht durch die Gegend kurvten und aufzuhalten versuchten, was nicht aufzuhalten war.

Hawk wühlte sich durch die Ausstattung, durch die Schubladen und Schränke, die hübsch aufeinandergetürmten Pillenpackungen, Hämmerchen hingen an kleinen Haken, seltsame Plastikbeutel und Geräte mit vielen Knöpfen, für irgendwas war das schon alles gut – dieser Schlauch zum Beispiel, der aus der Wand ragte, mit einem zarten Ruck rausgerupft, und jetzt fehlte nur noch ein Kanister, eine Flasche, um sein Vorhaben rundzumachen. Die Pulle Desinfektionsmittel da vielleicht, aber die fasste gerade mal einen Liter, damit kam er nicht durchs Ziel. Er drehte sich einmal im Kreis, dann fiel sein Blick auf die Gasflasche in der Ecke, geschmückt mit Warnaufklebern. Hawk packte das Ding und hob es hoch, das war reiner Sauerstoff, die Menschheit war wirklich auf Zack. Ein vorbildlich ausgestattetes Seuchenmobil.

Mit der Stahlflasche unterm Arm sprang er auf die Straße, er öffnete das Ventil und ließ es zischen. Der

Gasstrahl pustete raus, eine ohrenbetäubende Kraft, und Hawk hielt sich zurück, um nicht weiter aufzudrehen. Er hatte so ein Ding mal durch die Decke fegen sehen, das hatte Karacho wie eine Granate, da musste man besser geduldig sein.

Vom Opelfahrer weiter keine Spur. Vielleicht hielt der ja ein Nickerchen, oder der Erdboden hatte sich aufgetan und ihn weggeschluckt. Als dem Zischen endlich die Luft ausging und sich der letzte Sauerstoff überm Staub der Straße verflüchtigte, schraubte Hawk das Ventil aus der Flasche und schüttelte sie kräftig über Kopf, böse Überraschungen konnte er nicht mehr gebrauchen. Dann knöpfte er sich den Opel vor. Tankdeckel auf und rein mit dem Schlauch. Mal sehen, ob die Karre flüssig war.

Hawk hatte das schon ewig nicht mehr gemacht, aber die meisten Dinge im Leben verlernt man nicht. Er saugte am Schlauch, bis das Benzin aus den Tiefen des Tanks hochstieg, danach lief die Sache von selbst und die Stahlflasche füllte sich. Er spuckte ein paar Mal auf die Straße, gegen das metallische Brennen im Mund, und mit jedem Spei fuhr ein neuer Tross Lebensgeister in ihn ein. Während er dastand und das stinkende Gold empfing, lud die Sonne seine schwarzen Klamotten auf wie das Gefieder einer Krähe, die den Winter überstanden hat. Gleich würde er abheben.

Als das Benzin über den Rand der Flasche schwappte, ließ Hawk den Opel stehen und goss es in die Krankenkarre.

Erst als er die Fahrertür zuknallte und den Motor aufheulen ließ, um der Welt zu zeigen, dass er wieder im Rennen war, sprang auf einmal ein Paar aus dem Raps.

»Hey!«, rief der Typ, ein Hippie mit langen Haaren. Er war nackt und hielt sich die Hand davor. Wusste nicht recht, was tun.

Die Frau blieb zur Hälfte im Feld, die gelben Blüten drängelten sich um ihre Hüften, um auch was abzukriegen.

»Hey«, sagte Hawk und winkte aus dem Fenster. »Ein Notfall.«

Dann gab er Gas. Im Rückspiegel sah er, wie sich die Frau eine Zigarette in den Mund schob.

Er widerstand dem Drang, den Sirenenknopf zu drücken, einfach nur, um zu wissen, wie das klingt, und es war gar nicht so leicht, diesen Finger im Zaum zu halten.

8

Da war sie wieder, die Stadt, sie sperrte den Rachen auf, und Hawk fuhr mittenrein. Die Straße glitt unter die Räder und ließ sich plätten, das war ihr Job. Die Türen der Casinos und Bars standen weit offen, um den Muff von letzter Nacht auszulüften, jemand fegte Scherben zusammen.

So sah das Ganze bei Tageslicht aus. Immerhin fuhr er diesmal nicht mit dem Zug und ließ sich nicht mit all den anderen Kreaturen in das Höllenloch von Bahnhof auswerfen, sondern rollte schön auf seinen eigenen vier Rädern die alte Rotlichtmeile runter, na gut, fast eigene Räder, seine Hand lag locker auf dem Steuer und entspannte sich, die Sonne brachte den Asphalt zum Glitzern, auf dem Trottoir verdampften die Bierpfützen. Man könnte glatt meinen, alles wär in bester Ordnung, Hamburg tat harmlos und war längst wieder am Werk.

Grad Mittag, und schon waren die ersten Kanaillen mit ihrem Wermut unterwegs, eben noch blinzelnd aus den Löchern und Arrestzellen gekrabbelt und gleich den ersten Klapperschluck gekippt, damit die Hände nicht mehr die Flatter machten und etwas Würde einkehrte, mit jedem Schluck ein bisschen mehr.

Hier hatten die Leihhäuser rund um die Uhr Betrieb, wo die einen ihre letzten Fummel versetzten, die

Krokotasche, die geerbte Taschenuhr, während sich die anderen in der Auslage ein feines Geschenk für die neue Flamme ausguckten. Danach ließen sie sich mit fremder Leute Spucke das Schuhwerk blankwichsen und planten seelenruhig den nächsten Coup.

Er wusste schon, warum er diesem Fischmaul von Stadt den Rücken gekehrt hatte, denn wenn du erst mal drinhängst, gehörst du bald selbst zum Schleim, dem oben oder dem unten, das entscheiden am Ende die andern, die mit den blitzenden Schuhen.

Hawk hielt an einer roten Ampel. Diese Meile da draußen hatte sich keinen Deut verändert, über kurz oder lang würde er wen wiedererkennen oder andersrum, ihm gefiel beides nicht.

Elmsfeuer.

Die Streichholzschachtel steckte in seiner Hosentasche.

Da bohrte einer die Finger in seine Vergangenheit. Und zwar ziemlich tief.

Er hieß Herbert, als er im Elmsfeuer ankam, Herbert Friedheim, ein beschissener Name, und ein richtiger Bart wollte ihm auch noch nicht stehen, die ersten Haare weich wie beim Küken. Über der Eingangstür vom Laden hing ein großes Steuerrad, das sieht nach einem guten Zeichen aus, wenn du noch grün hinter den Ohren bist und denkst, die Welt wartet auf dich. Das war bald dreißig Jahre her.

Jemand klopfte an die Autoscheibe und riss Hawk aus seinen Gedanken.

»He, Meister!«

Ein Junge mit Goldkettchen wippte auf dem Gehsteig und zeigte auf seine Nase, die rot war wie ein Luftballon.

»Nasenbluten!«

Seine schmierigen Knöchel trommelten gegen das Fenster und hinterließen Pfotenabdrücke, die Tropfen zogen Fäden von seinen Nasenlöchern bis zum Rinnstein, das musste gesessen haben.

»Meister!«

Was wollte der Typ? Hawk fiel ein, dass er im Krankenwagen saß, das sah wohl nach einer Einladung aus. Dann sprang die Ampel um. Er zeigte der Goldkette einen Vogel und stieg aufs Gas.

Die Seitenstraßen waren verdammt eng und wurden immer enger, sie saugten ihn rein wie eh und je. Er nahm das Tempo raus und versuchte, sich zu konzentrieren. Vor dem Messerladen wartete eine verlorene Bordsteinschwalbe auf Kundschaft, sie war viel zu früh dran. Sie trug diese Stiefel bis übers Knie und kaute Kaugummi mit offenem Mund. Beim Schlachter lagen Fleischklopse im Fenster, mit Spiegelei drauf, die lagen da sicher seit Freitagnacht, Hawks Magen schrie danach, nach jedem verrunzelten Spiegelei. Vielleicht ließ sich da was machen, auch ohne Geld, er fuhr noch langsamer, die Klopse im Rücken und kein zündender Gedanke, da bog das Polizeiauto um die Ecke und hielt auf ihn zu. Hawks erster Reflex war, sich zu ducken, ein ausgesprochen dummer Reflex, den er sofort in den Griff bekam, eine Seuchenwanne ohne Fahrer ist wie ein Zivilschnüffler im Lederjackett: riecht faul, auf hundert Meter gegen den Wind. Dann griff er nach der Security-

Kappe, um sie sich auf den Kopf zu ziehen, den Schirm tief über die Stirn, aber nach Sanitäter sah das nicht aus, jeder Idiot würde stutzig werden, selbst die Schmiere. Also heftete er seine Hände ans Steuer und blickte stur.

Ein unauffälliges Tempo wäre gut, ein normales Tempo, bloß nicht zu viel Gas. Jetzt konnte er die beiden Schupos in ihren Sitzen sehen, sie schauten rüber, der eine biss in ein Brötchen, und gelbe Tunke quoll raus. Hawk tippte zwei Finger an die Stirn, die Bullen nickten. Die Kriminalschaukel rollte vorbei. Kurz dachte Hawk an Landa im Leichenkeller. Wenn er den wieder rausließ, musste er sich was überlegen, damit der den Rand hielt. Bestimmt hockte der jetzt in der Totenkammer und malte mit seiner Taschenlampe Pimmel an die Wand.

Dann entdeckte Hawk eine schmale Einfahrt zu einem der Hinterhöfe. In dieser Straße reihte sich eine Kneipe an die nächste, und diese hatte einen versteckten Parkplatz beim Lieferanteneingang, gut, wenn man Dinge außer Sichtweite zu erledigen hatte oder mal in Frieden pinkeln wollte, und wer würde bei einem Sani, der Pause machte, Schlechtes denken? Nachdem er das Monster auf den Hinterhof verfrachtet hatte, stieß er die Fahrertür auf. Die Hitze hing ihm in den schwarzen Klamotten, um seine Achseln hatte sich der Stoff noch dunkler gefärbt. Er zog die Streichhölzer aus der Hosentasche und drehte die Schachtel zwischen den Fingern. Er konnte sich keinen Reim drauf machen. Was hatte er noch mit diesem Laden zu schaffen? Wer nannte ihn *BASTARD*? War das Karl, der ihm sein Leben abfackeln wollte? Dann kam die Rache reichlich spät. Dabei hatte Hawk lange darauf gewettet, dass sie kommen würde.

Seine Augenbraue war frisch genäht, als er nach Hamburg kam, mit fünfzehn Jahren und einem Rest Wurstbrot in der Tasche. Der überstehende Faden flatterte ihm im Augenwinkel, schwarzer Zwirn, er wollte ihn ständig wegwischen.

»Ende Gelände«, sagte der Typ, der ihn im vw-Bus mitgenommen hatte.

»Hier ist Endstation, Kleiner. Jetzt musst du allein klarkommen.«

»Klar.«

»Wie heißt du noch mal?«

»Herbert.«

»Hau rein, Herbert.«

Herbert sprang raus und warf sich seinen Beutel über die Schulter. Er hatte ganz schön Strecke gemacht, Hunderte Kilometer nur nach Norden, möglichst weit weg von zu Haus. Weg aus dem dumpfigen Dorf, das in ständiger Dämmerung zwischen den Bergen lag, fort vom vermieften Hof, wo ihn nichts mehr hielt.

Er hätte nicht gedacht, dass Trampen so leicht war, von den großen Transportern hielt immer einer an. Die Fahrer sahen sein zerschlagenes Auge und nickten. Er konnte aus dem Fenster schauen und der Landschaft dabei zusehen, wie sie flacher und offener wurde, die dichten Hügelwälder verschwanden. Der Horizont tauchte auf.

Jetzt also Endstation. Das hätte auch ganz woanders sein können, er hatte ja keine Ahnung, aber dann wehte ihm eine Brise den Hafengeruch vor die Füße und er ging los, immer zum Wind.

Die Stadt flüsterte ihm gleich was ins Ohr und machte ihm die Augen wässrig, er konnte nicht aufhören, sich alles anzusehen. Besonders die Kräne, die am anderen Ufer ihre stählernen Hälse in den Himmel reckten, Wesen aus einer fremden Welt, mit baumelnden Haken. Besonders die Schiffe, die sich schwer den Fluss entlangschoben, von Möwen verfolgt. Die großen Kähne trugen Flaggen aus Ländern, von denen er keine Vorstellung hatte, außer dass es dort Bananenbäume gab und Rum in Holzfässern wie bei den Piraten. Er setzte sich auf einen Poller, eine gedrungene Eisenfigur, der Wind spielte mit dem Faden in seiner Braue, und es roch nach Salz. Er spürte, wie der Wind über ihn wegblies und etwas mitnahm, was sich auf den Haarspitzen seiner Arme gesammelt hatte, obwohl da gar nichts zu sehen war, wie er weiter über den Fluss blies, das Wasser zu Inseln aus Gischt aufbauschte, und der Eisenpoller unter ihm war so unendlich stark, er legte seine Hand drauf und stellte sich vor, dass er Meeresluft atmete.

Später lief er den Hafen ab, erst am Fluss entlang, dann jede Gasse rauf und runter, durch das Viertel der Reichen und durch den ganzen Rest. Er sah Villen mit schneeweißem Anstrich und Gärten mit Obstbäumen, deren Äpfel im Gras weich wurden, ohne dass jemand sie aß.

Er streunte durch abgewetzte Hinterhöfe, in denen sich die Katzen zwischen den Mülltonnen prügelten, die Hauswände rußgeschwärzt, als hätte es vor langer Zeit gebrannt. Männer in Unterhemden lehnten aus den Fenstern und rauchten, und überall spielten Jungens Schießen, die Hosenträger eng am Leib, die Zeigefinger aufeinandergerichtet, jemand schimpfte hinter der Klöppelgardine. In einigen Gassen roch es nach Gewürzen, in anderen nach Schlachterei, Herbert kannte den Geruch von abgebrannten Borsten und noch warmem Fleisch. Ein Pferdegespann rumpelte übers Kopfsteinpflaster, der Gaul trug eine Seemannsmütze, die Ohren standen zu den Seiten raus.

Als es dämmerte, fing die Stadt an zu glimmen und zu blinken, eine Lichterparade aus dem Nichts, die Straßen füllten sich mit allerlei Volk, das mit weit ausholenden Schritten unter die Leuchtreklamen strömte, die Gesichter in Grün, in Rot und Blau.

Herbert ließ sich mit den Menschen treiben, sie sprachen hier anders, breiter und weicher, die Frauen trugen Hochsteckfrisuren und karierte Röcke, ihre Lippen waren lackiert. Die Männer hatten Hüte auf dem Kopf, sie waren laut und hielten Bierflaschen fest. Die Menge lief die Gehsteige auf und ab, auf den Straßen rollten vw-Käfer, bis auf den letzten Platz besetzt, die Kerls auf der Rückbank drückten sich die Nasen platt, die Scheiben von ihrer Puste beschlagen.

Es roch wie beim Rummel nach Bratwurst und Parfum. Alle paar Meter gab es Stehbierhallen, die zur Straße hin offen waren und in denen sich die Leute aneinanderdrängten. Herberts rechte Sohle hatte sich halb vom Schuh gelöst und leckte über den Gehweg.

Er geriet in eine Straße, wo Frauen in schummrigen Schaufenstern saßen, manche hatten kaum etwas an, das Fleisch schimmerte, und die Schuhe hatten spitze Absätze, es war gut, dass die Frauen saßen, sonst würden sie sich bestimmt durch den Boden bohren. Die Frauen klopften von innen gegen die Fensterscheiben. Herbert ging schnell weiter.

Das Blinken der Leuchtpfeile setzte ihn unter Strom, sie zeigten in jede Richtung, lockten die Nachtfalter und verwirrten sie, schienen eine einzige Verschwendung zu sein. Aus jedem der Lokale kam eine andere Musik, ein vielstimmiges Gegröl zum Akkordeon, ein paar Schritte weiter ein Rhythmus, der Herbert durch den ganzen Körper fuhr, das war Rock'n'Roll, der Rock'n'Roll, den er abends heimlich am großen Saba-Röhrenradio auf Radio Luxemburg gehört hatte – *Your Station of the Stars* –, der lief hier laut und vor allen Leuten.

Auch an den Straßenecken gab es die Frauen mit den Absätzen, von ihren meterlangen Beinen sprachen sie die Männer an, Herbert beachteten sie nicht. Er hatte noch mit keinem Menschen gesprochen und fragte sich, wohin er gehen sollte, wenn er nicht mehr laufen konnte, wo er sich in dieser Stadt hinlegen könnte und ob es überhaupt möglich war, hier die Augen zu schließen.

In einer Bierhalle hingen sie schon mit den Köpfen auf dem Tresen, in einer Hand noch die qualmende Zigarette. Eine Weißhaarige mit schlackernder Haut und zugehangenen Augen hörte nicht auf, sich im Kreis zu drehen, sie war barfuß, und ihr Faltenrock flog hoch, die Laufmaschen ihrer Strümpfe zogen Schlieren durch die Luft, sie breitete die Arme aus und lachte Herbert an.

Auf der Suche nach einem Unterschlupf ließ er die Menschenströme hinter sich. Die zu einer schmalen Rolle gedrehten und mit Einweckgummi umwickelten Scheine, die ihm seine Mutter in die Hand gedrückt hatte, bevor er für immer vom Hof gerannt war, würden nicht lange reichen. Für ein Bett in einem der Hotels war es vielleicht genug, aber danach wäre das Geld weg.

Herbert blieb vor einem Abrissgelände stehen, eine mit hohem Gras bewucherte, müllübersäte Fläche. Die rostigen Sprungfedern einer Matratze und zerschlagene Flaschen lagen vor dem Eingang eines halben Hauses, weggebombt und nicht mehr aufgebaut. Die eine Seite stand noch, die andere gab den Blick auf das nackte Skelett der Zimmerwände frei. Wenn das seit Kriegsende gehalten hatte, würde es heute Nacht nicht zusammenfallen.

Herbert trat näher, wich den Scherben aus. Der Hauseingang war mit Brettern verrammelt, doch jemand hatte so viele von ihnen entfernt, dass ein Loch entstanden war, groß genug zum Durchsteigen. Herbert steckte den Kopf durch die Öffnung. Der Gestank von Exkrementen schnitt ihm die Luft ab, ruckartig zog er sich zurück und haute gegen eine Latte, im Abbruchhaus hustete es. Herbert sah zu, dass er wegkam, beim Rennen löste sich die Schuhsohle und flog ins hohe Gras zu dem anderen Müll.

Einige Straßen weiter stieß er auf dieses Lokal. Das Steuerrad über der Tür verströmte etwas Tröstliches, ein Kranz glattgewetzter Holzgriffe. Durch die flaschenbodendicken Butzenscheiben drangen weder Gesang noch Geheule, er lauschte eine Weile, nur ein gleichförmiges Stimmengebrumm hinter dunkelgrünem Glas. Herbert umkreiste den Laden, bis er nicht mehr wusste, worauf er noch warten sollte.

Elmsfeuer. Am Eingang war ein Emailleschild angebracht, auf dem stand in Schnörkelschrift:

Zimmer für Fahrensleute
Warme Küche
Telefon
Mittwoch Seelsorge
Freitag Skat

Was immer das war, es klang nicht gefährlich.

Herbert machte sich so groß es ging und öffnete die Tür. Drinnen strich ihm etwas über die Stirn, sofort zog er den Kopf wieder ein, da baumelte ein grobmaschiges Fischernetz. Kratziges Raucherlachen füllte den Raum, es war warm und roch nach Zigarre und Speck. Herbert sah eine mit Rettungsringen behängte Bar und Sitzecken, über denen aufgeblähte Kugelfische schwebten. Glühbirnen pendelten aus ihren Bäuchen. Er zwängte sich schnell an einen leeren Tisch, die Schultern noch immer zu den Ohren gezogen.

Das Licht der Kugelfischlampe kreiste über der Häkeldecke. Herbert bohrte einen Finger in die Schlaufen, sein Blick wanderte vorsichtig hoch. Hier schienen nur Männer zu sein. Breite Rücken und klobige Schuhe.

Von der Wand gegenüber streckte sich ihm ein Knochenmaul entgegen, zwei Reihen scharfer Zähne. Herbert stellte sich vor, wie die unter Wasser zugebissen hatten. Mitten im Raum hing an groben Tauen etwas sehr Langes, das spitz zulief. Es sah aus wie gegerbte Haut. Ein Fisch ohne Augen, ohne Flossen?

An der Theke entdeckte er eine geschnitzte Frau in blauem Kleid. Sie lehnte sich schräg in den Raum, als hätte sie ein ganzes Schiff in voller Fahrt hinter sich, ihr Haar steif nach hinten geweht, die Punkte ihrer Pupillen in die Ferne gerichtet.

»Na, bist 'n kleiner Deserteur?«

Das war das Erste, was in dieser Stadt einer zu ihm sagte, und dieser Jemand war Karl.

»Ich hab nichts gemacht.«

»Hat auch keiner behauptet.«

Karls Gesicht war buschig, ein einziger Vollbart, sogar seine Augenbrauen ließen sich nicht voneinander trennen. Er trug einen Seemannspulli mit hochstehendem Kragen, aus dem sein bewucherter Hals rausguckte. Herbert musste an Kaminfeuer und Lakritze denken, was merkwürdig war.

»Aber durchgebrannt bist du trotzdem. Seh ich doch.«

Beim Trampen hatte Herbert sich überlegt, welche Geschichte er erzählen sollte, wenn einer ihn schnappte, wenn einer ihn zurückschicken wollte, und er suchte im haarigen Gesicht des Mannes nach dem Blick, den einer haben würde, der ihn an die Polizei verpfiff.

Karl zwinkerte. Das Zwinkern zog ein Netz aus Falten zum Augenwinkel und ließ es wieder los. Herbert dachte an die Geschichte mit dem Onkel, den er besuchen wollte, und dann war was schiefgegangen, weswegen er jetzt allein war und ohne ein Bett zum Schlafen – oder seine Eltern waren tot, das wär sowieso am besten, oder er machte einfach eine Reise, war er denn nicht alt genug? Er könnte sagen, er wäre schon siebzehn, aber der Mann mit den Haaren sah nicht so aus, als ob er irgendetwas davon glauben würde. Der hievte nur seine Augenbraue hoch.

Herbert zupfte seinen Finger aus der Häkeldecke und schob sich die Hände unter die Oberschenkel. Seine Augen wanderten wieder zur meterlangen Lederhaut, die ruhig und schwer in den Tauen hing, und er dachte an Unterwassertiere. Das musste einmal lebendig gewesen sein. Der Mann beugte sich zu ihm runter.

»Walpenis. Beachtlich, nech? Von ihren Touren schleppen die Jungs alles Mögliche an.«

Herbert klappte der Mund auf. Wale mit Penissen, was für eine Sache, er hatte nur gewusst, dass die hinten Schwänze haben. Der Mann griff nach einer Büchse, die ihm am Gürtel hing. Er spuckte hinein und schob seinen Kautabak in die andere Backe. Es roch nach Lakritz.

»Siehst hungrig aus«, sagte Karl.

Hawk schreckte hoch, als jemand näher kam. Die klapperdürre Gestalt lief auf den Krankenwagen zu und lächelte so breit, dass ihr aufgerissener Mund sie fast verschluckte.

»Mann, traumhaft.«

Hawk kannte dieses Zucken in den Pupillen und das

Zittern am Körper, der Junkie stützte sich auf die Motorhaube.

»Mann, du bist meine Rettung, gibst du mir ein Diazepam, oder Codein geht auch, oder was du hast, ich nehm alles, ganz egal.«

»Mach die Biege.«

»Oder Codein, Mann, irgendein Hustensaft, ich bin sofort wieder weg, ja?«

»Und ich bin nicht die Heilsarmee.«

»Aber du hast die Pillen doch, du hast die doch da drin? Du musst die doch nur ausspucken, ich will's ja nicht umsonst.«

Der Junkie lehnte schief und ausgedörrt unter der strahlenden Sonne, die blasse Papierhaut konnte jeden Moment reißen.

»Siehst du, hier!«

Er fummelte einen Fünfer aus dem Hosenbund und versuchte ihn glattzustreichen.

»Diazepam wär gut oder Codein, das wär echt gut jetzt.«

Hawk sah das Geld, und sein Kiefer begann zu mahlen, er würde verdammt noch mal nicht zum Dealer werden, nicht für ein paar verrunzelte Spiegeleier auf Buletten und auch sonst nicht, auf keinen Fall. Er war durch mit dem Thema.

»Behalt den Seuchenschein.«

»Ich bin sofort weg, Mann, ich sag's auch keinem, ja?«

»Was sagst du keinem?«

»Dein geklautes Auto hier, seh ich doch, bitte, mir geht's echt dreckig.«

Es war verhext, jetzt lächelte der wieder, vielleicht spielte ihm sein krankes Hirn schon die Schmerzpillen auf der Zunge vor, den sich ausbreitenden Nebel in den Gliedern. Die Klappergestalt zeigte alle Zähne, die nichts als braune Kruken waren, ein Friedhofsgrinsen. Hawk kannte die Sorte, der gehörte zu denen, die man bald im Gebüsch finden würde, mit nichts mehr von Wert am Leib und Bremsspuren in der Hose.

»Mir ist irre kalt. Ich hab Herzflattern, Mann«, sagte der Junkie. »Fühl mal.«

Er streckte seine Knochen aus, die Finger krümmten sich, um nach Hawks Hand zu greifen und sie sich gegen die Brust zu pressen, als Beweis, dass da drin noch was lebte und mit letzter Kraft den Puls am Laufen hielt, eine zittrige Frauenhand, von der roter Nagellack bröselte, die hart gewordenen Einstichlöcher unter den Totenkopfringen, ihr Betteln, *besorg mir was, komm schon, Baby, geh was holen, lass mich hier nicht so liegen, Hawk, gib mir deine Hand, gib* … sie prallte an ihm ab und wurde zu einem Haufen Knochensplitter.

9

Karl brachte eine große Pfanne mit Bratkartoffeln und zu schwarzen Kringeln gerösteten Zwiebeln, ohne weiter was zu fragen, dann verschwand er hinter den Rettungsringen an der Bar. Herbert schob sich den Mund mit heißen Kartoffeln voll und zog beim Kauen Luft ein, um die dampfenden Bissen abzukühlen. Er ließ kein Auge von den Männern am Tresen, vielleicht griff ja doch einer zum Wandtelefon, vielleicht war auch Betäubungsmittel im Essen, und sie schleppten ihn zur Polizei oder sperrten ihn in ein Verlies, denn er war ein Deserteur, was jeder sehen konnte. Doch der einzige Blick, der ihn traf, stammte von der blauen Frau, der Galionsfigur aus Holz. Sie bewegte sich nicht.

Bald kratzte er mit der Gabel den letzten Zwiebelrest vom Pfannenboden und wischte das Fett mit dem Finger auf. Karl winkte ihn zu sich. Dann führte er Herbert durch den Schankraum in den Flur und zeigte mit seiner pelzigen Hand auf eine durchgetretene Stiege nach oben.

»Ist ein bisschen viel Gerümpel auf dem Dach, aber kannst dir was frei räumen. Klosett ist halbe Treppe. Musste dir mit den andern Jungs teilen.«

Er öffnete eine Truhe, zog eine grobe Wolldecke raus und warf sie Herbert zu.

»Nicht gerade royal, aber reicht für den Start.«

Dann drehte er sich um und stiefelte in die Kneipe. Zurück blieb Lakritzgeruch.

Auf dem Dachboden gab es kein Licht. Herbert tastete sich mit ausgestreckten Armen vor, rückte Kisten und Koffer zur Seite, vorsichtig, um nichts kaputt zu machen, Schachteln, bedeckt mit bröckeligem Zeitungspapier. Die Spinnweben wischte er an die Hosenbeine. Er kniete sich hin und fegte den Boden mit den Händen, Steinchen sprangen in alle Ecken, Insektenhüllen zerfielen zu Staub. Herbert nieste und erschrak wie ein Einbrecher, der sich verraten hat.

Doch als sich Nachhall und Staub zerrieselt hatten, breitete er die Decke aus, machte sich lang und atmete aus. Seine Beine kribbelten, als er lockerließ. Die ganze Spannung floss raus.

Durch eine Luke im Dach konnte er den Himmel sehen, in dem Sterne hingen. Unter ihm knarrten die Dielen. Schiffsplanken, dachte Herbert, Männer lachten in der Tiefe des Hauses, die Wasserspülung rauschte, das Gebälk bewegte sich. Alles war so anders als die Stille auf dem Hof, die Stille der Nächte, die er kannte, in seinem Zimmer, vergraben unter der Decke, wenn draußen das Gejaule begann.

Er lag mit offenen Augen, so viel Neues hatte er gesehen, dass es immer noch durch seinen Kopf flimmerte. In der Dunkelheit über ihm schrie eine Möwe. Der Straßenlärm, die Musik, die Gesänge verschwammen in der Ferne, dann pfiff ein Windzug durchs Dach, draußen blies dumpf ein Schiffshorn. Was für ein Geräusch.

Herbert strich mit dem Finger über die zusammengenähte Augenbraue, sie war geschwollen, aber nicht schlimm.

Er hatte es geschafft. Er war abgehauen. Kein Mensch kannte ihn hier, und keiner kam ihn holen. Das war vorbei.

Er wartete auf ein weiteres Schiffstuten, er horchte mit den Augen, den Zehen, den Fingerspitzen, er horchte mit dem Bauch und der Luft in seinen Lungen, und als sich der kräftige Ton vom Wasser endlich durch die Gassen der Stadt bis unter seine Haut schob, machte er den Schwur. Er würde sich nichts mehr gefallen lassen. Von jetzt an würde er zurückschlagen.

Am nächsten Morgen erfuhr er, wo er sich befand. Das Elmsfeuer war eine Herberge für Seeleute auf Landgang. Sie mieteten Zimmer für ein paar Wochen, rasierten sich im Waschraum die Backen glatt, ihre Stoppeln sprenkelten die Spülbecken. Sie trugen ihre stinkenden Hemden und Hosen in vollgestopften Seesäcken zur Wäscherei. Sie kippten in der Kneipe Rum mit Zitrone, ihre Arme mit den Ankern, den verblassten Herzen und den nackten Frauen ruhten auf dem Tresen, bis sie das nächste Schiff bestiegen.

»Von den Jungs sind auch viele durchgebrannt. Die ham alle kein Hinterland mehr«, sagte Karl und schob sich Kautabak nach. Die klebrigen Finger rieb er aneinander und schnippte die braunen Brösel weg.

»Wenn du kein Schiet baust, kannste bleiben.«

Die beiden saßen am selben Tisch wie letzte Nacht.

Karl hatte zwei Becher mit heißem Kakao auf die Häkeldecke gestellt. Der Kugelfischbauch über ihnen schwankte hin und her, so wie Seeleute schwankten, wenn sie von Bord gingen, sie schwankten tagelang. Bald würde Herbert sie am Gang erkennen.

»Kannst du Kartoffeln schälen?«

So kam es, dass Herbert unterm Dach einzog.

Die Seeleute ließen eine Mütze für ihn rumgehen, für neue Schuhsohlen und was man so braucht, um nicht nach Baracke auszusehen. Sie hauten ihm auf die Schultern, dass es Herbert von den Füßen hob. Irgendwann, als er in der Küche bis zu den Ellenbogen in einem Bottich Gehacktem steckte und Kapern in die rohe Masse massierte, kam Karl und klappte ein Taschenmesser auf.

»Halt still.«

Dann schnitt er den Faden in Herberts Augenbraue durch und zog ihn raus. Karl hielt die Zwirnenden zwischen den Fingern und ließ sie nach unten segeln.

»Wie neu.«

Herbert half jeden Tag bei der Kocherei. Am Herd stand ein Plattenspieler, die Nadel leierte durch die mit Bratfett verschmierten Rillen, meist ging es um Liebe und weiße Rosen, überall lagen fleckige Schlager-LP. Irgendwann blieb der Tonarm für immer hängen, und Rico, der Koch, brachte ein knallgelbes Kofferradio mit, in einem Gefrierbeutel, zum Schutz vorm Bratendampf. Im Rundfunk spielten sie die gleichen Schnulzen, aber sie machten auch Durchsagen: Männer für den Hafen wurden gesucht, Schauerleute, Kaiarbeiter, Tallymänner. Herbert hielt seine Hände im Spülwasser still. Ehrliche

Arbeit, hieß es, man muss früh aufstehen und was aushalten können, sagte die Stimme aus dem Beutel, man muss ein kräftiger Kerl sein und kerngesund. Das klang nach was Großem, das klang besser als Frikadellen kneten und bergeweise Kartoffeln schälen, auch wenn Karl erst mal die Arme verschränkte und sagte:

»Soso. Hafenmaloche.«

Herbert ließ nicht locker. Und schließlich nahm ihn einer mit, morgens um sechs, einer, der mal Vize gewesen war, was immer das hieß, dem fehlte ein Daumen vom Mahlwerk der Fischmühle, und der hatte Ahnung von sämtlichen Posten zwischen Finkenwerder und Norderelbe.

»Wir deichseln das Ding, keine Sorge, Kleiner.«

Sie besuchten den Hafenvorsteher. Herbert rieb die Backenzähne aufeinander, er hatte frisch genagelte Schuhsohlen, aber keine Papiere, keinen Nachweis, kein Nichts in den Taschen, das bewies, wer er war und dass er hier sein durfte, also behielt er die Tür im Auge, falls der Ärger losbrach. Aber der Vorsteher trank seinen Kaffee, und der Ein-Daumen-Mann schenkte den Cognac nach, den er in seinem abgegriffenen Zampel mitgebracht hatte. Die beiden Männer beachteten ihn nicht. Sie amüsierten sich über einen, der letztens beim Wettrennen zur Schleuse ins Wasser gefallen war, sie hatten den aus der Elbe ziehen müssen – »und dann gleich an den Schlauch zum Magenauspumpen«, der Ein-Daumen-Mann goss Weinbrand nach, »is besser bei der Wasserqualität«.

Danach ging es um eine Ladung Erdnussschrot, die begast werden musste, wegen der Ratten, und bei dem Gasmann war die Maske nicht dicht. Die Männer lachten.

Nach einer Weile leerte der Vorsteher seine Tasse mit einem großen Zug und holte zum Handschlag aus. Nach Herberts Eltern oder einer Unterschrift hatte er gar nicht gefragt.

Der Ein-Daumen-Mann zwinkerte.

»Jetzt noch zum Pferdedoktor, dann kriegst du Papiere.«

Herbert musste sich ganz ausziehen, auch die Unterhose.

Ein Hagerer mit Brille und weißem Kittel baute sich vor ihm auf. Um seinen Hals hing ein Stethoskop, das bedeutsam aussah, wie auf der Theaterbühne. Sein Blick wanderte an Herbert herunter. Im Raum war es kalt, Herberts Schniedel schrumpfte zusammen, seine Eier wollten zurück in den Körper kriechen, alle Härchen stellten sich auf, ein kümmerlicher Panzer aus Gänsehaut. Der Doktor begann, überall zu drücken und zu zerren.

»Tut das weh?«

Seine flache Hand klopfte Herberts Rücken ab, den Bauch und die Seiten.

»Und das?«

Sie klatschte von außen gegen die Organe, bis jede Faser ins Wanken kam. Herbert sagte sich, ist wie Inspektion beim Auto, einer guckt, ob alles geschmiert ist und läuft. Und er wollte ja, dass es läuft.

»Tut nicht weh«, sagte er.

Ein Holzspatel presste seine Zunge nach unten, und

der Hagere leuchtete ihm in den Rachen, dann haute er mit einem Haken gegen Herberts Zähne und bog ihm die Ohren zurück, als ob dahinter was vergraben wär.

»Husten«, sagte der Arzt, und Herbert hustete.

»Luft anhalten.«

Ein eiskalter Trichter drückte gegen seine Brust, der Doktor sah auf die Uhr. Herbert fragte sich, was von ihm erwartet wurde, ein schneller Herzschlag oder ein langsamer, er wollte alles richtig machen.

Als er das letzte Mal beim Arzt gewesen war, fuhr seine Mutter den Lieferwagen, das mochte er, er durfte immer nach vorn. Sie lenkte mit mächtig Schmiss und pfiff am Steuer, nur wenn sein Vater fuhr, pfiff sie nicht.

»Ich bin die Treppe runtergefallen«, hatte er dem Doktor gesagt, Rosie hatte geschwiegen. Vor dem Nachhauseweg bog sie plötzlich Richtung Stadt.

»Es gibt jetzt eine Eisbar. Psst, das machen wir geheim!«

Sie kaufte ihm einen Milchshake, er saugte die Erdbeermilch durch den Strohhalm und war froh, dass der Arm richtig gebrochen war, was Ernstes mit Gips und nichts, bei dem sein Vater nur sagte: »Das heilt von selbst.«

Er war kein Weichling.

Auf der Fahrt zum Hof hatte Herbert seinen Arm aus dem Fenster hängen lassen, bei jedem Schlagloch hatte der Gips gegen das Türblech gehauen, bis er orange gewesen war vom Rost.

Der Hagere steckte seinen Trichter wieder ein und griff Herbert zwischen die Beine, der schnellte auf die Zehenspitzen.

»Jetzt hüpf mal auf einem Bein und pfeif *La Paloma.*«

»Was?«

Die Hand löste sich.

»Hast bestanden, Kleiner.«

Er durfte sich anziehen. Herbert stieg falsch rum in die Unterhose und ließ das so, bloß schnell hier raus, er bekam sein Arbeitspapier und einen Stempel drauf, den er vor der Tür lange trockenpustete.

Am Hafen roch es nach Kaffeebohnen und Orangen. Sie ließen ihn gefrorene Hammel vom Gabelstapler ins Kühlhaus schleppen. Erst packte er die Eisbeine mit bloßen Händen, dann stülpte er sich seine Socken drüber, doppelt gerollt, aber die waren elend dünn. Nach den ersten zwei Schichten bekam Herbert Schnupfen, seine Arme ließen sich nicht mehr bis oben heben, die Hände blieben zwei Nächte lang kalt.

Der Ein-Daumen-Mann stellte ihm eine Flasche Branntwein vor die Dachbodentür, für die Muskeln zum Einreiben und gegen den Rotz.

Von seinem eigenen Sold kaufte Herbert sich Handschuhe für die Arbeit, einen Handhaken zum Zupacken bei klobiger Ladung und ein Rasiermesser mit Pinsel und Schaum. Er übte jeden Abend vor dem Spiegel. Bald wuchsen die Stoppeln und die Schnitte am Kinn wurden weniger. Die erste der Frauen mit den hohen Absätzen, die sich auf der Straße von einer Hauswand löste, brachte ihn noch ins Stottern. Die zweite auch. Danach wurde es besser.

»Kannste dir noch gar nicht leisten, was? Na, wird schon, Kleiner.«

Etwas kochte ihm zwischen den Ohren und nicht nur da.

»Mach kein Quatsch«, sagte Karl, wenn Herbert am Wochenende mit den Matrosen auf Animiertour ging. Sie hatten Spaß daran, ihm die verworfensten Ecken zu zeigen. Sie steckten ihn in ein frisch gestärktes Hemd, um ihn älter zu machen, verpassten ihm einen Bürstenschnitt und schleusten ihn in die Kontaktstuben und Tanzlokale. Sie lachten, wenn er versuchte, sein Staunen zu verstecken und schön beieinanderzubleiben, wenn die Schaufrauen sich auf der Bühne drehten und man ihnen Geld unter die Perlenschnüre klemmen musste, wenn der Paraffinnebel aufstieg und ihm über die Schuhe kroch und wenn die Tolle Gerda im Evakostüm auf dem Kamel durch die Menge ritt, das war die beste Nummer der Stadt.

Die Matrosen hauten sich auf die Schenkel, weil er versuchte, bei Korn und Bärenpils mitzuhalten und doch als Erster unterm Tisch liegen blieb, was für ein Fliegengewicht, sie trugen ihn über der Schulter nach Hause.

Nur einmal wachte er auf den kalten Fliesen unter einer Pissrinne auf, durchnässt und stinkend. Sein Kopf fuhr Karussell, der Schnaps flimmerte ihm durch die Nerven, er wusste nicht, in welchem Lokal er war, in welchem Klosett. Herberts Hemd war aufgerissen, und jemand hatte ihm eine Zielscheibe auf die Brust gekrakelt, beißende Kreise, die über seinem Herzen kleiner wurden. Herbert griff in die Rinne, um sich hochzuziehen. Er wollte sich das Hemd vom Leib zerren, knöpfte es aber so gut es ging zu, einige Knöpfe waren abgerissen. Dann stopfte er die Hemdzipfel in den feuchten Hosenbund und schwankte aus dem Lokal, den Blick auf den Boden geheftet, mit knirschenden Backenzähnen, um das Kichern der anderen nicht zu hören, nicht zu sehen, wie sie sich die Nasen zuhielten.

»Na, Süßer, ham se dich getauft?«

Den Rest der Nacht schrubbte er sich die Zielscheibe von der Brust. Unter seinen Fingernägeln stank es noch lange nach Urin, er schnitt sie ganz kurz, schnitt bis über den weißen Rand. Am nächsten Tag taten die Matrosen, als wär nichts gewesen, sie grinsten und schwiegen ihn an. Selbst schuld, besser, man vertraut den Leuten nicht. Er zog nie mehr mit ihnen los.

»Mach kein Quatsch«, sagte Karl, und jeden Monat lehnte eine leere Postkarte an der Dachkammertür.

»Geht mich nichts an, aber vielleicht hast du ja ne Mutter, die an dich denkt. Vielleicht freut sich wer über Post.«

Und wie sie das würde, bestimmt. Irgendwann würde er ihr schreiben. Ohne Absender, falls sein Vater die Nachricht fand. Herbert heftete die Karten mit Reißnägeln an die Balken. Sie zeigten immer ein anderes Schiff. Er schickte nie eine ab.

10

Herberts Arme wurden kräftiger. Er stemmte die Kakaosäcke von den Paletten und rang unter den 40-Kilo-Bananenstauden nach Luft, war doch irre, wie Bananen einen fertigmachen konnten.

»Schneller!«, brüllte der Vorarbeiter, und Herbert kämpfte sich voran, die Schritte so groß wie möglich, alles besser, als Kartoffeln schälen, er hatte das so gewollt.

»Bist du ein Weib oder ein Kerl?«

Er zerrte den Handkarren vom Kai zum Schuppen und wieder zurück, er schleppte, was immer sie ihm auftrugen: Kisten, Säcke, in Fässern eingelegte Därme, ganze Schweine, deren Borsten sich durch den Mullüberzug bohrten.

»Schneller mit die Sau!«

Den Karren nannten die am Hafen »Hund«, er selbst hatte keinen Namen außer »Kleiner«, das gefiel ihm überhaupt nicht, »der Kleine mit dem Hund«, aber die Muskeln würden besser werden, die Barthaare wachsen, er ackerte und kassierte den Lohn. Jeden Freitag bekam er einen Umschlag mit den Scheinen, die er zählte und zählte und gut versteckte, es war nicht viel, aber es war seins. Zur Nacht schmierte er sich Honig übers Kinn, gut für die Bartwurzeln, hatte einer gesagt, ein Geheimmittel. Bisher verklebte es nur sein Kissen.

Nach ein paar Wochen kam Herbert was komisch vor.

Bei der Einteilungsstelle tauchte dieser Mann im Anzug auf, im gestreiften Zweireiher, die Bügelfalten wie mit dem Messer gezogen, die Schuhe frisch poliert. Während der Einteiler die Schichten ausrief, stand der Typ da, als ob ihm das alles gehörte, ließ den Blick über die Arbeiter schweifen und pfiff vor sich hin.

Ein paar Tage später hörte Herbert das Pfeifen an der Anlage für den Autoumschlag. Dort saß er manchmal mit seinem Butterbrot, wenn die Sonne schien und er die Pause nicht durchmachen musste, saß da und schaute zu, wie Bataillone von VW-Bussen verladen wurden, nach Südamerika, Indien und sonstwo weit weg, VW-Käfer und BMW direkt aus der Fabrik, alle Welt würde sie fahren und riechen wie frische Ledersitze.

Bei einer Ladung Linienbusse war im Anzeigefenster schon das Ziel eingestellt: *Istanbul.* Die Lenkräder waren groß wie Schiffsschrauben, die Fahrer in diesem Istanbul würden ganz schön kurbeln müssen. Herbert biss in sein Brot und hörte das Pfeifen, er drehte sich um, aber da war kein Mensch.

Man pfeift nicht am Hafen. Das bringt Sturm auf See.

Das nächste Mal stand der Mann im Anzug bei den LKW, er redete, und die Fahrer hörten zu. Herbert hetzte mit seiner Sackkarre über das Gelände, um Orangenkisten ins Kühllager zu bringen, eine Kiste war ihm schon runtergefallen, die Früchte waren in alle Richtungen gerollt.

»Die pickst du alle auf, Kleiner, und zwar nach deiner Schicht! Schön tief bücken, klar?«

Als der Aufseher vom Kühlhaus lachte, wusste Herbert nicht, ob das ein Scherz gewesen war. Während er mit seiner Sackkarre kreuz und quer lief, die Kisten hoch und runter wuchtete, stand der Anzug immer so, dass er Herbert im Blick behielt. Niemand auf dem Gelände trug solchen Zwirn. Außer vielleicht die Herren, denen die großen Kähne gehörten, aber die ließen sich hier unten nicht blicken.

Die Kaiarbeiter trugen grobes Zeug, Overalls und blau-weiß gestreifte Hemden mit Flicken, denen standen die Ohren ab vom vielen Mützetragen, und die Sonne schien von hinten durch. Der im Anzug hatte fest angelegte Ohren und Pomade im Haar, sauber nach hinten gekämmt. Die Lastwagenfahrer standen im Halbkreis um ihn herum.

Herbert lud die nächste Fuhre Kisten ab, der Aufseher vom Kühlhaus schälte sich eine Orange.

Irgendwann ging Herbert mit einer Schicht Speicherarbeiter in den Feierabend, immer zwei Schritte hinter ihnen, das war besser so. Sie steuerten auf die Kontrolle am Ausgang zu, als auf der anderen Seite vom Zollzaun ein Mercedes mit offenem Verdeck und eigenartiger Farbe vorbeirollte, irgendwas zwischen Gold und Braun.

»Da ist das Aas«, zischte einer der Männer.

Sofort haute ihm ein anderer seinen Handhaken in die Rippen. »Was soll das heißen? Läuft doch alles gut hier, oder nicht?«

Der Mann griff sich an die Seite und sog Luft ein.

»Für manche läuft's besser, so seh ich das.«

»Könnte für manche auch gar nicht mehr laufen«, sagte der Haken, »das wär aber furchtbar schade, was?«

Dann war Schweigen.

Sie liefen weiter.

»Was ist denn los?«, fragte Herbert von hinten.

»Fresse.«

»Nichts für solche wie dich.«

Dann kam der Sonntag. Auf dem Hafengelände gab es die Kaffeeklappe, die hatte immer offen, und alles kostete nur ein paar Groschen. Mittags ging es dicht an dicht, die Bude war bis zum Dach zugequalmt, das half gegen den Gestank von Schweiß und Pansen. Denn manche Männer pesteten noch die Fracht aus, die sie verladen hatten, Tierhäute und Fischmehl, da geht die Bohnenbrühe nur mit Luftanhalten runter, oder man gewöhnt sich eben dran. Obwohl Sonntag war und alle Zuschlag kriegten, was die Stimmung hob, gab es da einen Kerl, der suchte Streit. Ein Stiernacken mit vernarbtem Schädel, der in seinem Leben schon thekenweise Bierkrüge draufbekommen hatte, garantiert. Zu Bruch gegangen waren die Krüge, nicht der Schädel. Er hatte die Hosenträger über Kreuz und verschränkte die Arme.

»Was guckst'n so schief?«

Herbert sah weg und trank einen Schluck Kaffee, schwarz, das hatte er sich angewöhnt, obwohl ihm das Herzsausen machte.

»Ich red mit dir, Pulveraffe!«

Einige Männer schauten her, der Lärmpegel in der Bude ging runter, mal gucken, ob es Krawall gab. Herbert bekam einen trockenen Mund, er hasste das, als ob seine Spucke die Biege machte, feige, blitzschnell weggesickert.

»Kleine Wanze«, sagte der Typ. »Soll ich dich wegmachen?«

Noch mehr Männer drehten sich um, die angebissenen Mettbrötchen in der Hand. Plötzlich tat es einen Ruck, und Herbert hing im Schwitzkasten, er sah nur noch Schuhe und Fußboden und seine Hand, die den Kaffeebecher umkrallte, alles verschüttet, dachte er, dann quetschte der Typ einen Schrei aus ihm raus, für den er vom Erdboden verschwinden wollte, jeder hörte sein Quietschen, von hier bis zum Hafen und wieder zurück. Er ließ den Becher fallen und ruderte mit den Armen.

»Ich mach dich glatt«, flüsterte Stiernacken und drückte die Armbeuge zusammen, Herberts Kopf gegen seine Brust gepresst. Die umstehenden Fußspitzen rückten näher, sie zeigten auf ihn. Herbert lief rot an, alle konnten es sehen, sicher spürten sie die Hitze seiner Wangen auf ihren stämmigen Unterarmen. Er musste sich wehren, musste raus aus dem Griff. Mit der einen Hand bekam er den Gürtel vom Stiernacken zu fassen, mit der anderen trommelte er gegen den bulligen Rücken, es machte Patschegeräusche, wie bei einem, der im Kühlhaus auf Rinderhälften drischt, und keine feuchte Kuh juckt's.

»Hast zu kurze Arme, hmm?«

Jemand lachte. Herbert presste die Lippen aufeinander, um nicht noch mal zu schreien, seine Nase scheuerte am fremden Hosenträger, und ein überwältigender

Geruch von Old Spice machte sich breit, als würde ihn jemand mit dem Zeug begießen. Er versuchte zu schlucken, aber sein Hals klemmte fest.

»He!«, rief einer, »zerreiß dem Kleinen nicht das Jungfernhäutchen!«

Eine Hand klatschte Herbert auf den vorgestreckten Hintern, die Menge grölte. Herbert warf sich hin und her, er riss dem Stiernacken das Hemd aus der Hose, seine Finger krallten sich in den Rücken, die Nägel bohrten sich in die Lederhaut, um sie aufzuschlitzen, um irgendeine Spur zu hinterlassen.

»Schaut ma!«, rief ein anderer. »Die Süße ist ja ganz 'ne Wilde. Macht Kratzer wie bei ner Liebesnacht!«

Jetzt drehte ihn der Glatzkopf im Kreis herum, und Herberts Füße liefen mit, ein erbärmlicher Anblick, das würde nie mehr aufhören, jeder, der wollte, konnte ihn im Kreis tanzen lassen. Die Männer fingen an zu klatschen und schlugen den Rhythmus auf seinem Hintern.

»Jungfernhäutchen! Jungfernhäutchen!«

Er versuchte dem anderen in die Kniekehle zu treten und hüpfte auf einem Bein, versuchte das Schienbein, den Knöchel zu treffen, aber sein Fuß rutschte ab. Der Glatzkopf zwängte sich Herbert nur fester in die Achsel, »niedlich«, säuselte er, sein Atem in Herberts Ohr, »so magst du's doch«.

Und um nicht in der Kaffeeklappe das Heulen anzufangen, um wenigstens das unter Kontrolle zu haben, presste Herbert den Mund zusammen, kein Ton sollte mehr raus, nur weiter im Kreis, bis sich der Boden auftun würde, um ihn zu verschlucken.

Da machte es einen Pfiff, als kommandierte einer den Hund zurück, und das Karussell blieb stehen. Zwei blitzende Lederschuhe stellten sich zwischen die Arbeitertreter, direkt in die Kaffeepfütze, darüber die scharfen Bügelfalten.

Der Schwitzkasten ging auf.

Herbert taumelte, fast wäre er vornübergefallen, aber der Anzug drückte ihm eine Hand auf die Schulter und hielt ihn fest.

»Nu ma ruhig!«

Als müsste er ihn davon abhalten, auf den Stiernacken loszugehen. Herbert stützte die Hände auf die Oberschenkel und rang nach Luft, die Welt vor seinen Augen war wie beschlagen, stank nach Fisch und ranzigem Aftershave.

Der Stiernacken drückte sich durch die Menge, weg war er.

»Lass den man die Mücke machen«, sagte der Anzug und hielt Herberts Schulter.

»Den kriegst du. Versprochen.«

Herbert wagte nicht, den Kopf zu heben und in die Augen der Männer zu sehen. Er wollte auf den Boden spucken, um den Geschmack von Vernichtung und Old Spice loszuwerden, aber das bisschen Spucke kam nicht weiter als bis zu seinem Kinn.

Abends wartete er im Dunkeln am Autoumschlag, bis die anderen das Gelände verlassen hatten, er wollte niemanden sehen. Er hatte einen Schraubenschlüssel aus dem Werkzeughaus gestohlen und ihn sich in den Hosenbund gesteckt, verborgen unter seiner Jacke. Den

Gürtel schnallte er extra stramm, so saß das Eisen fest. Er überlegte, was er tun würde, sollte ihn jemand vorm Ausgang rauswinken und durchsuchen, wie es manchmal geschah. Hergeben würde er seine Waffe nicht.

Doch die Zöllner blieben in ihrem Häuschen und sahen nur kurz von ihrem Kartenspiel auf, als er den Hafen hinter sich ließ. Herbert trat auf die Straße. Dort stand der Mercedes, mit laufendem Motor und offenem Verdeck.

»Willste mit?«

Der Anzug beugte sich rüber und stieß die Beifahrertür auf.

»Komm schon, Herbert. So heißt du doch?«

Beim Einsteigen presste sich das Metall in seine Haut.

»Ich bin Pik-Johnny. Du weißt schon, wie beim Poker das Ass.«

Sie fuhren eine Weile. Pik-Johnny sagte, die Farbe von seinem Mercedes hieße Champagner, so was hätte nicht jeder, ein exklusives Stück. Er ignorierte die roten Ampeln, lenkte mit zwei Fingern und pfiff dabei. Herbert spürte, wie der Fahrtwind sein Gesicht abkühlte, den Gestank von Old Spice aus seiner Nase trieb, das Brummen des Motors vibrierte in ihm.

»Guck mal ins Handschuhfach«, sagte Pik-Johnny irgendwann.

Herbert beugte sich vor und machte die Klappe auf.

»Genau deine Größe, was?«

Herbert zog die Boxhandschuhe raus. Braun, hart, doppelt so groß wie seine eigenen Fäuste.

»Zieh an.«

11

So ein Körper weiß, wofür er gemacht ist, im Grunde genommen. Lass ihn jeden Morgen ein paar rohe Eier austrinken, schick ihn ins Training, bis er zittert, zeig ihm, wie man aus der Deckung kommt und einen Schlag platziert, der deinem Gegner die Nieren faltet. Dein Körper wird dein verdammter Panzer. Du kannst zusehen dabei, wie das Maßband um deinen Bizeps immer mehr Zentimeter draufschafft, wie das Springseil unter deinen Füßen immer schneller durchzieht, wie deine Muskeln die Eier fressen und überall die blauen Adern rauskommen, weil sie noch mehr Hunger haben. Deine Lungen werden größer, und zum ersten Mal kannst du den ganzen Sauerstoff wirklich schmecken, du hattest ja keine Ahnung.

»Schau dir den an, dem kommt keiner krumm. Der eliminiert sie alle.«

Die Fäuste in den Bandagen hämmerten auf den Sandsack, dass es knallte, der schwarze Boxer tänzelte um das gewaltige Pendel, das an einer Kette baumelte wie ein toter Mann, eine wehrlose Masse, die es von vorn abbekam, von der Seite, der Boxer zischte bei jedem Schlag.

»Das ist Ringo. Der hat nen Aufwärtshaken, da platzt dir die Fruchtblase.«

Pik-Johnny hatte seinen Mercedes vor einer Wäscherei geparkt, Tip Top Textil, und war mit Herbert an Bergen weißer Laken vorbei durch den Heißmangeldampf in den Keller gestiegen. Unten hingen mit Klebeband umwickelte Sandsäcke von der Decke, Autoreifen und dralle Punchingbälle, auf die Männer eindroschen, es stank nach Käsefüßen und Schweiß, nicht zu glauben, dass es oben drüber sowas wie frische Wäsche gab. Und obwohl die Luft abgekämpft und ausgewrungen war, atmete Herbert tief ein, der Keller sirrte vor Kraft und Zielstrebigkeit.

»Ringo!«

Pik-Johnny pfiff durch die Zähne, und der Boxer versetzte dem Sandsack einen letzten Hieb mit dem Ellenbogen. Er griff nach einem Handtuch und wischte sich die Rinnsale von der Brust, die hart war wie ein Amulett, aus seinem Bauchnabel tropfte es, eine Spur glitzernder Perlen.

»Der hier ist Herbert.«

Pik-Johnny schob seine Hand in Herberts Nacken. Herbert straffte den Rücken, als Ringo vor ihm stand, er dachte an die GI, die er als kleiner Junge gesehen hatte, schwarze Soldaten aus Amerika, dem Land seiner Mutter.

Ringos Kinn ruckte nach oben, ein Nicken, Tropfen fielen.

»Mach nen Gewinner aus ihm«, sagte Pik-Johnny.

Er griff in seine Brusttasche, da, wo andere Leute ihr Einstecktuch trugen, und holte etwas raus.

»Für dich. Vergiss nicht, du hast auf Sieg gesetzt.«

Herbert nahm die Spielkarte aus Pik-Johnnys Hand, sie fühlte sich glatt an und roch nach Pomade, ein schimmerndes, scharfkantiges Pik-Ass.

»Pass ja gut drauf auf.«

Von jetzt an lief es wirklich gut. Ringo sagte, er würde ihm beibringen, was Ausdauer ist, was Technik ist und was Schmerz, er hatte diesen Akzent in der Stimme, der alles weich klingen ließ, selbst wenn es um Knockouts ging. Er sagte, ein Glück, dass Herbert Linkshänder war, das war Gold, denn Linkshänder lebten länger im Ring und auf der Straße, das hatte noch nie jemand zu ihm gesagt. Herbert trainierte bei Tip Top, sooft er konnte, er ackerte sich durch die Liegestütze, die Rumpfbeugen, bis er nicht mehr hochkam, die Muskeln flatterten und schnallten, sie wurden gebraucht, sie mussten wachsen, wenn sie nicht untergehen wollten, er zischte so wie die Boxer.

»Mach deine Linke zum Hurricane«, flüsterte Ringo, wenn ihm die Arme brannten. »Bleib in Bewegung, du musst tanzen.«

Auch wenn Herbert schon am Zittern war, wollte er dieser Stimme folgen. Vielleicht kam Ringo wie seine Mutter aus Kansas. Vielleicht war er wie sie aus der Einöde zum Militär geflohen und in Deutschland gelandet, Herbert wollte ihn das irgendwann fragen, aber erst mal musste er auf den Beinen bleiben und die Deckung schön oben lassen.

Herbert lernte, wohin er schlagen musste, um den Gegner auf den Mond zu schicken, Solarplexus, das klang wie das Weltall, die Spitze vom Kinn, die einem

Mann beim Volltreffer das Licht ausknipste, und dieser geheime Nerv in der Arschbacke, der seinen Starkstrom bis in den Fuß schießen konnte, die wenigsten wussten das. Er lernte, einem Gegner ins Gesicht zu schlagen, mittenrein, weil da das Ego saß.

»Nicht zögern«, sagte Ringo, »Zögern ist wie Schlangengift.«

Und das stimmte, Mitleid lähmt dir die Hände.

»Wenn du den Kopf treffen willst, ziel erst auf den Body – und andersrum auch.«

Pik-Johnny erschien alle paar Tage, stellte sich zwischen die Sandsäcke und pfiff eine Melodie, die Herbert im Schwirren der Springseile, im Prasseln der Schläge und dem Schlangenzischen der Boxer nie raushören konnte, war das ein Lied? Herbert strengte sich noch mehr an, wenn er das Pfeifen hörte, alle Haare wie Antennen auf Empfang, er tänzelte um den Feind, die Luft hing voller Schweiß, er schmetterte seinen linken Haken ins Nichts.

Keiner nannte ihn hier »Kleiner«. Auch am Hafen nicht mehr, das war vorbei. Während der Arbeit mit seiner Sackkarre und in den Pausen am Kai stellte sich Herbert oft vor, wie er den Stiernacken traf. Er würde gleich aufs Nasenbein gehen, er wollte es brechen hören. Aber der Typ tauchte nicht wieder auf. Es war, als hätte es ihn nie gegeben.

Wenn Herbert nach dem Training ins Elmsfeuer kam, war sein Körper noch heiß und pulsierte, die Boxhandschuhe steckten in seinem Beutel, und er sprang die Dachbodentreppe hoch, zwei Stufen mit jedem Sprung.

Ein paar Mal fing Karl ihn ab und versuchte, ein Gespräch anzufangen, »seh dich ja gar nicht mehr«, fragte, wie's läuft, aber Herbert sagte nur, »viel zu tun, bin müde« und rief »gute Nacht!«.

Karl stellte ihm jetzt jeden Morgen rohe Eier raus. Herbert trank sie, verquirlt mit Milch, und ließ das leere Glas neben der Spüle stehen, schaumige Eiweißreste rannen nach unten, er selbst war schon längst wieder auf dem Weg.

Denn es lief gut, und manchmal nahm Pik-Johnny ihn sogar mit auf seine Abendtour durch die Lokale. In jedem Laden gleich durch ins Hinterzimmer, jemand hielt ihnen den Vorhang auf, sofort kam ein Kellner und wieselte rum. Johnny steckte den Leuten immer was zu, bei jeder Begrüßung wechselte ein Schein die Hand, und die anderen lächelten, als hätte sie jemand wo angefasst. Diesmal saßen sie im Chou Chou, auf einem Sofa mit Tigerfüßen, und sofort kamen zwei Frauen. Sie setzten sich dazu und schlugen ihre Beine übereinander, sie trugen Miniröcke, eine neue Erfindung, die es nicht überall gab.

Die Frauen rückten sehr nah ran, eine an Johnny, eine an Herbert, ein nacktes Knie drückte sich gegen sein Hosenbein. Die Wärme fuhr hoch, als ginge die Herdplatte an.

Pik-Johnny ließ was zum Trinken kommen und grinste mit blitzweißen Zähnen. Herbert starrte auf das Knie, die Frau sagte was, aber er sah nur diesen milchigen Oberschenkel ohne ein einziges Haar, das knubbelige Knie mit den schwarzen Punkten drin, Straßenschotter, unter die Haut geschürfte Körnchen, die für immer eingewachsen waren, vielleicht war sie als Kind zu schnell gerannt.

»Ich red mit dir«, sagte Pik-Johnny, und Herbert sah auf.

»Du hast wohl noch nie ’n Mädchen gehabt?«

Das Knie rieb sich an seinem Bein, die Frauen kicherten.

»Was gibt’s da zu lachen«, sagte Johnny, »das ist nicht irgendwer, das is ’n Boxer!«

Er griff Herberts Arm, schob das Hemd nach oben und krallte die Finger in den Bizeps. »Langt zu, der is Stahl, daraus werden Schwerter gemacht!«

Die Frauen beugten sich von beiden Seiten herüber und strichen über Herberts Arm, Johnny packte ihn weiter am Handgelenk. Unter den Fingerspitzen wuchs Herbert Gänsehaut, und er merkte, wie er den Muskel anspannte, wie alles in ihm anspannte, diese Fingernägel waren rot lackiert.

»Gut so«, sagte Pik-Johnny zu den Frauen, »seid lieb zu ihm, das hat er verdient.« Und Herbert konnte ihr Haarshampoo riechen, nach Apfel oder etwas, das wie Apfel tat, dann rutschte ihm das nackte Knie zwischen die Beine, das mit den Schotterpunkten, das Knie drückte zu und es wurde feucht.

»Boxer aus Stahl«, flüsterte die Frau in sein Ohr, bevor sie ihr Bein langsam durch seinen Schritt gleiten ließ. Ein dunkler Fleck breitete sich auf Herberts Hose aus.

Pik-Johnny ließ Herberts Arm fallen und zauberte von irgendwo einen Hunderter her.

»Wisch ihn ab.«

Herbert verstand nicht. Pik-Johnny drückte ihm das Geld in die Hand.

»Na komm schon, wisch ihn ab. Bringt Glück. Das macht man so.«

Die Frauen sahen ihn an. Als Herbert sich immer noch nicht rührte, riss ihm die mit dem Knubbelknie den Hosenschlitz auf und wollte hineinlangen, er schreckte zurück und begriff, *das macht man so,* seine Unterhose war klebrig, die Haare hingen fest, er machte schnell und wischte sich das Papier über den Schwanz, sofort den Reißverschluss wieder zu, drinnen glühte es. Die Frau nahm ihm den verschmierten Hunderter ab, steckte ihn sich in die Bluse und küsste Herbert auf die Stirn.

»Und jetzt Abmarsch«, sagte Pik-Johnny. »Wir haben zu sprechen.«

Wie heißt du?, wollte Herbert noch fragen, aber die Frauen waren fort. Pik-Johnny lehnte sich zurück und streckte die Arme auf der Sofalehne aus.

»Du bist ein Guter«, sagte er.

Herbert spürte den Fleck zwischen seinen Beinen und wusste nicht, ob er ihn verstecken sollte oder ob das ein Zeichen war, für irgendwas. Er roch noch das Apfelshampoo. Das war seine erste Frau gewesen.

Pik-Johnny zündete ein Zigarillo an und hielt es Herbert an die Lippen. Herbert schüttelte den Kopf, er mochte keinen Tabak im Mund. Johnny blies einen Rauchkringel und steckte den Finger hinein.

»Die waren schön, die Mädels, was?«

Herbert nickte.

»Das vergisst du nicht.«

Pik-Johnny paffte noch einige Kreise.

»Hör zu, Boxer«, sagte er, »du bist stark, siehst gut aus, du hast Charakter.« Er knuffte Herbert in die Schulter. »Du hast Zukunft, verstanden?«

Pik-Johnny sah ihn eindringlich an, und Herbert versuchte, sich zu konzentrieren.

»Ich hab dich im Auge. Und hab gesehen, dass du austeilen kannst. Da hast du keine Angst mehr vor.«

»Hab ich nicht«, sagte Herbert.

»Prächtig. Aber jetzt kommt der nächste Schritt. Weißt du auch, was das Spitzenleben ist?«

Herbert schüttelte den Kopf.

»Das Spitzenleben, das ist mehr als der Pissgroschen, den du am Hafen verdienst. Mehr als dein versiffter Dachboden in der Seemannsabsteige.«

»Schon okay«, sagte Herbert. »Ich brauch nicht viel.«

Aber er dachte an die kratzige Wolldecke, unter der er schlief, die Spinnenweben, den Dreck, Pik-Johnny schien das alles zu wissen.

Johnnys Ton wurde scharf. »Schon okay ist nicht okay, das weißt du. Nur dein nach Kautabak stinkender Wirt weiß das nicht. Der hält dich schön klein.«

Er spürte Pik-Johnnys Arm hinter sich, fest und warm, und er dachte daran, wie Johnny sich in der Kaffeeklappe auf seine Seite gestellt hatte, als Einziger. Er hatte nicht einfach nur zugeschaut und keinen Finger gerührt.

»Das Spitzenleben, das heißt, du spielst ganz vorn,

alles klar? Du fährst Mercedes und hast ne schicke Minelle an.« Pik-Johnny strich sich über den Anzugkragen. »Du kriegst Respekt! Und jede Partie, die du willst. Du zerschmetterst, wen du willst, du lässt dir nichts sagen. So einer bist du.«

Von vorn aus dem Lokal kamen Akkordeonklänge, reichlich schief.

»Wie alt bist du, Boxer?«

Das Akkordeon quietschte, Herbert räusperte sich. In seiner Hose wurde es langsam kalt, aber das fühlte sich nicht unangenehm an.

»Sechzehn.«

»Hast keine Eltern, und so was brauchst du auch nicht.«

»Nein«, sagte Herbert. »Brauch ich nicht.«

»Du lässt dir nichts gefallen, was?«

»Nichts.«

»Korrekt. Worauf hast du gesetzt?«

Diesmal verstand er sofort.

»Auf Sieg.«

»Zeig her«, sagte Pik-Johnny.

Herbert zog die Karte aus seiner Hosentasche, er hatte sie immer dabei, sein Daumen fuhr über das Pik-Ass.

»Sauber«, sagte Johnny.

Dann zupfte es am Vorhang zum Hinterzimmer, und ein Affe kam rein. Er machte zwei Sätze, sprang auf den Tisch und streckte seine Sammelbüchse vor, es klimperte. Der Affe hatte einen grauen Bart, man hatte ihn in ein rotes Jäckchen gezwängt, was einen Zirkusdirektor darstellen sollte oder einen albernen Zwerg. Auf seinem Schädel war mit Gummizug ein Miniaturzylinder befestigt, die Schnüre gruben sich in die Haut. Der Affe rasselte mit der Büchse, Herbert zählte die Finger an seiner Pfote, es waren fünf. Wie ein Mensch. Vorn spielte weiter das Akkordeon.

»Pass mal gut auf«, sagte Pik-Johnny zu Herbert und hielt dem Tier einen Zwanziger hin, er schwenkte den Schein vor der Affenschnauze. Der Affe folgte ein paar Mal mit dem Kopf, dann fletschte er das Gebiss. Die beiden Hauer oben in seinem Maul waren stumpf geschliffen.

»Salto!«, sagte Pik-Johnny.

Der Affe griff nach dem Geld, aber Johnnys Arm schnellte in die Höhe. Pik-Johnny zog die Oberlippe hoch und zeigte seine Zähne.

Der Affe knurrte.

»Salto!«

Die Augen des Affen wurden eng. Pik-Johnny schnippte mit zwei Fingern gegen den Zylinder und machte einen Pfiff.

Da knallte das Tier die Büchse auf den Tisch, ballte seine kleinen Fäuste und sprang einen Salto rückwärts. Der Zylinder wackelte, das Zirkuskostüm sah aus, als müsste es platzen, der Affe landete auf dem Boden und ging in die Knie. Herbert hörte die Gelenke knacken.

»Weiter«, sagte Pik-Johnny.

Das reicht doch, dachte Herbert, aber er schwieg. Das Tier hatte immer noch die Fäuste geballt, es warf den Kopf nach hinten und drehte sich wieder durch die Luft und noch einmal, bis ihm der Speichel aus dem Maul flog und der graue Körper ins Trudeln kam.

»Und worauf hast du gesetzt?«, rief Pik-Johnny dem Affen zu. Der Affe landete auf allen vieren, sein Atem rasselte, er hatte Spuckeblasen im Bart. Herbert fragte sich, ob er vielleicht ein Glas Wasser holen sollte oder einen Napf, aber Johnny spürte das.

»Spar dir dein Mitleid. Der ist nur Viehzeug. Die meisten sind das.«

Da krächzte der Affe, drückte sich mit den Hinterläufen ab und sprang auf Johnnys Schoß, er wollte ihm den Schein entreißen, doch Pik-Johnny war schneller. Er stieß das Tier unter den Tisch.

»Du nicht! Hast du dir nicht verdient.«

Er ließ den Zwanziger in seinem Ärmel verschwinden.

Der Affe rappelte sich hoch, griff nach seiner Büchse, wankte klimpernd durch den Vorhang davon, ohne sich noch einmal umzudrehen.

Pik-Johnny zog einen Kamm aus dem Anzug und strich sein Haar nach hinten.

»Putziger kleiner Knecht.«

Er sah Herbert an.

»Und du? Bist du einer, der für den Rest seines Lebens Schafsdärme in Fässern schleppt?«

»Bin ich nicht«, sagte Herbert.

»Korrekt. Ich brauch am Hafen noch einen mit Ambition.«

12

Letztlich war alles Logistik. Welche Ladung wann genau ankam und wo sie versteckt war, ob sie eine Weiterfahrt auf dem Land- oder Wasserweg vor sich hatte oder ob sie per Hand vom Hafen runtermusste – das waren die kleinen Päckchen. Ob jemand vom Zoll einen Umschlag bekam, zwischen die Seiten vom Abendblatt geschoben, und ob sonst wer eine Aufmerksamkeit brauchte, warum auch immer, Herbert erledigte das. Es fing mit kleinen Botengängen an, aber bald vertraute Pik-Johnny ihm, und Herbert würde ihn nicht enttäuschen.

»Du bist also der Neue«, sagte einer der Lastwagenfahrer und ließ seinen dunkel gebräunten linken Arm aus dem Fenster hängen. Er war einer von denen, die wussten, dass sich in den Kisten im Laderaum nicht nur Südfrüchte stapelten, weswegen er sich auch einen Umschlag unter den Sitz schieben durfte, als der Zoll außer Sichtweite war.

Herbert fragte sich, wer der Alte gewesen ist, wenn er der Neue war. Ob der Alte auch alles im Griff gehabt hatte, ob der hatte boxen und rennen können, wenn es drauf ankam, und hundert Liegestütze geschafft hatte? Ob der am Hafen auch die Blicke der anderen im Nacken gespürt hatte, verstohlene Blicke der Anerkennung? Aber zu viele Fragen konnte Pik-Johnny nicht leiden, das hatte Herbert schnell kapiert. Johnny wollte, dass die Logistik lief, jeder in seiner Spur, jede Ware da, wo sie hingehörte, reibungslos und unsichtbar. Wenn alles glattging, hatte er gute Laune und überreichte Herbert seinen Anteil wie einen Blumenstrauß.

»Riech mal!«

Als Erstes kaufte Herbert sich ein richtiges Bett, eins aus Kiefer, weil ihm der Name gefiel, Kiefer, zwei Träger schleppten es ihm schnaufend die Stiege hoch. Herbert schaute zu, so was konnte er sich jetzt leisten. Erst als Karl dazukam, fühlte er sich unwohl, warum eigentlich? Ein weiches Bett war sein gutes Recht, und er hatte geschnallt, wie es lief mit dem Spitzenleben, er gehörte dazu.

»Das ist Kiefer«, sagte er zu Karl, und es klang, als hätte er was verbrochen.

»Mmh«, machte Karl, »feines Holz.«

»Und eine echte Matratze.«

»Mmh. Klar.«

Was sollte der Ton, warum so misstrauisch? Er hatte lange genug im Dreck geschlafen, hatte sich alles gefallen lassen. Fast blieben die Träger mit dem Gestell in der Dachbodentür stecken, es passte nur knapp hindurch.

»Vorsicht mit dem Holz!«, rief Herbert. Die Träger stöhnten.

Karl schaute ihn an. Seine Augenbrauen ballten sich zu einem finsteren Wald.

»Weißt du«, sagte Karl, »irgendwann reißt einer das

Maul auf am Hafen. Trotz Schmiergeld. Irgendwann zahlt wer anders mehr.«

»Was?«

Daher wehte der Wind, Karl war sauer, weil Herbert jetzt allein für sich sorgte. Stand vor ihm, als ob er wer weiß was wär.

»Solche wie der landen im Hafenbecken«, setzte Karl nach. »Und die reißen noch andere mit rein.«

Seine braunen Finger fummelten die Tabaksdose auf.

»Wovon redest du?«

Was war Karl doch für ein alter Mann, er würde ewig hier festsitzen mit seinen miefigen Fischernetzen, mit seinem schrumpeligen Walpenis in den Seilen.

»Das ist nichts für dich«, sagte Karl. »So dumm bist du nich. Nich du.«

»Ich geh schlafen«, sagte Herbert und ließ Karl stehen, er konnte diesen Lakritzgestank nicht mehr ertragen, eklig wie eine Zuckerstange. Die Träger kamen ihm schwitzend entgegen, und er drückte ihnen das Geld in die nassen Hände.

Danke, wollte er sagen, aber ließ es dann bleiben, schließlich hatte er dafür bezahlt.

Das neue Bett war riesig, so eins hatte er noch nie gehabt. Es sah aus wie für mehrere Personen und roch nach frischem Holz. Herbert warf sich auf die Matratze und schaute zum Dachfenster hoch, diese dünne Scheibe voller Spinnweben, an der von draußen der Wind rüttelte. Er kann mich ja rausschmeißen, dachte er, dann geh ich zurück auf die Straße, dann geh ich irgendwohin, ich kauf mir was Besseres.

Er brauchte Karl nicht, er brauchte das ganze Elmsfeuer nicht, ein Laden für durchgestunkene Typen, die sich auf fremder Leute Schiffen totrackerten, bis ihnen die Knochen schwankten. Die kein Zuhause hatten und nicht wussten, wo sie hingehörten, die nie festen Boden unter den Füßen haben würden und ein sauberes Bett. Die werden sich niemals je schlafen legen und in Sicherheit sein.

Die Spinnweben hingen wie Spuckefäden, er lag unbeweglich da und wartete darauf, dass der Rotz auf ihn runterfiel.

»Das Viehzeug wird immer neidisch sein auf solche wie uns«, sagte Pik-Johnny. »Du musst auf der Hut sein.«

Johnny hatte recht.

Nachts stand Herbert im Waschraum unter der Dusche und ließ das Wasser über sich fließen wie Gold. Arme und Gesicht nach oben gestreckt, heißes Prasseln auf den Augenlidern, er öffnete den Mund und ließ alles rein. Der Tag war hart gewesen, zwei Schichten am Hafen und dazwischen ein paar Aufträge, die es in sich hatten, fast wäre er aufgeflogen. Danach zum Training, seine Seite tat weh, weil er einen heftigen Schwinger kassiert hatte, aber so was war guter Schmerz. Blaue Flecken, über die das Wasser rieselte.

Sein Körper hatte sich verändert, ihm gefiel diese feste Masse, die Härte unter seinen Fingern.

Als er in den Flur trat, trug er nur eine Unterhose, seine Haut strahlte vor Wärme und leuchtete rot, er wollte nichts als in sein weiches Bett. Das Pik-Ass klemmte unter dem Gummizug auf seiner Hüfte, er nahm es mit, egal wohin.

Da stand Karl auf der Treppe, sein massiger Körper blockierte den Weg. Schnell trat Herbert einen Schritt nach hinten und schob sich das Ass tiefer in die Unterhose.

»Was ist?«, zischte Herbert. Seine Stimme klang höher, als erwartet.

Karl hatte einen merkwürdigen Blick. »Hör mal«, fing er an, aber Herbert fiel ihm ins Wort.

»Geht das auch morgen?«

»Keine Angst«, sagte Karl, »ich hab nur nen Vorschlag. Kannst ja drüber schlafen.«

Herbert setzte seinen Fuß auf die nächste Stufe, wollte vorbei, aber Karl rührte sich nicht.

»Was hältst du davon, eine Lehre zu machen? Was mit Autos oder in der Schweißerei?«

Herbert wünschte sich, er hätte mehr an als nur seine Unterhose, er wäre besser gewappnet gewesen gegen den Hinterhalt.

»Da findet sich was, hab mich umgehört. Brauchst nicht mehr zum Hafen mit dem ganzen Schiet.«

Karl wollte ihm Angst einjagen, füllte die gesamte Stiege aus, kein Durchkommen. Er wollte kaputt machen, was Herbert sich erkämpft hatte, wollte ihn klein und abhängig halten, wie ein Kind, dem man heißen Kakao hinstellt. Herbert bohrte die Hand in den blauen Fleck an seiner Seite, der Schmerz schickte einen Schauer durch ihn.

»Alles in Ordnung?«, fragte Karl.

Da spürte Herbert, wie das Pik-Ass aus der Unterhose rutschte, und er verkrampfte sich, um es irgendwie festzuhalten.

»Lass mich in Ruhe!«

Aber Karl streckte die Hand nach ihm aus.

»Junge, was is?«

Karl fasste ihm an die Stirn – was packt der mich an? –, da löste sich das Ass ganz aus Herberts Hose. Er zuckte zurück, Karl sah nach unten, sah das aufblitzende Papier, *pass ja gut drauf auf*. Karl wollte was sagen, sein Mund öffnete sich, in der gleichen Sekunde traf ihn die Faust. Karls Kopf knallte gegen die Wand, dann sackte er in die Knie und kippte die Treppe runter. Herbert hielt die Luft an, als der schwere Körper ihn streifte, es tat ein paar Schläge auf die Stufen. Herbert öffnete die zusammengekrallten Finger, so viel kleiner und härter als sein Boxhandschuh, und bückte sich nach dem Pik-Ass. Die Spielkarte hatte vom vielen Herumtragen schon weiche Ecken bekommen. Von unten kam ein Geräusch, das nach zugedrückter Luftröhre klang, aber Herbert schaute nicht hin, sollte der sehen, was er davon hatte, selber schuld, was wollte dieser schmierige Kerl von ihm? Er strich die Ecken der Karte glatt. Jetzt war sie wieder ordentlich.

Auf dem Dachboden verrammelte Herbert die Tür mit zwei großen Kisten. Er lauschte nach Schritten, aber da war nichts, da war überhaupt nichts mehr. Herbert kauerte sich unter die Bettdecke und schob die Hände in die Achseln, weil sie so zitterten. Wieso hatte Karl das getan? Er hatte ihm keine Wahl gelassen.

13

Hawk bog um die Ecke. Der Junkie kam ihm nicht hinterher, auch sonst kam keiner. Das Elmsfeuer lag etwas ab vom Schuss, und er musste eine Weile laufen. Das war gut, um den Kopf sauber zu kriegen. Diese Gestalt mit den zerstochenen Fingerknöcheln und der durchsichtigen Haut, dieses armselige Gejammer. Retten muss sich schon jeder selbst. Unter Hawks Klamotten brauten sich Erschöpfung und Schweiß zu einer Soße zusammen, die roch wie überfahrenes Tier. Die Boxershorts hingen ihm halb in der Ritze, die Sonne presste alles aus ihm raus. Vielleicht hätte er sich doch am Pillenarsenal der Krankenkarre bedienen sollen, ein, zwei Captagon für den nötigen Schwung, wie früher, dafür war das Zeug doch gemacht. Hawk griff nach hinten und zerrte sich die Hose aus der Spalte. Wer weiß, was auf ihn zukam.

Karl müsste jetzt um die sechzig sein, sogar mehr als das. Die Sache hatte damals nicht gut geendet, gar nicht gut, Hawk war sich nicht mehr sicher, was genau vorgefallen war. Nur dass Karl ihn verraten hatte, rausgeworfen. Schweiß lief ihm über die Stirn wie alte Spucke, er wischte sie mit der Armbeuge ab. Und dass Karl bestraft worden war.

Hatte der die Niederlage all die Jahre in sich reingefressen, um doch noch zurückzuschlagen? Sich einen Kanister Benzin zu schnappen, um seinen Mann zu stehen? Hatte Karl endlich der Mut gepackt, Hawk herauszufordern und ihm mit dem Messer ins Sofa zu ritzen, was er wirklich dachte, immer gedacht hatte, von Anfang an: Bastard.

Nichtsnutziger dreckiger kleiner Bastard. Hawks Kopf klärte sich, als die Wut zurückkam.

Da hinten lag das Elmsfeuer, er hatte diese Ecke seitdem gemieden, aber da musste es sein. Die Straße sah merkwürdig aus, frisch gefegt und strahlend hell, als hätte einer zu viel Watt reingedreht. Hawk erkannte von weitem das Steuerrad über der Tür, ein mächtiges Ding, dessen Zeit lange abgelaufen war. Irgendwas daran war gründlich falsch.

Die Sonne erleuchtete das Schaufenster, eine riesige Glasscheibe ohne einen einzigen Fingerabdruck, und erst, als er davorstand, begriff er, dass die milchigen Butzenscheiben fehlten. Der Schriftzug Elmsfeuer stimmte, aber der Laden stimmte nicht mehr. Im Schaufenster hing reichlich Seemannsplunder, Plastikfische in Plastiknetzen, Buddelschiffe vor Palmen mit Sonnenuntergang, knallrote Rettungsringe, als wär die Welt ein lustiges Kinderbuch. Die Auslage war mit Muscheln und toten Seesternen dekoriert, wenigstens die waren mal echt gewesen, man musste sie stundenlang in Essig auskochen, bis sie nicht mehr stanken, den Topf konnte man danach wegschmeißen. Auf den Seesternen klebten Preisschilder, gar nicht mal billig. Das war keine Kneipe mehr.

Hawk wischte sich über die Stirn und strich sich mit dem Schweiß die Haare nach hinten. Dann trat er durch die Tür. Ein Glöckchen bimmelte. Es stank penetrant nach Zitrone, was sicher vom Scheuermittel kam, mit dem der jahrzehntealte Rauch, das Bratfett und die Ausdünstungen von Typen auf Barhockern weggeschrubbt worden waren, die Typen gleich mit.

»Kann ich Ihnen helfen?«

Ein Schnösel, eindeutig. Einer von diesen neureichen Angebertypen, die seit einer Weile den Kiez aufkauften und zum Vergnügungspark machten. Feines Hemd, glattrasiert und so ein Gewerbelächeln, als würde er gleich Cocktails mit Schirmchen am Rand servieren. An der Decke hing doch tatsächlich eine Diskokugel, die sich mit einem Surren drehte, was sollte das?

Der Typ musterte Hawk und verzog die Nase.

»Ist etwas vorgefallen?«

Vorgefallen, na und ob, dachte Hawk, eine selten blöde Frage, sonst wäre er schließlich nicht hier. Aber der Schnösel hatte nur Sorge wegen der Security-Klamotte, Männer vom Aufpasserdienst sind kein gutes Zeichen.

»Oder brauchen Sie Beratung?«

Sein Ton kühlte ab, das Lächeln blieb, musste man auch erst mal hinkriegen. Hawk drehte ihm den Rücken zu und sah sich um, nichts in diesem Raum ergab einen Sinn, alles war wie für Touristen.

»Ganz schön picobello hier«, sagte er.

»Danke. Da legen wir Wert drauf.«

»Wir auch«, sagte Hawk.

Dem Typen zuckte die Oberlippe, aber er lächelte weiter. Der sollte sich bloß nicht zu sicher fühlen. Um sich erst mal zu orientieren, wandte Hawk sich zum nächsten Regal und griff nach einem Schiff in der Flasche, einem Buddelschiff, komplett mit Reling, Masten und Takelage, die Segel groß wie Daumennägel, vielleicht war das eine Pulle Korn gewesen. Schade drum.

»So was verkauft sich?«

»Natürlich. Das ist Handarbeit.«

»Und das hier? Verkauft sich das auch?«

Hawk hielt eine Schneekugel hoch und schüttelte sie. Darin lehnte eine kleine Figur an einer kleinen Laterne, rote Herzen wirbelten durchs Glas und sanken vor den Stiefeln der Miniaturfrau zu Boden.

»Romantik verkauft sich immer.«

Hawk schnaubte. Das war so romantisch wie Scheuermittel.

»Wenn wir nicht das Richtige für Sie haben, sollten Sie es vielleicht woanders versuchen.«

Der Typ witterte Krawall, ihm fror sein halbes Lächeln, sicher taten ihm schon die Mundwinkel weh. Hawk stellte die Schrumpfdirne zurück ins Regal.

»Ich such aber was.«

»Und das wäre bitte schön?«

»Karl.«

Der Schnösel schaute verständnislos.

»Karl. Dem das Elmsfeuer gehört.«

»Aaah!« Vor Erleichterung schraubte der wieder seine Verkäuferstimme rein. »Der Alte vom Seemannsheim!«

Er griff hinter sich.

»Sehen Sie mal. Wir haben uns sogar vom Vorbesitzer inspirieren lassen.«

Er hielt Hawk ein Päckchen Kautabak hin, Red Man, der mit dem Indianerkopf.

»Unsere Kunden finden das originell.«

Viel dämlicher konnte es nicht mehr werden. War das ein Ablenkungsmanöver? Machte Karl sich über ihn lustig, saß der hier irgendwo und schaute zu? Red Man war noch nicht mal seine Marke gewesen. Dieses Elmsfeuer war ein Witz.

»Wo finde ich Karl?«

»Nun«, sagte der Wichtigtuer, unsicher, ob er sein Lächeln komplett wegstecken sollte. »Sie kannten sich?«

Blöde Frage.

»Wenn Sie sich kannten, tut es mir leid, dass ich Ihnen das mitteilen muss.«

»Was mitteilen?«

»Dass er krank war.«

Was sollte der Scheiß?

Der Typ machte ein Pastorengesicht und legte ein paar Falten quer. Was hatte der noch alles an Stimmungen drauf?

»An der Bauchspeicheldrüse. Es ist am Ende wohl schnell gegangen.«

Die Diskokugel surrte. Die blanken Spiegelplättchen drehten sich, undurchsichtig wie ein Insektenauge, das keine Regung nach draußen ließ.

»Jetzt hat er seinen Frieden.«

Hawk machte einen Schritt nach hinten und rammte den Postkartenständer, Bilder einer Hafenstadt, Möwen und Matrosen, alles auf schön getüncht. So viel Licht war hier früher nie reingekommen, was war mit den funzeligen Kugelfischlampen, waren die etwa nicht originell, wollte die keiner kaufen?

»Als Nachfolger waren wir tief betrübt.«

Diese Nachfolger hatten alle Sitzecken rausgerissen und den Boden weiß gefliest, weiß war auch der Verkaufstresen. Hawk trat näher und legte eine Hand auf das Holz, das war die alte Theke, alle Wurmlöcher weggeschliffen und mit Lack zugeschmiert. Ist sicher auch ganz schnell gegangen.

Und da, am Ende des Tresens, lehnte sie immer noch. Keiner hatte sie angefasst, niemand hatte sie neu gestrichen. Die Frau im blauen Kleid streckte sich ihm entgegen, die Galionsfigur ohne Schiff, unbeeindruckt vom Lauf der Welt, jetzt wie vor dreißig Jahren.

Bauchspeicheldrüse, wo lag die überhaupt?

Hawk berührte den Hals der geschnitzten Frau. Eine Narbe aus hartem Klebstoff quoll einmal rundum aus dem Holz wie eine zu enganliegende Halskette. Der Kleber war staubig, das letzte bisschen Dreck in diesem Schuppen.

Er spürte die Eisenstange in seiner Hand. Pik-Johnny hatte sie ihm gegeben. Sie waren zu fünft oder sechst gewesen, jetzt wusste er wieder, wie es geendet hatte.

Karl hatte sich nie gewehrt. Nicht nach dem Sturz die Treppe runter. Am nächsten Tag war er ganz blau im Gesicht, und immer noch wollte er mit Herbert reden, immer reden, weg vom Hafen und eine Lehre anfangen, das war seine Leier, damit Herbert auf ewig abhängig war von irgendeinem räudigen Sklavenjob. Karl wehrte sich auch nicht, als die Truppe anrückte, das Rollkommando, Pik-Johnny vorneweg.

»Der will dich verraten«, hatte Herbert zu Johnny gesagt, »alles wird auffliegen. Karl geht zur Polizei.«

Denn darauf lief es hinaus, warum sonst schlich Karl um ihn herum und machte auf nett und Verständnis, was hatte der davon? Bei Johnny wusste er, woran er war, der liebte das Geld und spielte ganz oben. Aber mit Karl stimmte was nicht. Und er ließ sich nicht länger täuschen.

»Soso«, hatte Pik-Johnny gesagt. »Meinst du, dein Karl hat einen Denkzettel verdient?«

»Genau.«

Die Frau aus Holz fixierte Hawk. Es reichte, er hatte keine Lust, sich zu erinnern. Der Geschmack von Strohrum brannte ihm im Mund, sie hatten vorher die Flasche kreisen lassen, und Strohrum kannte er damals noch nicht. Die Eisenstange hatte mächtig Schwung entwickelt. Johnnys Männer feuerten ihn an. Von der Einrichtung war kaum etwas übriggeblieben.

Seine Finger glitten über die Klebstoffnarbe.

Hat dir wer den Kopf wieder draufgesetzt.

»Die ist auch vom Vorbesitzer. Ein wirklich besonderes Stück. Das ist aber unverkäuflich.«

Hawk brummte, um die Stimme zum Schweigen zu bringen.

Dreißig Jahre, was für eine absurd lange Zeit. Vielleicht war's schon ein Wunder, dass überhaupt noch was von vor dreißig Jahren auf den Beinen war. Er selbst zum Beispiel.

Er könnte wirklich einen Wachmacher gebrauchen, sein Schädel war so schwer, dass er ihn kaum auf dem Hals tragen konnte. Hawk drehte sich weg von der blauen Frau.

»Bauchspeicheldrüse, tut das weh?«

Der Schnösel hatte endlich das Lächeln aufgegeben.

»Das kann schon sein. Ich bin kein Arzt. Da müssen Sie sich an das Klinikum wenden.«

Hawk nickte. Bei dem Wort Klinikum kam ihm der Bunker mit seinen finsteren Gängen und dem gähnenden Leichenkeller hoch. Der Bunker, den er hätte bewachen sollen. Er schob den Gedanken weit weg.

»Aber sagen Sie mal …« Der Typ drängte sich zurück ins Bild, er druckste herum. »Sie machen hier doch Wachschutz im Revier?«

»Mmh«, machte Hawk.

»Nämlich … wir haben das Geschäft noch nicht lange. Für uns ist das im Bezirk ein Neuanfang, alles renoviert, ein anderes Publikum, frischer Wind.«

Keine Ahnung, worauf der hinauswollte.

»Aber ich frage mich, ob es eine Vorgeschichte gibt, von der wir hier etwas wissen sollten.«

»Vorgeschichte?«

»Die Umgebung ist ja immerhin Rotlicht.«

»Ja und?« Hawk zuckte mit den Schultern.

»Weil Sie schon der zweite sind, der sich hier seltsam umguckt. Und wir wollen keinen Ärger.«

Der Adrenalinstoß haute Hawk zurück in die Spur.

»Wer war hier?«

Der Schnösel zuckte zusammen.

»Ich meine, ich weiß ja nicht …«

»Wer?«

»Na so ein junger Mann mit Motorrad und Lederjacke, so ein Rocker.«

Hawk wurde ganz fiebrig hinter der Stirn, am liebsten hätte er den Typen am Hemd gepackt.

»Was wollte der?«

»Eigentlich nichts … oder ich weiß es nicht, er hat gefragt, was hier früher war, wer hier gelebt hat.«

»Nach wem hat er gefragt?«

»Keinen Namen. Aber er war unheimlich, irgendwie aggressiv. Wie ein Pulverfass.«

»Hatte der eine Waffe?«

»Nein!« Jetzt wurde der Großkotz blass, so weiß wie sein lackierter Tresen.

»Nein, aber er sah gewalttätig aus. Er hat noch ganz lange draußen herumgelungert und geraucht. Kein Kunde hat sich mehr reingetraut.«

Selbst jetzt dachte der nur an Kundschaft. Hawk wurde lauter.

»Und sonst? Was noch?«

»Mehr nicht! Mehr weiß ich nicht! Meinen Sie, wir kriegen hier Probleme?«

Gott, wie naiv, der Typ schnallte nichts, Hawk hatte das Problem am Hals und nicht diese angehauchte Bude für Seemannsramsch.

»Wann? Wann war der hier?«

»Vor ein paar Tagen vielleicht. Ist der Mann gefährlich?«

»Ja«, sagte Hawk. »Sehr.«

Dem Typ blieb sein lackierter Neuanfang im Hals stecken, sein ganzer frischer Wind.

»Wenn der Mann wiederkommt, rufen wir die Polizei.«

»Keine Polizei«, sagte Hawk. »Gib nur mir Bescheid, ist das klar? Nur mir!«

Der Schnösel nickte hektisch.

»Wie kann ich Sie denn erreichen? Bei Ihrem Sicherheitsdienst?«

Aber Hawk hatte ja kein Telefon, keine Adresse mehr, nichts.

»Ich ruf dich an«, sagte er.

»In Ordnung. Okay. Dann machen wir das.«

Der Typ griff hinter die Theke und hielt Hawk eine Streichholzschachtel hin. Vorne prangte der Aufdruck Elmsfeuer. Die gleichen verdammten Hölzer, die in seiner Tasche steckten.

»Auf der Rückseite steht unsere Nummer. Bitte melden Sie sich.«

Auf dem Weg zum Auto klebten die Klamotten an ihm. Ein Rocker in Lederkutte. Verfurth setzte solche Schläger ein, als Schutz und zum Geldeintreiben und für die eiskalten Kommandos. Verfurth mit seinen farblosen Augen und dieser glattgespannten Haut, keiner wusste, wie alt er war. Der sich mit einem Rudel unrasierter Wilder umgab, das er abgerichtet hatte, Motorradrambos, gegen die er noch blasser wirkte, unsichtbar im Hintergrund.

Er wurde niemals laut. Er zückte nur sein Notizbuch

und strich einen Namen durch. Verfurths Gang hatte damals Pik-Johnny einkassiert, mit allem Drum und Dran. Johnnys Zähne fand man am Hafen ausgestreut. Ein Glück, dass er selbst da schon in der Nesselstraße steckte, denn wer weiß, wie die Sache ausgegangen wär. So kam er irgendwann raus aus der Erziehungsanstalt, war heil und am Leben und startete von vorn.

Aber es ergab keinen Sinn. Warum sollte Verfurth ihm drohen?

Der wusste ja nicht, was in Hawks Schließfach lag. Neben der Glock 17, Halbautomatik. Niemand wusste das.

Hawk erreichte den versteckten Parkplatz und bemerkte die Bullen in letzter Sekunde. Die grüne Minna parkte neben dem Krankenmobil. Einer wühlte im Fahrerhaus, ein anderer stand am Heck und sprach in ein Ding in seiner Hand, gab wohl das Kennzeichen durch. Er trug eine Sonnenbrille mit Spiegelgläsern, und jeder konnte sehen, wie gut es ihm gefiel, Leute hochzunehmen, die tief in der Gülle steckten.

Hawk spürte ein Springmesser in seiner Brust aufgehen, als sich der Bulle seine silberne Hantel aus dem Fahrerhaus grabschte und so tat, als würde er seinen Bizeps trainieren, dazu machte er Affengeräusche. Der am Funkgerät lachte.

Und Hawk konnte nichts dagegen tun. Er zwang sich, den Rückzug anzutreten, keine Ahnung wohin, nur schön Abmarsch und Zähne zusammenbeißen gegen das Gelächter und den Stich in der Brust.

Ob Karl seine Haare behalten hatte? Den buschigen

Bart und die Augenbrauen? Die Haare am Hals, die auf dem Kopf und die wer weiß noch wo? Oder lag er am Ende gerupft und verquollen in einem verlassenen Krankenhaus, ganz allein mit der Jauche im Bauch und mit einem Körper, der ihn gründlich verraten hatte.

14

Im Bus rückten die Leute von ihm weg und wedelten mit den Händen vor der Nase herum, aber mehr als ein gequältes Stöhnen brachte keiner raus, Hawks Anblick ließ sie schön den Mund halten. Es wollte auch niemand ein Ticket sehen. Hawk lehnte schief in der letzten Reihe und nickte dauernd ein, bis er irgendwann hochfuhr und nicht wusste, was war.

»Endstation!«, rief der Busfahrer mehrmals. Er stand vorgebeugt im Gang und hielt ordentlich Abstand.

Hawks Beine verhakten sich beim Sprung auf die Straße, sodass er ins Straucheln kam. Busfahren, das war ja wohl die unterste Stufe der Erbärmlichkeit, viel tiefer konnte er nicht sinken. Er unterdrückte den Impuls, stehen zu bleiben und sich in den Dreck zu setzen, ein Penner in Uniform. Vielleicht kam jemand vorbei und warf ihm einen Groschen hin, das letzte Pissgeld, Endstation.

Stattdessen ging er weiter, ein Bein nach dem anderen, bis er vor Mahmouds Schrottplatz stand. Das Riesenareal hieß Schrottparadies, und das traf es auf den Punkt, denn Schrott ging immer, Schrott war das Gold der kleinen Leute, und jeder versuchte, seine Finger dranzukriegen. Hawk trat durch das Gatter, er war noch nie zu Fuß gekommen. Ein Pick-up rauschte vorbei und hupte, die Ladefläche voller Kabelbündel.

Das Schrottparadies zog sie magisch an, die Sammler und Hehler, all die Gesellen, die tonnenweise Blech anschleppten, kaputte Küchengeräte und ganze Stahlträger. Zu Mahmoud kamen die Abrissunternehmer und Wohnungsauflöser, die Leichenfledderer und die Privaten, die ihre kaputten Rasenmäher im Kofferraum hatten, alte Liegestühle, gutes Aluminium. Manchmal trauten sich auch die Jungs mit den geklauten Straßenschildern aufs Gelände, sie schleiften abmontierte Bahnleitungen hierher, und einmal hatten sie auf dem Friedhof die Plaketten von den Grabsteinen gebrochen, das war pure Bronze. Wer brauchte schon die Tafel mit dem letzten Sprüchlein, wenn er unter der Erde lag?

Mahmoud zahlte für alles. Vor allem aber hortete er Autoteile und hatte ein Händchen dafür, aus jedem Schlitten das Optimum rauszukitzeln. Wer auf dem Kiez was auf sich hielt, ließ seine Karosse von Mahmoud frisieren. Hawk war Dauergast gewesen.

Er fand Mahmoud am Metallhäcksler, wo er einen Arbeiter anwies. Am Kran hing ein Renault mit zerschmetterter Schnauze, sicher eine Unfallkarre, deren letzte Stunde geschlagen hatte. Das hätte auch Miss Stetson sein können, ein Gerippe über dem Abgrund. Das Mahlwerk des Schredders wartete schon.

Als Mahmoud sich umdrehte, hüpfte sein Schnurrbart vor Freude, alter Reflex, dann schüttelte er heftig den Kopf.

»Wie siehst du denn aus? Hast du den Zweiten Weltkrieg verloren?«

Mit einem herzlosen Jaulen setzten sich die Rotorblätter in Gang und bleckten die Zähne, der Kran schwenkte den Renault über die Presse und ließ los. Hawk stand da wie in Ketten, die Augen aufgerissen. Das Mahlwerk griff sich die Karosserie und schluckte sie Bissen für Bissen. Das Geräusch von brechenden Knochen war nicht auszuhalten.

»Geht's dir gut?«, schrie Mahmoud über den Lärm.

»Wo ist Miss Stetson?«

Er hatte diesen sechsten Sinn.

Mahmoud holte Campingstühle aus seinem Chefcontainer und drückte Hawk ein Sechserpack Geflügelwiener in die Hand.

»Willst du Chai?«

Er verschwand noch einmal im Container und kam mit zwei winzigen verzierten Gläsern zurück, zuckersüßes Zeug. Hawk zerrte das Würstchenpack mit den Zähnen auf, er kaute und schluckte und erzählte die ganze Geschichte, erzählte vom verbrannten Auto – Mahmoud presste sich die Hände auf die Brust –, er berichtete von der verwüsteten Wohnung, der Drohung aus Benzin und vom verlorenen Job, das auch. Nur das Wiedersehen mit Lu ließ er aus, er wusste nicht, was er da sagen sollte.

Mahmoud hörte sich alles an, er zwirbelte seinen Schnurrbart, erst das eine Ende, dann das andere, bis die Spitzen wie Schnurrhaare nach oben standen. Als Hawk fertig war, nickte er, die Bartenden wippten.

»Das ist Scheiße. Große Scheiße.«

Mahmoud dachte nach, schaute in die Ferne, und Hawk fragte sich, was der wohl sah, wenn er den ganzen Schrott vor der Nase hatte, immerhin war das sein Schrott, vielleicht war er mächtig stolz.

»Ich helfe dir«, sagte Mahmoud, »das versteht sich. Falls einer dich sucht, schweige ich.«

Selbst auf dem klapprigen Campingstuhl mit dem Blumenmuster gelang es ihm, ernsthaft auszusehen.

»Ich werd mich revanchieren«, sagte Hawk, nur hatte er keine Ahnung, womit. Mahmoud hielt sein Schrottparadies seit zwanzig Jahren fest im Griff, der brauchte von keinem was.

»Weißt du, da hinten bei den Aussortierten …«

»Der Friedhof«, sagte Hawk.

»Da am Zaun ist so ein Camper. Zwei Reifen platt, aber innen ist das nicht schlecht. Da kannst du rein. Das ist dein Versteck.«

Hawk nickte. Wohin sollte er sonst gehen?

»Bloß versprich mir«, Mahmoud ließ den Schnurrbart wippen, »mach keinen Selbstmord. Ich verstehe dich. Du musst wissen, wer das mit deinem Auto war. Aber wenn es zu gefährlich wird, nimm die Finger weg. Und ich will auf meinem Platz kein Problem.«

Mahmoud strich sich den Bart wieder nach unten.

»Ich will nur die Leute, die mir ihr Auto bringen. Nicht ihren Ärger.«

Er hatte schon immer Angst gehabt, dass mal einer in seiner Schrottpresse enden könnte, das war eine fixe Idee von ihm.

»Mmh«, machte Hawk.

»Und keine Waffen. Kein Rauschgift, keine Geschäfte.«

»Mmh. Ich bin da raus.«

»Inschallah. Dann ist gut.«

Mahmoud streckte die Hand aus, und Hawk schlug ein.

»Gib dein Glas.«

Wollte der schon wieder nachschenken? Im Container stand ein Samowar, in dem brodelte das süße Gesöff pausenlos. Aber Mahmoud legte eine Untertasse auf Hawks leeres Glas und stülpte es um. Dann lüftete er es wieder und fuhr mit dem Finger über den Teesatz, schob die Reste auf dem Tellerchen herum, aufgequollene, zerhäckselte Blätter. Er runzelte die Stirn.

»Was ist?«

»Nichts.«

Mit einem Ruck schüttete Mahmoud den Schmodder auf den Boden und rieb sich den Dreck von den Fingern.

»Und lass meine Hunde in Ruhe. Die machen ihre Dinger, du machst deine. Viel Glück, Bruder.«

Das mit den Hunden hatte Hawk ganz vergessen. Sie wurden nachts rausgelassen, um den Platz zu bewachen. Verzogene Dobermänner, die noch nicht mal bei Fuß gehen konnten, nicht ein Funke Führigkeit. Mahmoud hatte sie gründlich verzärtelt, er ließ sich von ihnen den Bart abschlecken, der Verwesungsatem störte ihn nicht.

»Weiß doch keiner, dass die nicht beißen«, sagte er. »Dafür bellen die umso mehr.«

Tatsache, die bellten wie blöde und zuckten mit den stummeligen Resten ihrer abgehackten Schwänze. Nachts sah man das Phantomwedeln nicht, man hörte nur den Lärm, und das verschreckte die Kupferdiebe.

Bevor Mahmoud sich wieder an die Arbeit machte, holte er noch was. Eine Nietenhose und ein zusammengefaltetes weißes Hemd, darauf ein Handtuch und ein Stück Seife.

»Wasch dich, Bruder.«

Hinter dem Container gab es eine Bretterwand mit einem Schlauch. Die Abstände zwischen den Latten waren so groß, dass man eigentlich alles sehen konnte, bester Blick auf die Schrottpresse und andersrum auch. Trotzdem stieg Hawk, ohne lange zu zögern, aus der Uniform, aus den alten Boxershorts und spritzte sich mit dem eiskalten Wasser ab, bis die Haut taub wurde, was gab's da schon zu glotzen, ein nackter Mann vom Autofriedhof.

Der Renault von vorhin war zum Klumpen gepresst. Der nächste Wagen baumelte am Haken, durch die Ritzen der Bretter sah Hawk ihn fallen. Er griff nach der Seife und schäumte sich ein, die Lauge brannte in seinen Augen, an den Fingerknöcheln, in der Wunde am Bein. Dann nahm er sich die Unterhose vor und begann zu schrubben.

Der Camper war ein kastenförmiges Ding mit einer Schlafnische über dem Fahrersitz, gemacht für kleine Leute oder solche, die es gewohnt waren, sich in eine Büchse sperren zu lassen. Hawk war auf die Matratze gekrochen und konnte sich nicht dazu bringen, die Schuhe auszuziehen, woher wusste er, ob der Platz wirklich sicher war? Seine Boxershorts trockneten am Scheibenwischer, vielleicht war auch das keine gute Idee, vielleicht konnte jemand die Zeichen lesen und wusste Bescheid? Und zündete ihn an, sobald Hawk die Augen zuklappte. Aber es war zu spät, sich jetzt noch zu rühren, Hawk driftete immer weiter weg, schaffte es nicht mehr zurück. Er steckte in der Schlafbox, fest eingeschlossen, wie in dem Stockbett im Knast vor drei Jahren, in der Zelle voll mit schnarchenden Kreaturen, die sich durch dreckige Träume wälzten, mit ihrer Hitze, ihrem Achselgestank – und du selbst willst am liebsten nie mehr wach werden, nie wieder die braun gequalmten Wände um dich rum anstarren, die mit stierer Dumpfheit reingeritzten Sprüche, die vollgewichste Luft, aber morgens um sechs hauen die Knechte ihre Schlüssel gegens Gitter, lassen die Metallriegel schnappen und schicken dich zur Sklavenarbeit. Sie spucken dir in die Fresse und schließen Wetten drauf ab, wann du dich kleinkriegen lässt, denn das ist es, was alle wollen. Nachts rollst du dich auf die Pritsche und fällst in den Schlaf wie ein Stein.

Als Hawk aufwachte, dämmerte es. Er hatte einen Entschluss gefasst. Vielleicht war es auch mehr ein Gefühl, oder beides gehörte zusammen, wie auch immer – er würde sich im Sperrgebiet blicken lassen. Das war Verfurths Zone, und die war tabu, seit Hawk ausgestiegen war. Aber wenn der ihm die Rocker auf den Pelz hetzte, brach Verfurth seine eigenen Regeln – dass sie quitt waren, dass Schluss damit war.

Und wer hatte gesagt, dass man immer gehorchen musste, immer im Schlamm kriechen? Er würde sich nicht länger wegducken.

Er hatte im Knast gesehen, was aus Männern wird, die alles mit sich machen lassen. Die saufen am Ende aus dem Klo, die letzte Prise Würde ist schnell weggeschluckt. Die Klosettbrille kracht auf deinen Hals und die anderen springen drauf.

Doch bevor er losmarschierte, musste er noch was an seinem Auftritt ändern, Mahmouds weißes Hemd war was für die Kirchenmesse, nichts für den Morast da draußen. Hawk suchte nach Schrottresten zwischen den Autowracks, bis er ein Stück Draht entdeckte, denn auch das lernte man hinter Gittern, arbeite mit dem, was du finden kannst. Mit dem Draht trennte er aus dem Wachdiensthemd den albernen Schriftzug raus. Security, Sicherheit, als ob es so was jemals gab.

15

Alle konnten sehen, dass er zu Fuß unterwegs war. Bitte sehr, sollten sie, zu Fuß, aber mit geradem Kreuz. Unter ihren Blicken schlenderte er lässig zum nächsten Stehausschank. Mahmoud hatte ihm einen Blauen spendiert, und mit dem Bier in der Hand spazierte er zur nächsten Adresse, wer konnte ihm verdenken, dass er Durst hatte und einen Gang durch die Gemeinde machte, schließlich war das auch seine Stadt. Die konnte ihm keiner nehmen.

Er zwang sich, nicht ständig hinter sich zu schauen, ob da junge Kerls in Leder rumkrauchten oder ihm die Eckensteher bekannt vorkamen, er trank in großen Schlucken, das Bier schmeckte nicht.

Verfurths großkotziges Sperrgebiet, das war das Viertel rund um die Schlachthöfe. Hier war reichlich Import-Export am Werk, zwielichtige Vereine und Briefkastenadressen, Umschlagplätze für nicht koschere Fracht, und mittendrin Verfurths Cargo GmbH mit ihrem Flakturm von Büro und dem Netzwerk aus Kurieren. *Wir sind Europa,* das war sein Slogan, und er sagte das ohne einen Tropfen Humor.

In den Sechzigern war Verfurth in die Stadt gekommen, keiner wusste woher und wer er war, nur mit Aktenkoffer, Stahlzange und einer Handvoll Leute, die bereit waren, für Geld alles zu tun. Und mit seinem Büchlein, in das er mit der Tintenfeder und nach einem verschlüsselten System Namen, Zahlen, Orte kratzte, es wurde »die Bibel« genannt. Er hatte es immer dabei.

Hawk hatte Verfurth zweimal leibhaftig gesehen, das letzte Mal blieb er unentdeckt, wie durch ein Wunder. Dafür musste ein anderer büßen.

Bei der ersten Begegnung hatte Hawk gedacht, er hätte das große Los gezogen, und das stimmte ja auch. Verfurth war kein Blender, er hielt, was er versprach, im Guten wie im Schlechten. Wer sich auf ihn einschwören ließ, konnte Kasse machen. Meist hatte Hawk Touren in die Niederlande übernommen, Amsterdam, Rotterdam und andere Häfen, Spanien hatte er am liebsten gemocht. Fürs Autofahren bezahlt zu werden, hielt er für einen sauberen Deal, er spielte das Rädchen im Getriebe, der Rest ging ihn nichts an. Er erledigte die Strecken mit Firmenwagen, die manchmal kaum was auf dem Tacho hatten, ein GTI, ein Audi, ab und zu ein BMW, ihm gefiel der Gedanke, sie einzufahren. Die Ware hatte ihn nie interessiert, je ausgefuchster sie versteckt war, desto besser, das machte ihm keine feuchten Achseln.

Bis zum Unfall.

Es gibt viele Wege, sich wach zu halten in diesen eintönigen Nächten, bei 160 km/h auf Achse von einem Land ins nächste, wenn die Mondsichel neben den zerplatzten Insekten an der Windschutzscheibe klebt. Von Sonnenaufgang keine Spur. Koffein, Preludin, Pervitin, Radio hoch bis zum Anschlag und die Fenster ganz unten, die Karre saugt den Mittelstreifen rein, als wär's eine endlose

Linie Koks. Die Nacht flimmert wie ein Fernsehbild aus den Fünfzigern mit gestörtem Empfang, du denkst, so bleibst du ewig auf Sendung, reißt die Kilometer runter, aber dann kommt der Sekundenschlaf. Meist geht die Sache gut, du verschläfst ja eh dein Leben, die Karre schwankt, schon schreckst du wieder hoch.

Nur einmal, auf dem Rückweg von Marseille, war dieses Paar unterwegs, viel zu langsam, erst beim Aufprall begriff Hawk, dass er geschlafen hatte.

Er konnte sehen, wie die Frau und der Mann nach vorn geschleudert wurden, wie das Auto von der Fahrbahn schnellte, er dachte, die werden sich überschlagen, und genau so kam es, er dachte, du musst hier weg, musst weiterfahren, denn das ist der Deal, Verluste gibt's immer, aber die Ware ist heilig, und du bist nichts als der Kurier, doch sein Fuß stemmte sich auf das Pedal, und die Reifen schmierten ihr Gummi runter, stinkend schwarze Bremsstreifen, meterlang.

Er brüllte in eine Notrufsäule, aus der jemand Französisch sprach, ihm fiel nur sein bisschen Englisch ein, das würden die ja wohl verstehen. »Accident!«, brüllte er. »Doctor!«

Das Auto lag auf dem Rücken, und er wusste, es war falsch, darauf zuzugehen, grundfalsch, die Ware im Stich zu lassen, er konnte es jetzt noch schaffen, zurück in den BMW und ab mit den Päckchen voller Schnee oder Shore oder was es auch war, hau bloß ab – doch vielleicht konnte er die beiden durchs Fenster rausziehen, vielleicht dafür sorgen, dass es aufhörte zu bluten. Er kam näher und sah das verklebte Haar, das scharfe

Blech, eine Brille war nach draußen geschleudert, die runden Gläser noch ganz.

Es gab kein Geräusch, keinen Ton, als er in die Hocke ging, um in den Wagen zu sehen, und er wusste, dass er alles versaute, dass es ein schwerer Fehler war, aber dann sah er diese Hand im Blech, die sich zusammenballte, er wusste nicht mal, von wem. Ihre Finger öffneten sich, streckten sich nach ihm aus. Bis die Sanitäter ihn wegzerrten.

Ab da war Schweigen angesagt.

Auf die Tischkante glotzen und die Aussage verweigern, die Arme verschränken, kein Ton, keine Orte, keine Namen, keine Zigaretten annehmen, kein Glas Wasser, nicht über ihre goldene Brücke springen von wegen Strafminderung und Gutschrift kriegen, wenn du dein Gedicht aufsagst, denn Verrat ist Tod, daran gibt's nichts zu rütteln, und Verfurths Leute sind überall.

Erst steckten die Greifer ihn in Straßburg in eine Zelle ohne Klosett, ein Eimer für sechs Leute, dann Zwischenhalt in der U-Haftanstalt Dammtor und schließlich Santa Fu, das war mal ein KZ gewesen und hielt was drauf. Er bekam drei Jahre plus zwei auf Bewährung, denn wenn man vom Jugendheim mit siebzehn mal absah, war sein Register bisher blank gewesen, und der Anwalt, den Verfurth ihm schickte, koberte alles aus.

Verfurths Vize in Santa Fu hieß Overstolz, wie die Glimmstängelmarke, der drängte Hawk sofort in die Sammeldusche, die Wärter schauten in die Luft, und dann machte er seine Ansage. Hawk hatte Glück gehabt.

Zwar war der BMW mit dem Stoff verloren und er hatte sich schuldig gemacht. Aber strenggenommen war das kein Verrat oder Diebstahl auf eigene Rechnung, was manche Irrlichter versuchten, sondern höchstgradig Dummheit. Und darauf stand nicht Ohrenabschneiden, Extraktionszange und das ganze Programm, sondern Ausschluss, Ächtung, raus aus dem Geschäft. So sah Verfurths Gnade aus. Verfurth, der diesen Spitznamen hatte, den sich keiner laut zu sagen traute. Zahnarzt.

Hawk hatte gesehen, was Verfurths mausgraue Augen zum Leuchten brachte. Seitdem war er nicht mehr beim Doc gewesen, bei keinem.

»Jetzt hör gut zu. Die Schlachthöfe sind für dich Sperrgebiet.«

Overstolz betonte jedes Wort, wie bei einem Erstklässler, der es sonst nicht schnallte.

»Du hältst die Fresse und verschwindest vom Radar.«

Im Waschraum roch es nach Schimmel, hinter ihnen tropften die Duschen.

»Wenn du nicht spurst, bist du'n Toter auf Abruf. Hast du das verstanden?«

»Ja.«

»Du machst die drei Affen. Nichts sehen, nichts hören, nichts sagen. Du weißt, was sonst kommt. Verstanden?«

»Ja.«

Und das war das.

Drei Jahre lang wie im Sarg, nur dass du lebendig drinliegst und durch die Stäbe in einen Himmel starrst, der nachts immer hell ist, die Scheinwerfer voll aufgedreht, die Scherben in der Mauerkrone glitzern. Unter den Fenstern im Freiganghof sammeln sich Pfützen aus Spucke, denn mehr als Rausrotzen kannst du nicht tun. Drei Jahre lang Kaffee wie Batteriesäure und der Schlüsselsound zum Nachteinschluss, beides dreht dir die Gedärme um. Das Klo mitten in der Fünf-Mann-Zelle und überall Schamhaare, als gingen sie den Kerlen in Büscheln aus, wie bei einer Epidemie. Das modrige Gerede über Frauen, die wundgewichsten Schwänze, die ausgebombten Gesichter.

Vor lauter Langeweile tätowieren sie sich die Unterlippen mit in den Rasierer geprökelten Nadelspitzen. Und ständig kämpfst du um irgendeinen Rang, um ein unsichtbares Abzeichen wie an der Front, wer oben liegt und wer unten, von wem sie die Finger lassen und wer die Scheißhausbürste ablecken muss. Manche hatten Geld und manche Beziehungen, Tauschware, Selbstgebrannten, Stoff von draußen. Mancher hatte lebenslänglich, und dem war alles egal, mit so einem legst du dich nicht an. Hawk verließ sich auf seine Oberarme, Liegestütze retten dich überall, zwei Matratzen machen einen Sandsack wett. Er brauchte kein Eisernes Kreuz an der Brust. Jeder konnte sehen, wie schnell er auf Angriff war, und wer wollte, kriegte das zu spüren. Es war wie im Heim in der Nesselstraße, nur mit ausgewachsenen Männern, und diesmal gab's für Schlägereien wochenlang Einzelzelle. In dem Loch hatten sich schon viele weggehängt, nicht zu glauben, woraus sich alles ein Strick knüpfen ließ.

Er steckte im Soloarrest, als die Nachricht kam, dass seine Mutter gestorben war. Rosie Hawk. Sie ließen ihn nicht zur Beerdigung, Antrag ohne Begründung abgelehnt.

»Siehst deine Mama ja wieder«, lachte der Schließer. »Beim Jüngsten Gericht.«

Vielleicht sprach ein Pfaffe an ihrem Grab, log sich zurecht, wer Rosie gewesen war, sein Alter warf Dreck auf den Sarg, das Letzte, was sie in dieser Welt draufbekam, und Hawk hielten sie im Käfig fest, er war den Abschied nicht wert. Die Schlüsselknechte waren alle geeicht, die lauerten auf seinen Zusammenbruch, flöteten diesen Schmierenschlager, wenn sie auf Kontrollgang waren.

»Mama, du sollst doch nicht um deinen Jungen weinen. Mama!«

Aber die zwangen ihn nicht in die Knie. Er hätte Rasierklingen schlucken können, ohne was zu spüren. Die kriegten keine verdammte Träne von ihm. Nicht die.

Und dann sind 1095 Tage irgendwann rum.

Sie ziehen ihre Beamtenmaske auf, und du unterschreibst ihr Protokoll: eine Hose mit Gürtel, ein Paar Schuhe mit Senkeln, ein drei Jahre altes Minzbonbon. Zeug, das du nicht wiedererkennst. Auch die Leute auf der Straße erkennst du nicht mehr, du bist frei und verseucht wie nach Tschernobyl.

Hawk erinnerte sich, dass er als Erstes in ein Café gegangen war. Ein schickes Café, wo er eine Tasse Kaffee bestellte, mit echter Milch, die in einem weißen Kännchen kam. Er saß an einem Tisch mit Tischdecke, neben den Bürgerlichen, die von nichts wussten. Er trank seinen Bohnenkaffee und danach die Milch, und die Stühle waren nicht festgeschraubt.

Hawk schüttete das letzte Bier an einen Baum, die Plörre war ihm schal geworden. Seine Theatervorstellung war vorbei. Er war genug auf Promenade gewesen, das ganze Sperrgebiet wusste Bescheid.

16

Die Dobermänner kläfften und rasten am Zaun entlang, als Hawk sich näherte. Ihr schwarzes Fell schimmerte im Mondschein wie frisch gestriegelt, wär Mahmoud zuzutrauen, dass er das tat, dass er die Viecher bürstete und ihnen Schmusenamen gab.

Die Schrottberge stapelten sich in die Nacht. Hawk entriegelte die Schlösser am Seiteneingang, schon sprangen die Hunde gegen das Gitter, ihre Schwanzstummel rotierten vor Aufregung.

»Aus! Aus!«

Seine Stimme klang wie Gebell. Die Ohren der Dobermänner ragten steil in die Luft, die waren zugeschnitten, damit sie gefährlich aussahen und strammstanden wie bei der Armee. Hawk drängte sich durch die Gittertür und drückte sie von innen zu, Pfoten bohrten sich in seinen Rücken, und das Kläffen dröhnte, er rutschte mit dem Schlüssel an den Schlössern ab.

»Aus! Verdammt!«

Er hielt die Arme schützend vor den Körper, um die Biester abzuwehren, aber sie waren überall, schleckten wie mit Schleifpapier über seine Haut, ihre Zungen wollten an seinen Bart, ihre Schnauzen zuckten durch die Luft, um ihn besser zu wittern, es schüttelte ihn am ganzen Leib. Hawk drängte sie weg und versuchte, zum

Autofriedhof voranzukommen, er durfte den Viechern ja nichts tun, zumindest nichts, was Spuren hinterließ. An der Straße bollerte ein Motorrad vorbei, unglaublich laut um diese Zeit, aber die Köter interessierte das nicht, jeder Einbrecher hätte freie Bahn. Sie kläfften, peitschten sich gegenseitig hoch, schnallten nichts. Die Dobermänner verfolgten ihn quer über den Platz.

»Haut ab!«

Sie anzubrüllen, machte es nur schlimmer, vor Freude stiegen sie auf die Hinterpfoten, ihr Speichel flog ihm um die Ohren. Was waren das für Tiere ohne Sinn und Verstand? Von wegen, die konnten alles riechen, Gefühle im Schweiß und schlechte Gedanken, keine der Tölen reagierte drauf, sie drängten gegen seine Beine und rieben sich dran. In einem Haufen Schrott entdeckte Hawk ein Plastikrohr, er griff es und holte aus. Es flog weit bis über die Holzstapel, die Hunde jagten davon.

Er rannte zum Wohnwagen. Innen stützte er sich an der übel gemusterten Sitzbank ab, die aussah wie aus dem Nudistencamp, kein bisschen Geschmack, sein Puls schlug viel zu hoch, schlug bis in die Ohren, er war nicht mehr in Form. Und während er dastand und ihm die Puste ging, mit gesenktem Kopf unter der zu niedrigen Decke, fragte er sich doch, ob die Idee die beste gewesen war, wie ein Topf Honig im Sperrgebiet aufzulaufen, mittenrein in das Gesums. Aber wenn Verfurth ihn in die Ecke drängte, musste er eben Kante zeigen. Er war nicht der Typ, der auf Kommando Männchen machte. Er hatte das Richtige getan.

Hawk zwängte sich an den Klappertisch, der mit der

Nudistenbank eine Stube darstellte, sogar an Gardinen hatten sie gedacht, und an der Wand klebte eine Zwölf-Volt-Funzel in Kerzengestalt mit herablaufenden Tropfen aus falschem Wachs.

Er zog die Büchse aus der Hosentasche, die er im Nachtkiosk besorgt hatte, sie war ganz warm geworden. Corned Beef. Das rückte immer alles ins Lot. Da brauchte man nicht mal groß zu kauen oder sonst wie nachzudenken. Schon wie sich die Dose anfühlte. Man konnte sie einfach mit sich rumtragen, so ein hübscher Container mit runden Ecken, von außen merkte man nichts. An dem Ding klebte ein kleiner Schlüssel, mit dem ließ sich das Blech rundum aufrollen, und drinnen steckte dieser Batzen Fleisch, dessen Geruch sofort hochschwebte, dunkel und salzig. Er öffnete die Büchse und zog den Deckel ab, seine Finger waren wieder ganz ruhig. Dann bohrte er die Pommesgabel, die er am Stehimbiss organisiert hatte, tief in den Klumpen.

Corned Beef, so eine glänzende Konserve war im einzigen Paket gewesen, das er jemals bekommen hatte. Da war er fünf.

Er hebelte ein Fleischstück aus der Dose und schob es sich in den Mund. Hawk schloss die Augen. Am besten schmeckte das Zeug mit Erdnussbutter, was kaum jemand wusste, und am Kiosk gab es so was natürlich nicht. Aber Erdnussbutter war in dem Paket gewesen, Pökelfleisch und Kakao. Alles hatte nach Bohnenkaffee gerochen, dazu gab es Rosinen und Brühe in Würfeln, Milch in Dosen, ein Päckchen Schmalz, es gab Streifen von Kaugummi in Silberpapier, das er später in der Zigarrenkiste unter seinem Bett aufhob, säuberlich glattgestrichen. Das Paket war mit dem Flugzeug gekommen, und sein Name stand drauf, Herbert, fünf Jahre, denn sie hatten ihn registriert. Er war mit seiner Mutter im Lieferwagen zur Ausgabestelle gefahren, sein Vater hatte sich geweigert mitzukommen, und Herbert war froh. An der Ausgabe neben der Kirche hatte die Armee Tische aufgestellt, darauf türmten sich die Pakete. Es gab zwei Soldaten, einer davon komplett schwarz, das waren die Amis. Rosie holte ein Papier aus ihrer Bluse und faltete es sorgfältig auf. Dann nahm sie Herbert an die Hand. Es war der schwarze Ami, der ihm das Paket mit seinem Namen über den Tisch reichte, er zwinkerte, und Herbert machte die Arme weit auf, um alles festzuhalten, er presste sein Kinn auf die riesige Kiste. Rosie redete in ihrer anderen Sprache, sie lachte und der Ami auch, er hatte vorn einen Goldzahn, der blinkte. Herbert drückte das Paket gegen seine Brust. Quer auf dem Karton prangten die Buchstaben C. A. R. E.

Zu Hause holte seine Mutter ein Messer.

»Mach es auf!«

Herbert kämpfte die Klinge durch den dicken Karton, er riss an den Seiten, er biss sich vor Anstrengung auf die Zungenspitze, aber dann fielen ihm die Sachen entgegen, seine Sachen, weil er fünf war und registriert. Rosie musste alles anfassen und auf dem Küchentisch aufstellen, sie wiederholte die amerikanischen Namen. Corned Beef. Peanut Butter.

Die kleine Plastikgabel brach ab, und Hawk hebelte mit den Fingern ein neues Stück Fleisch aus der Dose.

Irgendwann war Hasso in die Küche gekommen und hatte mit den Knöcheln geknackt, das war ein schlechtes Zeichen.

»Wir brauchen keine Almosen. Wir leben hier nicht auf Bäumen. Wir kommen allein zurecht.«

Und Herbert hatte sich alles in den Mund gestopft, so schnell er konnte, Corned Beef auf Brot mit Peanut Butter.

Hawk pulte den Rest Fleisch aus der Dose. Die Plastikkerze an der Wand flackerte. Das schwache gelbe Licht machte ihn müde. Wenn ihn jetzt einer sehen könnte, durch den Spalt in der Gardine, wie er im Schein dieser Spielzeugkerze am Wohnzimmertisch saß, ein Puppenhaus auf Rädern, ein Traum für die Biederen, alle Welt wollte doch ins Eigenheim.

Er wusch sogar seine Unterhose selbst. Was für ein Hohn, im Wohnmobil mit zwei platten Reifen zu landen, auf der Spießbürgercouch, während Miss Stetson nichts mehr war als rußiges Blech.

Irgendwas war höllenmäßig quergelaufen. Und zwar schon seit einiger Zeit, nicht erst seit dem Feuer Freitagnacht.

Hawk streckte sich auf der Bank aus, sie war zu schmal, aber Liegen musste sein. Vor drei Jahren, nach der ganzen Knastarie, war er auf ihre Spielregeln eingestiegen. Auf die vom Staat und die von Verfurth, das schien am klügsten, denn irgendwie musste es weitergehen, und er war zum Umfallen kaputt gewesen. Der Bau hatte ihn ausgerotzt wie den letzten Gammel, hatte ihm Säure in den Bauch gefüllt, nachts zerrieb er sich die Backenzähne, jeden Morgen würgte er, und nichts kam hoch. Er mied das Sperrgebiet und die Kollegen von früher, er tanzte beim Bewährungshelfer an, schreib deinen Namen auf Formulare, sag zu allem Ja und Amen, bügel dein Hemd, spring nicht vor den Zug. Er krauchte am Hafen rum wie ein lahmer Tiger. Die Freiheit schmeckte nach Galle und Metall, das kann sich keiner vorstellen, der nicht gesessen hat. Du schaust in den Himmel, da ist kein Gitter, doch die Eisenstäbe sind noch da. Das sind deine Rippen, etwas sitzt dahinter und rüttelt dran.

Die schlimmste Misere dauerte ein Jahr. Danach kriegte er langsam Luft. Hawk nahm sein Training wieder auf, besorgte sich Boxsack und Hantelbank, er hatte ja alles schleifen lassen. Nach einer Weile konnte er sogar unter Leute gehen, ohne gleich auf Habacht zu sein, ohne Faust in der Tasche und ohne in jedem Lokal ständig den Ausgang im Visier zu haben. Manchmal fuhr er mit Miss Stetson ans Meer und legte sich in die Dünen. In der blendenden Sonne verblasste der Scheiß, nachts hielten die Träume ihr Maul. Und noch was schrieb er sich auf den Plan. Wer zurück ins Rennen geht, der sollte das Zielwasser gut dosieren, drei Bier, zwei Schnaps pro Nacht, das war Maximum, zumindest meist. Er war so verdammt solide geworden. Und dann kam diese Frau.

Die Plastikkerze flackerte, Hawk fielen die Augen zu.

»Blumen des Bösen heißt das«, sagte sie.

Er saß an ihrem Tresen und lächelte sie an.

»Blumen des Bösen, das passt ja.«

»Siehst du«, sagte Lu. »Ganz genau.«

17

Es musste einen Weg geben, sie kennenzulernen. Richtig kennenzulernen, nicht nur in dieser Kneipe am Tresen als einer von vielen, der aus ihrem Hahn trank, der zu ihrer Musik mit dem Kopf nickte, ohne was zu verstehen, der ein paar Worte wechselte, die im Rauch verpufften.

Er hatte sich dabei erwischt, dass er auf dem Nachhauseweg hinter dem Steuer ihren Namen vor sich hin sagte, Ludovica, denn das klang gut, dass er sich vorstellte, mit ihr herumzufahren, ihr irgendwas zu zeigen, was sie nicht kannte. Nur was sollte das sein? Einmal wendete er den Wagen mitten auf der Kreuzung und raste zurück in die Blumen des Bösen, fest entschlossen, sie zu was einzuladen. Vor der Tür ließ er den Motor laufen, so lange, bis es keinen Sinn mehr hatte.

Am nächsten Abend saß er wieder auf ihrem Barhocker, und der Tresen türmte sich vor ihm auf. Dahinter wirbelte sie mit den Flaschen, sie trug keine Schuhe, viel zu unbequem, und das ließ sich ja abwaschen, sagte sie, von ihren Knöcheln kroch die Tinte nach oben, wer weiß wohin. Regelmäßig griff sie in das Regal mit den Kassetten, zwischen Bourbon und Kirschlikör, um eine neue einzulegen. Einige Bänder kannte er schon. Etwa das, bei dem sie sich einen Whisky einschenkte und keine Lust hatte zu reden. Sie nippte vom Glas, als wär's flüssiger Bernstein, aus dem Fossilien zum Vorschein kamen. Oder das, wo sie ganz aufdrehte und sang, manchmal fingen welche an zu tanzen oder sich irgendwie zu bewegen, und im Billardzimmer schüttelten sie das Haar. Er saß da und schaute zu. Ihm gefiel Lus Musik, ein paar Songs sogar sehr, aber was genau man beim Tanzen mit den Armen und Beinen machte, war ihm schleierhaft, also ließ er es sein. Lu mixte diese Bänder bei sich zu Hause, und Hawk fragte sich, wo das war.

Er hätte sie gern mit was beeindruckt oder sie aus irgendwas rausgerettet, aber wer hier am Hafen eine Kneipe aufmachte, war nicht von der zerbrechlichen Art. Er hatte gesehen, wie sie Krawallmänner allein vor die Tür gesetzt hatte, und zwar ganz ohne Aufmische und Geschrei, und nur, wer sie wirklich beleidigte, bekam eine Ladung Spumante ins Gesicht, die Bontjebrühe war eh nicht zum Trinken da.

Auch mit den Schutzgeldbrüdern musste sie klarkommen, das mussten alle, auf St. Pauli gehörst du zum Verein, ob du willst oder nicht. Was also würde sie aus den Socken heben?

Bei ihm in der Wohnung sah es jenseitig aus, und er hatte keine Ahnung, was ihr sonst noch gefiel. Er konnte sich ja schlecht eine Fliege umbaumeln und sie in die Oper schleppen. Beim Drogisten stand er vorm Aftershave, so weit war es gekommen, aber das komplette oberste Fach war mit Old Spice vollgeräumt, und der Anblick der weißen Flaschen raubte ihm die Lust.

Das wollte er nie wieder in der Nase haben. Er brauchte keinen Diesel auf die Backen. Bloß was dann?

Schließlich kam ihm die Idee mit Zweimeter-Inge. Sie war eine, die in der Straße ackerte, sie war gut mit Leuten und hatte Gespür. Oft saß sie am Tresen, von ihrem Hocker nach unten gebeugt, das Kinn in der Hand, und hörte wem zu, stundenlang. Am Ende gab sie immer einen Rat.

Inge wusste bestimmt über Lu Bescheid. Außerdem hatte sie eine Schwäche für ihn und schlug ihm nichts ab.

»Sie gefällt dir, was?« Inge zwinkerte. Hawk hätte schwören können, dass Wimperntusche von ihrem Auge rieselte. Viel Schminke, das war ihr Ding.

»Ich brauch nur einen Tipp. Was sie umhaut.«

»Du willst sie umhauen, ja?« Inge griff nach ihrem Rest Batida de Coco, zog den Strohhalm raus und kippte sich den Eiswürfel in den Mund.

»Na, ob ich dir dabei behilflich sein kann …«

Sie kostete das ganz schön aus. Dabei wollte er mit Lu nicht einfach nur auf Absturz landen, darum ging's nicht, so was hatte er all die Jahre gehabt.

»Verwickel sie einfach in ein Gespräch«, sagte er. »Ohne dass sie was Komisches denkt. Was sie so mag.«

Inge schaute ihn lange an, ihre Wimpern rauschten hoch und runter, sie war wirklich beachtlich wie ein Turm. Dann schob sie sich den Eiswürfel in die Wange, neigte sich tiefer und senkte die Stimme.

»Ich kann's ja versuchen. Weil du's bist.«

»Und erzähl's nicht rum«, sagte Hawk.

Danach saß er wieder da wie alle anderen, er beobachtete Lu und fragte sich, ob sie was merkte, ob Zweimeter-Inge bald was rauskriegen würde. Eine ganze Woche verging. Als Inge ihn endlich beiseitenahm, mit der Miene einer Verschwörerin, griff er sich den nächstbesten Bierdeckel und faltete ihn in kleine Stücke.

»Im Sahara läuft was«, sagte Inge. »Das wird sie lieben. Die Band kommt aus Oslo, und du brauchst schnell Karten.«

Oslo, das war auch eine Stadt mit Hafen, viel mehr wusste er nicht.

»Und wie heißt die Kapelle?«

»Cojotica.« Inge legte ihm ihre große Hand aufs Bein. »Vermassel das nicht.«

Er besorgte die Karten sofort. So etwas hatte er noch nie gemacht, Geld bezahlen, nur weil jemand Lieder spielte.

Er trug die Billette mit sich herum, bis der Zeitpunkt günstig war. Am passenden Abend war nicht viel los. Lu legte eine von den ruhigen Kassetten ein, sie sah ihn direkt an und begann zu summen, zumindest glaubte er das, denn etwas an ihr vibrierte nach innen. Er tastete nach seiner Jackentasche, ohne den Blick von ihr zu lassen. Da waren sie – eigentlich nur bedrucktes Papier, aber es hing alles daran.

Er schob ihr die Karten über den Tresen.

»Da hast du deine Musik.«

Vor dem Sahara hatte sich eine Herde Motorräder versammelt, noch heiß von der Straße, die Luft über ihren

Stahlkörpern flimmerte. An den Lenkern baumelten polierte Schädel aus Chrom. Lu trug ein Kleid, grün wie ihre Augen, sie schritt zwischen den dampfenden Maschinen hindurch, ihre Stiefel wirbelten ausgedörrte Kippen hoch. Hawk bekam einen merkwürdigen Ton ins Ohr, ein statisches Knistern, als wär da was nicht richtig auf Empfang. Er widerstand dem Impuls, sich den Finger in den Gehörgang zu stecken und dran zu rütteln. Lu hatte die Tür erreicht, sie war außen mit dickem Leder beschlagen, in der Mitte das reglose Auge eines Spions. Lu drückte die Klingel, dann drehte sie sich um und streckte die Hand nach ihm aus. Das Leder öffnete sich, ein Rauschen flammte ihnen entgegen.

»Es geht los!«, sagte Lu.

Mit jedem Schritt nach unten drang das Fauchen tiefer in Hawk ein, er wusste nicht, ob das schon Musik war oder was anderes, das konnte er sie ja wohl schlecht fragen. Seine Augen hatten mit dem Dunkel zu kämpfen, überall trudelten Zigarettenlichter und sahen aus wie Glühwürmchen.

Das Höllentosen füllte den Keller und drängte sich in jede Pore. Lu ließ sich von der Menge einsaugen, Hawk folgte ihren roten Locken, vorbei an den Männern in Lederwesten, an den Langhaarigen und den Abrasierten, manche trugen Stirnbänder und Schnauzbärte, auch die Frauen hatten Westernstiefel an den Füßen und garantiert eine Chopper vor der Tür.

Jetzt bohrte sich von ganz oben ein einzelner ziehender Ton durchs Gerausch, bohrte Hawks Schädeldecke an. Die Leute, an denen er sich vorbeischob, taten so, als gehörte das dazu, sie zogen sich das hohe Fiepen rein, sie wiegten sich mit dem Ton hin und her. Lu tauchte hinter eine Reihe massiger Schultern, hängte ihn einfach ab. Er trat einem Typen auf die Füße, dann zwängte er sich an den Schultern vorbei – und da stand sie, direkt vor der Bühne. Hawk fuhr sich durch den Bart, seine Hand war nass. Er stellte sich neben Lu.

Jetzt erst sah er die Band. Vier Typen standen regungslos da, ein fünfter saß am Schlagzeug. Das waren wohl diese Kojoten. Die Hand des einen lag auf den Keyboardtasten, er hob einen Finger, und das Fiepen verstummte. Jetzt schien die Menge im Raum die Ohren zu spitzen, anscheinend kündigte sich was an.

Links und rechts der Bühne türmten sich riesige Boxen, breit wie Burgtore. Der Schlagzeuger zuckte, und ein einzelner Trommelschlag knallte Hawk ins Gesicht, fast wäre er nach hinten getaumelt, aber fremde Körper hielten dagegen, das Sahara war brechend voll. Er schaute zu Lu, sie lachte, und beim nächsten Schlag nahm sie die Arme hoch, am Rand der Klippe, bereit, vom Felsen zu springen.

Es zuckte wieder, die Menge bog sich wie Schilfgras zurück, wehrte sich nicht gegen die Schlagzeughiebe. Der Drumstick sauste auf die gespannte Haut, dann grollte von unten die Basstrommel heran, die Membrane der Lautsprecher wellten sich. Hawk presste den Kiefer zusammen, bohrte die Nägel in seine Hände. Er spürte die hundert Körper hinter sich, die zweihundert, dreihundert, ihren Geruch nach süßem Hasch und dem Schweiß sich erhitzender Achselhöhlen.

Als die Snare reinknallte, diese kleine Marschtrommel, kochten die Leute blitzartig hoch, ein Wirbel nahm den Keller unter Feuer, jetzt streckten alle die Arme aus und fingen an zu schreien. Lu strahlte. Dann legten die Gitarren an.

In Hawks Brust brach die Schallmauer auf, und er wusste noch, dass er aufrecht bleiben wollte, alle Türen verschließen, kein Ton kommt mehr rein, dass im nächsten Moment seine Beine einknickten, vom Klang fortgespült, er hatte keine Chance.

Die Stille fing ihn auf. Sie war weich und trug ihn auf ihren Händen.

Dann stank es nach Bier. Der Sound pulste zurück, und Hawk sperrte die Augen auf. Von seinem Kopf tropfte es, jemand hatte ihn wieder nach vorn geschubst und mit kaltem Bier übergossen. Die Kojoten warfen die Nebelmaschine an, weiße Schwaden quollen ins Publikum, Hawk sah, wie sie Lu überrollten. Dann stand er selbst im Qualm.

Hatte sie gesehen, dass er umgekippt war?

Lus Schulter berührte ihn, und er blieb dran, hielt einfach dagegen. Die Instrumente verstummten bis auf eine einzelne Gitarre, die einen langen Ton durch das weiße Rauschen schickte. Lus Schulter war elektrisch geladen, er spürte ihr Schwingen durch sein Hemd, das nass war vom Schweiß und vom Bier. Ein zweiter Ton bohrte sich durch den Rauch, der passte zum ersten, als könnte es gar nicht anders sein, als wüsste die Gitarre genau, wo es langging, sie zeigte allen anderen den Weg. Aus der Entfernung brodelten Trommeln heran, noch mit gedämpfter Kraft und im Zaum gehalten, doch Hawk ahnte, dass hier gleich der Keller durch die Decke ging.

Noch könnte er raus, Rückzug, sich mit Gewalt durch die Masse zwängen, sich am Treppengeländer aus der Nebelwand ziehen, bis es wieder Luft zum Atmen gab und die Gefahr vorbei war, vor aller Augen aus den Latschen zu kippen.

Aber dann wäre es auch vorbei mit dem Strom, der durch seinen Körper floss, von der Schulter bis in die Zehen, wäre es mit Lu vorbei, die jetzt ihre Hände hob wie beim Überfall, und er tat es ihr gleich. Die Trommeln legten zu, die Gitarren gingen in Stellung, er atmete noch einmal bis tief nach unten und ließ den Mund offen stehen, wie kurz vor der Explosion, damit die Trommelfelle nicht platzten, dann krachte der Sturm los und riss ihm die Haut vom Leib.

Lu warf ihre Locken nach vorn, die sich vor Feuchtigkeit noch wirrer kringelten, sie umarmte den Orkan. Und Hawk konnte es jetzt bis ins Rückenmark spüren, da toste eine Melodie, das war tatsächlich ein Lied. Die Töne der Gitarren quollen auf und schlugen Blasen, das Schlagzeug fegte ihm durch die Eingeweide, so etwas hatte er noch nie gehört. Das war Musik, die man mit der Raumsonde ins All schießen müsste, um dem Nichts zu zeigen, wozu der Mensch fähig war.

Er schüttelte die Fäuste in die Luft, und Lu schrie neben ihm, fremde Körperteile trafen ihn, aber das war egal, das war alles eins. Schweißschauer regneten auf seinen Nacken, immer im Beat. Der Nebel hatte sich jetzt verzogen, von der Kellerdecke fielen große Tropfen, zerplatzten auf nackter Haut und dampften gleich wieder hoch. Hawks Schuhsohlen klebten am Boden. Lu zuckte im Gitarrendickicht der Kojoten, vom Stroboskop zerhackt, die Pflanzen auf ihren Armen reckten sich in alle Himmelsecken.

Dann knallte es. Das Publikum wankte. Aus dem Turm rechts von der Bühne stieg ein Rauchfaden auf, die Musik stürmte nur noch von links. Die Band spielte einfach weiter, doch als es aus der Box nach verschmortem Kabel stank, begann die Menge zu johlen und zu pfeifen. Da hob einer der Gitarrenmänner den Kopf, schaute durch triefende Strähnen zum schwarzen Turm, aus dem es jetzt stärker qualmte. Er löste den Gitarrengurt und packte sein Instrument am Hals.

Die Menge im Keller verstummte wie in der Kirche, kurz bevor der Geist erscheint. Der Kojote hielt inne, dann nahm er Anlauf und haute die Gitarre in den Turm. Der Rest der Band stieg in die Show mit ein und ließ es kreischen, der Gitarrenkörper fetzte durch die Membran, Funken sprühten. Keiner tanzte mehr. Der Kojote holte neuen Schwung.

Lu rührte sich nicht, und Hawk stand an ihrer Seite, ganz still, mit angehaltener Luft, und es war so, als ob sie beide zitterten.

In Lus Pupillen zersplitterte die Gitarre. Die Menge im Keller brüllte los.

Der Kojote umklammerte den abgebrochenen Hals, an dessen Sehnen der Gitarrenrest baumelte, er schmetterte das Ding auf die Bühne und stieg drauf, zerrte an den Saiten. Die Stahlsehnen gaben auf, der Kojote fiel auf den Hintern, rappelte sich hoch und hielt das Trümmerteil in die Höhe. Jetzt schnappte die Menge über. Der Kojote holte Schwung, vor ihm ein Feld wehender Arme. Dann schleuderte er den Gitarrenhals viel zu steil in die Luft, das Ding prallte gegen die Kellerdecke und landete in Lus ausgestreckter Hand. Es dauerte nur ein Blinzeln, schon stürzten alle los. Lu reckte das Trümmerteil, so hoch es ging, Hawk schubste die Rocker zur Seite, die glitschigen, haarigen Oberkörper, die gierigen Finger, immer neue schoben nach. Die ersten grabschten nach Lus Kleid, das ihr Schweiß in tiefstes Dunkelgrün getränkt hatte, Hawk wollte keinen verprügeln, aber das war gar nicht so leicht, denn das Stück Wrack in Lus Faust war das heißeste Ding dieser Nacht.

Lu sprang vor den gierigen Händen nach oben, die Gitarrensaiten kringelten sich wie ihr Haar, hüpften auf und ab, und das war der Moment, als er wusste, was zu tun war. Hawk ging in die Knie. Sie verstand sofort. Lu zog ihr Kleid zurück und stieg blitzschnell von hinten auf, ihre Schenkel pressten gegen seine Ohren, er umarmte ihre Beine und stemmte sie hoch. Lu schwenkte das Wrackteil über dem Kopf, er spürte ihren Puls in seinem Nacken. Schweiß jagte sein Rückgrat runter wie mit 180 auf der Autobahn.

Die Kojoten ließen ihren Sound eskalieren, als wollten sie auch den zweiten Turm sprengen, die unzähligen Hände tanzten wild. Kellerwasser tropfte. Das Sahara roch jetzt wie Achselhölle, eine warme Höhle mit verklebtem Haar, wie das weiche Fell, das wir früher hatten, als wir noch keine Menschen waren. Hawk saugte alles ein und begann sich zu drehen. Lus Hitze strömte über ihn, seinen Nacken, seine Brust, sie legte eine Hand auf seinen Kopf, streckte mit der anderen ihren Fang nach oben und ließ ein Triumphgeheul los. Er drehte sich schneller und fühlte, wie ihre Tattoos über ihn flossen, die Schlingpflanzen und Fische und all das, was er schon ahnte, griffen nach ihm und saugten sich fest. Er roch die ganze Nacht nach ihr und auch den nächsten Tag.

18

Erster Dämmer fiel durch den Gardinenspalt. Die Welt hob sich aus der Nacht. Hawk hing noch halb im Traum, die Bilder hinter seinen Lidern zerrieselten. Es war eng, und er lag der Länge nach ausgestreckt, wie in einer Röhre. Er öffnete die Augen und blickte auf schwebende Kreise, das unscharfe Muster eines Sitzbezugs. Die Nudistenbank. Sein Körper fühlte sich abgetaucht an, nichts tat mehr weh. Hawk setzte sich auf und rieb sich über die Brust, zwirbelte durchs Haar.

Wie ruhig alles war. Vor ihm die leere Dose Corned Beef, in der eine Fliege krabbelte, unter seinen Fingern ein warmer Film aus Schweiß. Die Funzel an der Wand, die gestern Nacht noch gebrannt hatte, gab kein Lebenszeichen mehr von sich.

Er trat aus dem stickigen Dunst des Campingwagens vor die Tür und streckte sich in alle Richtungen. Es war fast ein wenig kühl und zog in der Lunge. Der Schrottplatz war noch nicht lebendig, das Blech ruhte schwer und matt im Staub, die Autowracks mussten sich nie mehr bewegen, sie warteten aufs Paradies. Zu Hawks Füßen lag eine Selbstgedrehte, noch zur Hälfte gut. Er bückte sich, roch den angekokelten Tabak, aber was soll's, er rauchte ja nicht. Hawk ließ die Krüppelkippe fallen. Dann befühlte er sein Gesicht. Da, wo die Augenbrauen hingehörten, dieser widerspenstige Bewuchs, lag die nackte Haut. Er wünschte, da wären Haare, und nichts davon wäre passiert.

Hawk ging ein paar Schritte durch den Karossenwald aus Karren ohne Reifen und Blechgerippen, an einer Wanne mit abgeschraubten Seitenspiegeln blieb er stehen. Wenn Miss Stetson jetzt vor Mahmouds Container parkte – so wie früher, wie in einem Traum –, wieder aufgeforstet nach irgendeiner Reparatur, mit einem frischen Stück Bodenblech, da, wo der Rost sie zerfressen hatte, mit neuem Lack am Kühler, es ließ sich doch immer alles flicken, dann könnte er ihre Tür öffnen, den Schlüssel ins Zündschloss, das heisere Aufheulen, dann wäre er da, wo er hingehörte. Diesen Schlüssel, den hatte er noch.

Vorn bei den Neuzugängen hatte Hawk sie damals entdeckt, genau so war's, ein Alfasud Sprint, Boxermotor, vier Zylinder, Mahmoud polierte das rote Blech.

»Kann ich den mal fahren?«, hatte Hawk gefragt. Erst zwei Stunden später war er zurückgekommen.

Er lief weiter durch den verbeulten Ramsch und an einem Knäuel Motorräder vorbei, in der Ferne folgte ein einzelner Dobermann. Kaffee, das wär's. Aber Mahmoud hatte nur diese süße Tunke, und der Container war sicher abgesperrt.

Eine Frau hatte den Alfa ausgemustert, warum auch immer, vielleicht brauchte sie Geld. Mahmoud fuhr den Wagen auf den Bock, und Hawk wuchtete sich mit dem Rollbrett drunter. Nicht, dass er was davon verstand, aber er wollte das Fahrwerk von unten sehen, die

Abgasrohre, Radaufhängung, das freiliegende Gedärm. Als Mahmoud das mit den Mängeln sagte, ihre Schwäche für Rost, da war's schon egal. Sie hatten gemeinsam den Kofferraum geöffnet, darin lag der Hut mit der breiten Krempe. Hawk befühlte den festen Stoff. Dann hatte er den Stetson aufs Armaturenbrett gelegt, denn das schien der richtige Platz zu sein.

Der Schrott nahm nach und nach Farbe an, bald würde die Sonne aufgehen. Was für ein Tag war das überhaupt? Er versuchte zu rechnen, es fühlte sich schwer nach Montag an.

Manchmal, wenn sie die Blumen des Bösen verriegelt hatte, nachdem die Letzten nach Haus gewankt waren, ging sie um diese Zeit tanzen. Lu wusste immer, wer offen hatte, welcher Club, welche Absackerbar. Und während alle anderen langsam in die Seile schmierten, drehte sie noch mal alles auf, lud sich voll bis zum Anschlag, fegte die Tanzfläche leer.

Sobald die Dämmerung anbrach, entschwand sie wieder, und der Laden klappte hinter ihr zusammen. Doch sie ging nicht nach Hause, nicht ins Bett. Komisch, dass er jetzt daran denken musste.

»Ausnahmsweise«, hatte Lu gesagt. »Dies eine Mal.«

Da kannten sie sich ein Jahr. Und manchmal nahm sie ihn mit zu sich in die Wohnung, es war zum Abheben, wenn das geschah. Nur mit auf Dämmertour nahm sie ihn nie, das war eine dieser Sachen für sie allein. Bis zu dem Montag, an dem sie durchgemacht hatten, und um fünf Uhr früh stimmte die Chemie.

»Gleich sind wir da«, sagte Lu.

Die Bank auf der Anhöhe war mit ins Holz geritzten Zeichen bedeckt, die einstige Farbe abgeblättert. Sie bot besten Blick auf die große Kreuzung, die noch verlassen im Zwielicht lag. Lu stand da wie auf dem Feldherrenhügel.

»Guck. Jetzt!«

Die Ampeln unten an der Kreuzung gingen an, sprangen aus dem Tiefschlaf auf Grün. Kurz darauf rollte der erste LKW. Lu machte es sich auf der Bank bequem, als würde der Film beginnen. Aus der Ferne wehten Motorgeräusche den Hügel hoch, zwei, drei weitere Autos folgten, dann eine Weile nichts. Irgendwo läutete eine Kirchenglocke. Ein Mann mit Aktenkoffer tauchte auf, hallende Schritte, er stellte sich an die Ampel und sah auf die Uhr.

»Lustig«, sagte Lu, »jetzt klingeln bei den Soliden die Wecker Sturm. Kannst du's hören?«

Die Straßenlaternen gingen aus.

»Jetzt quälen sie sich aus ihren Betten. Und wir gucken einfach zu.«

Er hatte sonst was erwartet, als sie ihn mitnahm. Vielleicht ein Geheimnis oder ein Versteck, wo sie Dinge tat, die niemand wusste, und nur er durfte das sehen. Stattdessen enthüllte sich der Tag mit seinen Lohnabhängigen und Kirchenglocken und roch nach gemähtem Gras. Lu gähnte zufrieden.

»Siehst du, wie die Stechuhr wartet? Aber nicht auf mich.«

Phase Grün, auf der Kreuzung sausten allerlei Lichter, erstaunlich, wie schnell sich die Straße füllte, wie selbstverständlich das ging. Als drückte einer die Vorspultaste. Phase Rot, vor den Ampeln stauten sich die blassen Söldner der Frühe mit den verquollenen Augen, kämpften sich in ihre Dienstzimmer, auf ihre Posten, sie trieben der Stadt den Schummer aus.

Ein gebücktes Wesen steuerte den Hügel hoch, das Ende des Krückstocks grasverklebt und feucht vom Morgentau. Zielstrebig tatterte die Oma Richtung Bank.

»Na, min Deern.«

Lu rückte zur Seite, die alte Frau setzte sich neben sie, den Stock zwischen die Knie geklemmt. Sie verschnaufte etwas, dann öffnete sie ihre Handtasche, wühlte in Butterbrotpapier gewickelte Stullen heraus und eine Thermoskanne mit diesen Blumenaufklebern, die es früher auf Putzflaschen gab. Sie schenkte dampfenden Kaffee in zwei abgestoßene Emaillebecher, ihre Hände wackelten, aber grad so, dass es ging. Die Oma reichte Lu Kaffee und zwei von den Stullen, Hawk ignorierte sie, ihr wässriger Blick schwappte über ihn weg.

»War der Bus schon da?«

»Der Bus kommt gleich«, sagte Lu.

»Dann is gut.«

Lu packte ein Leberwurstbrot aus und biss hinein, in aller Seelenruhe trank sie den Kaffee. Fehlten nur noch gekochte Eier. Aus Hawks Magen knurrte es, aber die Oma hatte ihn vom Radar gestrichen, und er wollte sie nicht erschrecken wie eine Spukgestalt.

»Pass auf mit die Möwen, die sind ganz scharf auf den Kuchen.«

Das schien der Alten wichtig zu sein.

»Die sind so Freche, wie letztes Mal.«

»Da pass ich auf«, sagte Lu.

»Fährt meine Kleine heut mit mir Bus?«

»Ja, unbedingt.«

Die Oma holte eine bauchige Geldbörse aus ihrer Handtasche und stopfte Lus Brotpapier hinein.

»Mädchen, du bist aber was groß geworden!«

Menschen lebten ja in ihrer eigenen Welt, jeder für sich, aber die Dame war schon speziell. Bestimmt war sie die Oma von irgendwem, mit Kinderfotos an ihrem Bett. Nur dass Lus ganze Sippschaft in der Tschechoslowakei festhing, das hatte sie ihm erzählt. Sie war allein in den Westen, im Sommer '68, bevor die Panzer rollten. Denn das war ihre Chance. Sie wollte weg, hatte sie gesagt, raus aus einem Land, in dem andere deine Gedanken bestimmten. »Verstehst du? Selbst die Köpfe der Menschen sind wie ein Knast.«

Ihre Familie blieb da, das waren welche von den ganz Überzeugten. Niemand winkte zum Abschied, als Lu zu Fuß über die Grenze ging, in ihrer Bluse der Reisepass, der mehr wert war als alles bisher. Jetzt hing ihr Pass an der Küchenwand, ein Nagel mittendurch. »Meine Familie mach ich mir selbst«, hatte Lu gesagt. »So wie alles andere auch.«

»Kleine Möwe, flieg nach Helgoland«, sang die Oma, »nichts ist wie du so schön.«

Ihre Stimme war noch erstaunlich sicher, gar nicht verrunzelt.

»Heimatland, Heimatland. War der Bus schon da?«

»Der kommt gleich«, sagte Lu.

Hawk fragte sich, wohin die Alte überhaupt fahren wollte mit dem ganzen Proviant. Mit ihrem Bus aus vergangener Zeit.

Lu trank ihre Tasse leer, dann gab sie der Frau einen Kuss auf die Wange.

»Gute Nacht, Oma.«

Sie griff Hawks Hand. »Willst du heute mit zu mir?«

Hawk drehte den Hahn an Mahmouds Bretterdusche auf, das eisige Wasser schüttelte ihn durch. Der Dobermann, der ihn verfolgt hatte, traute sich näher und schnüffelte am Häuflein Klamotten. Hawk bespritzte den Hund. »Zieh ab.«

Er schrubbte sich von den Füßen bis nach oben, das brachte das Blut in Schwung, er putzte sich mit dem Finger die Zähne und schmierte probehalber etwas Seife drauf, aber der Geschmack war zu bitter, um das durchzuziehen. Er musste sich Paste und eine neue Bürste besorgen, seine hielten sowieso nie lang und sahen immer aus wie zerrupft. Nass und blitzblank wie Persil stieg er zurück in die Hose, noch überall Gänsehaut, den Rest Schaum spuckte er in den Sand.

Ganz klar, er würde einfach klingeln. So leicht gab er nicht auf. Er hatte genug gebüßt, für was auch immer.

Nachdem sie ihn rausgeschmissen hatte, war er fast ein Jahr lang weg gewesen, weg aus Hamburg und auf Exil in dieser Provinz von Friedhofsprimeln. Da, wo die Leute hinter ihren Gardinen lauerten, auf Spähpatrouille am Gartenzaun. Worauf warteten die bloß, auf die Rote Armee? Diese Vorstadtbazillen kontrollierten den Müll in Nachbars Tonne und machten Rapport, die hatten ihren Grabstein schon angezahlt, ein echter Grund, stolz zu sein. Wer was erleben wollte, fuhr samstags mit dem Kombi ins Gewerbegebiet. Oder saß am Spielautomat in der einzigen Kneipe, knetete die Münzen in der Hand und wartete auf ein Wunder: Kirsche, Kirsche, Kirsche. Hauptgewinn. Und sonntags um acht Sirenentest.

Der Dobermann schlappte aus der Duschwasserpfütze.

Er war doch keine tragische Nummer, keine Misere auf zwei Beinen, was dachte sie eigentlich? Dass er rumkroch wie eine geblendete Assel und dann schnell wieder rein ins Versteck? Da hatte sie sich aber geschnitten.

19

Ein paar mit Mett, ein paar mit Ei. Das Grünzeug kann weg.«

Die Frau vom Imbiss zupfte die Petersilie von den Brötchen und packte alles in eine Tüte.

»Sonst noch was?«

»Zwei Kaffee. Groß.«

Die Busfahrt hatte ewig gedauert, das musste sich ändern, vielleicht konnte er Mahmoud einen Wagen abschwatzen, als Leihgabe, nur für den Übergang. Der Kittel der Imbissfrau strahlte gestärkt, um die Ecke lag die Wohnung von Lu.

Vielleicht war sie noch wach oder gerade zu Bett gegangen. So ein aufblühender Morgen, genau ihre Zeit. Vielleicht streckte sie sich quer über ihre Riesenmatratze, sie brauchte ihren Platz, die Decke auf den Boden gestrampelt, der Sommer war viel zu heiß. So wie der letzte. Und den konnte sie nicht vergessen haben.

Hawk klemmte sich die Brötchentüte unter den Arm und balancierte die randvollen Kaffeebecher nach draußen, was für ein Aroma. Er setzte seine Schritte wie auf dem Seil, nichts durfte überschwappen, kein Tropfen. Natürlich könnte er ein paar Schlucke nehmen, die größte Gefahr vom Rand abschlürfen, aber das war Lus Überraschung, und ihm kam diese Wette: Wenn er es bis zu ihr schaffen würde, ohne was zu vergießen, dann war sie nicht mehr sauer auf ihn. Dann war sie wieder so wie vor einem Jahr, wie am letzten Abend in seiner Wohnung, bevor es kippte. Lu, die auf dem Tisch zwischen den leeren Gläsern getanzt hatte, den Saft aus der Ananasdose trank, ihm den Finger zwischen die Zähne schob – überhaupt dieser Finger –, die ging doch nicht einfach ohne Erklärung. Ihm war nur ein blutiger Abdruck am Kühlschrank geblieben, Schlieren auf den Fliesen und das rote Kleid, das er ihr gekauft hatte, hingeworfen, zerknüllt, da fehlte doch jeder Zusammenhang.

Ein blecherner Ton schrillte von der Seite, Hawk zuckte, der Kaffeespiegel wippte, bloß keine falsche Bewegung jetzt. Fast wäre er in einen Mann mit Posaune gestolpert, der fuhr das absurd lange Gestänge aus und blies noch mal, als wollte er die Toten wecken. Hinter ihm sortierte sich eine Gruppe in blauer Uniform, das große H am Kragen. Klar, wer an Gott glaubt, ist Frühaufsteher. Eine Frau mit Pauke war dabei, ein Mann mit Klampfe, und eine klappte den Notenständer auf. Sie stellten sich kerzengerade auf den Bürgersteig. Bemerkenswert, wie sie es schafften, die Topfhüte und die Kassengestelle mit den dicken Gläsern mit so was wie Würde zu tragen. Hawk hielt seine Becher im Gleichgewicht, es war nicht mehr weit, diese Wette musste er gewinnen. In seinem Rücken legte das Gottesorchester mit einem Paukenschlag los, der Gesang verfolgte ihn bis vor Lus Tür.

»Selbst die Schatten des Todes, sie schrecken mich nicht, seit Jesus zog ein in mein Herz.«

In Zeitlupe schob er mit der Schulter die Haustür auf, gut, dass das Schloss noch kaputt war, der Kaffee schwankte, aber nicht über den Rand.

»Seit Jesus zog ein, seit Jesus zog ein, seit Jesus zog ein in mein Herz.«

Er stieg die Treppen hoch, gleich hatte er es geschafft. Mit dem Ellenbogen drückte er auf ihre Klingel. Er stand ganz nah vor der Tür, und wenn sie öffnete, würde sie den Kaffeeduft in der Nase haben, noch verschlafen, eins ihrer Hemdchen am Leib – oder auch keins –, und sie würde sagen: »Komm her.«

Die Posaune der Heilsarmee war nur noch eine Ahnung in der Ferne, dieses Haus hatten sie nicht aufgeweckt. Hawk klingelte ein zweites Mal.

Waren das Schritte? Er legte sein Ohr an die Tür.

Das rote Kleid war wie für sie gemacht gewesen, er hatte lange danach gesucht, und als Kerl allein durch die Damenabteilungen zu touren, war nichts für schwache Nerven, das brauchte er nicht noch mal.

Nachdem sie verschwunden war, nach dieser verfluchten Nacht, hatte er das Kleid in sein Fenster gehängt, wo es leer vor sich hin flatterte und ihn verhöhnte. Bis er den Müllsack rausholte und seine Wohnung ausräumte, ihre rotbraunen Spuren vom Boden wischte, bis ihre gemeinsame Nacht im Lappen hing mit all dem anderen Dreck, vergiss die Frau und vergiss diese Stadt.

Hawk stellte die Kaffeebecher auf den Boden, noch immer war nichts danebengegangen, wo blieb sie nur? Er stützte sich aufs Knie und steckte einen Finger durch den Briefschlitz. Mit den Knöcheln der anderen Hand klopfte er gegen die Tür.

»Frühstück!«

Ihm fiel nichts Besseres ein, und das traf es ja wohl, er brachte ihr Frühstück. Er hörte eine Stimme, ein Flüstern oder Kichern, dann ein Rascheln über die Dielen, er war sich ganz sicher, seine Sinne hatte er schließlich beisammen.

»Lu?«

Er spähte durch den Schlitz, da bewegte sich doch was, versteckte sie sich? Er klopfte mit der Faust, jetzt lauter, und die Tür wurde aufgerissen. Hawk kippte direkt auf ihre nackten Füße, Kaffee schwappte in den Flur, die Brötchentüte spuckte ihren Inhalt aufs Linoleum.

»Steh sofort auf!«

Sie hielt den Bademantel mit der Hand zusammen, ihre Schminke war quer übers Gesicht verteilt. Hawk zog sich am Türrahmen hoch, die Worte brachen aus ihm raus, er hatte sich das nicht zurechtgelegt.

»Du kannst nicht einfach abhauen, ohne ein Wort, so läuft das nicht! Und ich krieg nur zu hören: Komm endlich klar! Was heißt das? Was denn? Sperr mal den Mund auf!«

Hawks Stimme überschlug sich, er konnte nichts machen, irgendwo in seinem Brustkorb hing was fest.

»Vielleicht kommst du selbst mal klar! Hast du da mal drüber nachgedacht?«

Lu verschränkte die Arme.

»Wovon redest du?«

»Was ich verbrochen hab, will ich wissen! Woran bin

ich schon wieder schuld? Stell mich an die Wand und drück ab – aber sag mir einmal, warum!«

Lu schüttelte den Kopf, ihre Locken standen in alle Richtungen. »Hör auf, hier rumzuweinen.«

Aus der Wohnung kam eine Frauenstimme: »Lu, alles okay?«

»Alles okay, bleib einfach liegen.«

Sie trat gegen die Brötchenhälften, kickte das Mett und die Eier ins Treppenhaus, blassgelb und rot gesprenkelt.

»Komm her«, sie packte ihn am Arm und zog ihn über die Schwelle.

Die Tür knallte hinter ihnen zu. Lu zerrte ihn zur Küche, am Schlafzimmer vorbei, und Hawk sah die Frau, die in Lus Bett lehnte, die ihre Zigarette im Eierbecher ausdrückte und ihn dabei anschaute wie durch ein Pfund Eis. Ihr Oberkörper war mit etwas beschmiert, das aussah wie Lippenstift, sie machte sich keine Mühe, die Decke hochzuziehen.

»So«, sagte Lu. »Du willst also wissen, was du verbrochen hast?«

Sie drückte ihn auf einen Küchenstuhl, schob den anderen eng davor, ihre Knie stießen gegen seine, die undurchdringlichen Wassergewächse.

»Was glaubst du denn?«

Aus dem Schlafzimmer hörte er das Schnippen eines Feuerzeugs, das ungeduldige Ausblasen von Rauch. Irgendwas stimmte hier derart nicht, dass er es schier nicht zu fassen kriegte.

»Hörst du mir zu?«

Sie haute ihm mit der Hand auf die Stirn.

»Bist du da?«

An diesem Abend hatten sie Wodka mit Apfelsaft getrunken, das Gesöff hieß Szarlotka und war ziemlich gut. Dazu kamen noch all die anderen Sachen, er hatte vielleicht etwas über die Stränge geschlagen, aber sie doch auch. Alles hatte zusammengepasst.

»Warum bist du abgehauen?«, fragte Hawk.

In seiner Brust hing immer noch alles fest.

»Du erinnerst dich wirklich nicht?«

Lu beugte sich vor, als wollte sie durch seine Augen rein. Was heißt schon erinnern, er hatte sie in seine Wohnung gelassen, das erste Mal überhaupt. Vorher war er ewig rumgelaufen, hatte aufgeräumt, also nicht geputzt, zumindest nicht so was wie Fenster oder hinter dem Klo und solche Stellen, die kein Mensch vermisst. Aber er wollte nicht, dass sie abgeschnittene Fußnägel fand, leere Bierdosen, Zeug, das ein schlechtes Licht abgab. Und er hatte ein Radio besorgt. Genug zu trinken, Eiskrem und Dosenfrüchte. Auf dem Sofa wartete das rote Kleid.

»Was will der Macker von dir?«

Die Frau aus dem Schlafzimmer stand in der Küche, sie hatte sich das Laken halb umgewickelt, die Zigarette wippte in ihrem Mund.

»Wieso wirfst du den nicht raus? Soll ich mit anfassen?«

»Geh zurück ins Bett«, sagte Lu.

»Was willst du mit dem?«

Asche segelte nach unten.

»Meine Sache, alles klar? Ich mach, was ich will. Spielen jetzt alle verrückt?«

Die Frau stierte Hawk an, sie ließ ihre Kippe glühen. Dann entfernte sie sich mit einem Ruck, das Laken rauschte zu Boden. Nebenan polterte es, Zeug fiel durcheinander. Lu schloss die Augen, aber hielt den Mund. Dann flog die Wohnungstür auf und wieder zu.

»Ich weiß nichts mehr«, sagte Hawk.

»Aber ich.«

Lu wischte sich über die Augen.

»Und ich hab dir gesagt, das ist nichts für mich.«

Wenn das heißen sollte, dass sie es nicht mit Männern hatte, kam der Hinweis zu spät. Sie war in das Kleid gestiegen, sie und ihre Meerjungfrau. Sie hatte den Öffner mit einem einzigen Schlag in die Ananasdose getrieben und sich beim Aufhebeln an der Hand verletzt, aber das hatte sie nicht gestört, sie ließ es tropfen und trank den Saft, die scharfen Zacken gegen ihre Lippen gepresst. Sie leckten die Eiskrem, erst noch vom Löffel, saugten abwechselnd an ihrer Hand, bis es aufhörte zu bluten und überall nur noch Vanille war, es war verdammt noch mal groß gewesen.

»Hast du das wirklich nicht kapiert?«

Lus Bademantel rutschte auf, sie hüllte sich wieder zu.

»Vor mir liegt keiner auf den Knien. Niemals. Ich bin die Braut von niemandem.«

Irgendwas sickerte ihm durch die Haut.

»Ich hab mein Leben, ich hab meine Kneipe, ich mach, was ich will. Mich sperrt keiner mehr ein. In kein Land und auch sonst nirgendwo.«

Die Enge in Hawks Brust schlich nach oben und legte sich um seinen Hals. Dazu kam jetzt der alte Wodkageschmack, und er hatte seine eigene Stimme im Kopf, die nicht lallte, es war ihm ernst gewesen an diesem Abend, und deshalb hatte er sich im Badezimmer die Eiskrem aus dem Bart gewaschen, hatte sich vor sie hingekniet, ohne doppelten Boden, und dann gesagt:

»Heirate mich. Ich pass auf dich auf. Du musst nicht mehr hinterm Tresen stehen.«

Der Rest war Blackout.

Der Schnapsgeschmack vertrocknete in seinem Mund.

»Hawk, was denkst du nur?«

Sie strich mit dem Finger über seine abgebrannte Augenbraue, über die rote Narbe.

»Dass ich in dein Kleid steige, in dein Auto, und dann gibt's ein geordnetes Leben für dich? Wir ziehen in die Vorstadt, in ein Haus und spielen Familie wie zwei Gespenster? Mir geht's gut! Mir ging's auch gut, so wie's war mit uns beiden.«

Er hatte die Sprache verloren. Er konnte noch nicht mal nicken. Oder das Gegenteil. Sie haute ihm gegen die Brust.

»Du bist von hier abgehauen vor einem Jahr und hast nichts gesagt! Nicht ich! Weil du keine Abfuhr verträgst, gar nichts verträgst du! Und jetzt bist du wieder da mit deinem ganzen Scheiß.«

Sie prügelte jedes Wort zwischen seine Rippen.

»Dein. Ganzer. Scheiß.«

20

Er lief immer weiter, an seinen Schuhsohlen klebten Mett und Ei, seine Augen brannten wie nach einer Ladung Tränengas, nur hatte keiner was versprüht.

Unter der Mittagssonne zog ein Geschwader Wolken auf wie Tiefflieger. Darunter war es stickig, eine Luft, in der alles zu gammeln begann, die Schimmelsporen brüteten. Wäre dieser Abend nur wieder aus seinem Kopf gewischt mit dem dreckigen Lappen, die dickflüssige Vanille, dieses klebrige Bild wurde er nicht los, er hatte sich vor ihr auf den Boden geworfen wie ein Hund.

Kein Wunder, dass sie ihn verachtete. Er gehörte geprügelt und in den Zwinger gesperrt, in die vollgejaulten Sägespäne.

Hawk lief mit gesenktem Kopf, seine Brust zugequollen. Er hatte kein Ziel, außer nicht stehen zu bleiben, sich nicht überrollen zu lassen, möglichst viel Strecke zwischen sich und Lu zu bringen. Seine Füße spulten wie auf Autopilot ein uraltes Programm ab, Flucht, bloß nicht mehr umdrehen, wer zurückschaut, verliert den Verstand.

Am Straßenrand hauten Kinder mit einem Stock reihum auf eine tote Ratte ein, sie zählten die Schläge wie beim Seilspringen. Wenn man ihn aufschneiden würde, dachte Hawk, vom Hals durchs Zwerchfell bis zum Bauch, und mit zwei Mann die Rippen auseinanderbrechen, dann könnte er vielleicht wieder atmen. Die Wolken senkten sich tiefer und pressten die Hitze nach unten, Hawk wischte schwirrende Punkte aus dem Weg, schwarze Gewitterfliegen.

Er beschleunigte das Tempo, bis ihm der Schweiß ausbrach, in seinem Nacken klemmte sich die Gewissheit fest, dass etwas versuchte, ihn einzuholen, ein tiefes Grollen, Lu hatte ihn zum Abschuss freigegeben. Die nächste Salve würde ihn auf Endstation schicken, die Augen für immer auf null.

Er lief wie ferngesteuert und irrte durchs Labyrinth der Straßen, der Kanäle mit den tausend Brücken, es trieb ihn tiefer ins Geflecht der Wasserwege, verworrene Bahnen, aus denen der Moder hochstieg, das abgestandene Blut in den Adern der Stadt. Er hörte deutlich die Schritte, seine eigenen Füße auf der Brücke, das Echo ihres gehetzten Klangs, nur wurden sie schneller und schneller, und es war der pure Reflex, der ihn die Drehung machen ließ, der Totschläger streifte sein Ohr und machte es taub, der letzte Ton, der reinging, war diese Stimme, das heisere Zischen: »Bastard.«

Hawk spürte das Brückengeländer im Rücken, nach hinten gab es keinen Weg mehr raus, und im Blitzen der Sonne holte das plumpe Schlaggerät aus – war das ein Stein, ein Stück Eisen im Strumpf? Für einen Sprung zur Seite war es zu spät, er kannte seine Chancen, ihm blieb nur, den Angriff anzunehmen, mit offenen Armen, den heranstürzenden Schatten zu packen und nicht mehr loszulassen. Etwas Silbernes raste auf ihn zu, leere

Augenhöhlen, ein blanker Totenschädel, etwas krachte durch seine Stirn, schälte jede Nervenfaser frei. Hawk griff blind in den Schmerz und fasste eine Lederjacke, die Wucht schleuderte alles von der Brücke, was jemals geglaubt hatte, auf zwei Beinen zu sein.

Im Fallen brüllte es aus ihm, und sein Echo schrie zurück, schrie in seinen aufgesperrten Hals, eine Unendlichkeit und nicht mal ein Wimpernschlag, bis die umschlungenen Körper ins Wasser einbrachen und der Ton ausfiel, das lächerliche Gurgeln aufgerissener Münder, die noch nicht wussten, dass das Ertrinken war. Hawks Arme krampften, hielten die Umklammerung, den fremden Brustkorb an sich gepresst, und sie rauschten gemeinsam in die Tiefen der Brühe, aus der einmal alles gekrochen war. Das Kanalwasser saugte den warmen Saft aus Hawks Schädel, aufgewirbelter Schlick im nebligen Rot, Blutkristalle formten sich zu Korallen, dann drang die Flut durch seine Nase und in die Lungen, er schnappte nach Luft, die es nicht gab.

Der Schatten zappelte in Hawks Klammergriff, sein Totschläger war längst auf den Grund gesunken, jetzt sprudelten Blasen aus seinem Mund und stiegen in eine Richtung, wo unerreichbar die Oberwelt lag. Hawks Lungenmuskel beschleunigte sein Pumpen, doch es war, als hätte er sich endgültig verschluckt, jedes Ringen nach Atem brachte das Ersticken. Er wünschte sich die Ohnmacht, die Kugel im Kopf oder diesen letzten Blitz durch die Adern, den der Körper verschoss, wenn er verreckte. Aber so ist das, kein Funken Gnade, sein Mund schnappte, die Ebbe zog ihn ins offene Meer.

Hawks Arme wurden schlaff und zu schwach für den Bluff, die hinter seinen Lidern pulsierende Lava floss mit der nächsten Welle davon, schon bald am Erkalten, wenn er Glück hatte, ein Schneidezahn vielleicht, in zweihundert Millionen Jahren in Bernstein eingefroren, die feinen weißen Gräten seines Rückgrats vom Urschlamm aufpoliert, er war nicht blind, er spürte das Licht, er hatte Wimpernhaut. Jemand öffnete ihm das Tor, es war die einfachste Sache der Welt.

»Komm her.«

»Komm schon, Herbert«, jemand ließ die Schnur nicht los, »komm«, ein Ruck um seinen Hals.

Ein Schrei, der Schall rieselte durch ihn durch, etwas strampelte, *Komm her komm her,* trommelte auf den verlassenen Kadaver, bog die Rippen nach innen, hieb gegen eine Haut, die sich nicht mehr rötete, und wie eine entfernte Brise streiften ihn die verzweifelten Mühen und das Geheul, denn das war sein Name. Jemand schrie nach ihm.

Ein bitterer Geschmack drang in seinen Mund, fremde Spucke. Er drehte sich um, sie hielt den Durchgang noch auf, schaute unendlich traurig. Ihre schwarzen Augen.

»Es tut mir leid.«

Das Stachelhalsband zog sich zu, dann riss es mitten entzwei. Aus seiner Nase schoss Wasser, sein Herz sprang wieder an und kotzte einen Schwall Blut durch die Gefäße. Jemand drehte ihn auf die Seite und Hawk erbrach zerplatzte Lungenbläschen, Kanalwasser, uralte

Schmiere, er schleuderte seinen Schleim in den Schlick, bis sein Rachen wieder Luft durchließ, jeder Atemzug schlitzte ihm die Luftröhre auf, der Länge nach bis in den Bauch.

Ausgeweidet lag er da und pfiff wie ein alter Kessel, die Augen zugepresst. Er rührte sich nicht und zählte jedes Pfeifen, bis er sicher war, dass er lebte.

»Scheiße«, sagte eine zerkratzte Stimme in Hawks halbtaubes Ohr. Jemand rüttelte ihn. Gemurmel bildete sich im Hintergrund und bauschte sich auf.

Sein einer Fuß zuckte am Boden, Hawk spürte nassen Sand an den Zehen, kein Schuh, keine Socke. Dann suchte er seine Fingerspitzen, diese äußersten Enden, sie bröselten weich davon. In seinem Mund schmeckte es wie nasse Zigaretten.

Er öffnete die Augen einen Spalt, es glitzerte. Eine Brosche aus Strass, ein Palast aus Gold. Er machte auf, so weit es ging. Licht fiel auf etwas, das vor ihm lag.

Das waren Quecksilberkugeln, sich drehende Planeten, er lag da, und sie leuchteten ihn an. Rotz lief aus seinem Mund, fluoreszierendes Plankton am helllichten Tag. Aber vielleicht war es auch Schnee, der erste Schnee, der vor sein Gesicht gefallen war. Die Kälte tauchte ihn unter, bis Eis aus seinen Augen fiel.

»Scheiße!« Wieder dieses Rütteln.

Jetzt manifestierte sich vor ihm ein Kokon, eine abgestreifte Schlangenhaut, die das Glitzern umhüllte.

»Zu viel Blut«, sagte die Kratzstimme, und er wusste, dass das stimmte, sein Kopf ruhte in der sich ausbreitenden Lache, die auf das weiße Leuchten zutrieb, doch er starrte nur weiter auf das Stück Gummi, das mit ihm am Kanalufer lag, das weggeworfene Kondom zwischen Gras und Schlamm mit dem Tröpfchen Sperma, in dem sich das Sonnenlicht brach. Hawk lächelte, schwindelig vor so viel Schönheit.

21

Das Wasser fiel wie aus dem Eimer geschüttet. Der Gewitterhimmel goss alles aus. Beruhigend, wie immer neuer Regen nachstürzte. Bäche zogen ihre Muster über die Fensterscheibe. Wie einschlafen.

Seine Hände zuckten im Traum.

Er wachte auf, weil es nach Bananen roch. Am Fenster war kein Regen mehr, jede Spur verdampft. Mühsam pegelte er seinen Blick ins Zimmer. Da war ein Bett, in dem er lag, und da war ein Kleiderständer. Oder ein Gestell. An dem Gestell hing ein durchsichtiger Beutel mit einer klaren Flüssigkeit. Die tropfte in einen Schlauch. Der Schlauch ringelte sich an der Seite und mündete in seinen Arm. Er drehte den Kopf und sah den Teller mit Obst, Bananen und ein Apfel. Dann schlief er wieder ein.

Beim nächsten Aufwachen hatten die Bananen dunkle Flecken. Der Klare aus dem Tropf sickerte unter seine Haut.

Ob das schon der zweite Beutel war, der dritte? Mit welchem Stoff tankten die ihn voll? Er dachte daran, was er im Knast alles heimlich geschluckt hatte. Im Kochgeschirr mit Hefe angesetztes Gammelobst, den Backrum der Küchenbrigade, Nagellackentferner mit Zitronentee. An manchen Orten will man nicht nüchtern sein.

Hawk wollte sich räuspern, aber es klang wie ein Röcheln, sein Hals war aufgeschabt. Sein rechtes Ohr bekam kaum was mit, als hätte es einen Schalldämpfer auf.

Er nahm seinen Mut zusammen und sah an sich herunter. Sah ein weißes Laken, der Stoff nach tausendfacher Kochwäsche rau und steif. Tausend alte Männer, die dringelegen hatten, er zog es zur Seite. Aber der Anblick rastete nicht richtig ein.

Er steckte in einem dünnen Hemd ohne Ärmel – oder war das ein Kleid? Es reichte bis über die Knie. Sah aus wie die Kluft fürs Krematorium, kurz bevor die Luke aufgeht.

Er schob sich im Bett hoch und spürte, dass das Hemd hinten offen war. Wie muss es um einen bestellt sein, der aufwacht und so was um die Hüften hat? Andererseits kriegt man kein Obst nebens Bett, wenn man komplett auf Abriss steht. Irgendwer hatte einen Bananenteller auf sein Leben gesetzt, andere gehen für weniger drauf. Er war ertrunken und wieder aufgetaucht.

Er bewegte seine Beine, streckte vorsichtig die Arme, die klare Flüssigkeit schwankte im Plastikbeutel.

Etwas Brusthaar schaute aus dem Halsausschnitt, und er tastete mit den Fingern nach den Kräuseln, ein verlässliches Kitzeln. Es war schwarz wie das Haar auf seinem Kopf. Andere hatten ihren Pelz auf dem Schädel längst verloren, waren mit über vierzig grau und kahl. Bei ihm wuchs noch alles, dichte Büschel, und das zählte doch auch? Seine Hand tastete hoch zur Stirn. Die war mit einem Verband überklebt. Er drückte die

Fingerspitzen ins Mull, ein gedämpfter Schmerz floss bis zum Hinterkopf, der Stoff im Beutel hatte ihn reichlich niedergedimmt.

Das Leukoplast war widerspenstig, doch dann konnte er alles runterwickeln, die Mullbinde abreißen, die blutige Watte fiel in seinen Schoß. Stirn und Kopfhaut pochten sanft. Hawks Finger liefen die geschwollenen Wundränder ab. Professionell zugenäht. Er spürte die kleinen Knoten im harten Chirurgenfaden, die herausstehenden Enden, die schmierige Salbe, die alles zudecken sollte, die dünne Suppe, die nachsickerte.

Wenn er hier rauskam, wenn diese Furche je heilte und eine kapitale Narbe abgab, dann wäre der Pfeil in seiner Augenbraue nur eine schwache Version des unübersehbaren Zeichens darüber. Er war markiert. Er war immer noch nicht totgeschlagen. Sie hatten es einfach nicht geschafft.

Dabei hatte sein Vater das schon versucht, und jetzt Verfurths Knechte. Er hatte lange nicht dran gedacht, warum auch, hatte für sein Leben nicht mehr dran denken wollen. Aber jetzt fragte er sich doch, ob der Alte noch lebte, allein auf dem verfallenen Hof. Ob er gelb und dürr geworden war und roch wie Klamotten, die keiner mehr wusch. Besuchte er Rosies Grab? Wanderte ihm der Granatsplitter noch durchs Fleisch – oder hatte der endlich sein Ziel erreicht? Vielleicht putzte der Alte wie eh und je sonntags die Gewehre, tauschte in jedem Zimmer die Fliegenfänger aus. Vielleicht führte er ein Rudel, das ihm gehorchte, so wie früher, sortierte aus jedem neuen Wurf die mit einem schwachen Wesen aus, dressierte die Hunde und hielt sie hungrig, stolz über ihr Bellen in der Nacht.

Vielleicht war da auch gar nichts mehr, alle Zwinger offen, kein Name an der Tür, vielleicht war Hasso Friedheim Geschichte.

22

Er war fünfundzwanzig Jahre alt und ein tadelloser Schütze, als der Krieg verloren ging. Hatte seine Stellungen verteidigt, die Kommandos abgeleistet, sich auf allen Posten verdient gemacht. Selbst die Verwundung hatte er niedergerungen, Russengranaten bringen einen Friedheim nicht um.

Hasso Friedheim, Jäger-Division, blieb bis zum Rückzug ein aufrechter Mann. Als das Chaos kam und die Marschbefehle ausblieben, warf er die Büchse und das Eiserne Kreuz in den Fluss. Dann lief er zu Fuß nach Hause, fraß harte Äpfel auf dem Weg und holte mit der Zwille Eichkatzen vom Baum. Auf seinem Heimmarsch mied er die Dörfer, die Straßen und die Kontrollen, die zerlumpten Trecks und das Gesindel. Jeder Mensch war eine Gefahr. Nur im Wald konnte er sich frei bewegen, er kannte die Pilze, die Wurzeln und Kräuter, konnte die Fährten der Tiere lesen, wusste, wie man Fallgruben gräbt. Das hatte er von seinem Vater Siegmund gelernt, dem Jäger und Züchter der schneidigsten Weimaraner zwischen Inn und Rhein. Im Alter von zehn Jahren bekam Hasso seinen ersten Rüden, ein hundertprozentig reinrassiges Tier von stolzem Wuchs und mit blaugrauem Fell. Beim Abrichten darf man sie nicht verzärteln, und er enttäuschte seinen Vater nicht.

Der Friedheimhof lag am Rande des Dorfes, an den Wald gebaut für die Abgeschiedenheit. Denn die Nähe zu Menschen verdirbt den Jagdinstinkt der Tiere, kein Schoßhund kann je schussfest und wesensstark sein. Die Fütterung der Jagdhunde erfolgte nur bei Nacht, das Fleisch durfte nie für alle reichen. Wer satt sein will, muss kämpfen, und Kampf fördert die Angriffslustigkeit.

Doch als Hasso in seinen zertretenen Stiefeln das einst respektable Gehöft betrat, gab es kein Haus Friedheim mehr. Keinen Bruder, keinen Vater und keine Hunde, alle Metalle geplündert, die Möbel in fremden Öfen verfeuert. Sogar das Täfelwerk hatten die Diebe aus der Stube gerissen.

Doch das Fahrrad in der Scheune war übersehen worden, unschätzbar wertvoll, da kein Deutscher mehr Kraftwagen fuhr. Auch die Kiste Cognac lag gottlob noch im Versteck. Bei Schleichhändlern brachte eine gute Flasche einige hundert Reichsmark ein. Und über dem Cognac warteten die in Tuch gehüllten Jagdgewehre, ebenfalls unentdeckt. Hasso ließ die Luke zuschnappen und tarnte sie wieder. Deutsche Waffen waren bei Strafe verboten, neuerdings hielten Pazifisten das Heft in der Hand. Aber Befehlshaber kommen und gehen, und er konnte warten. Ohnehin gab es genug zu tun.

Er tauschte Kaninchenfelle gegen Draht vom Schwarzmarkt, um seinen ersten eigenen Zwinger zu bauen. Niemand dachte in Zeiten wie diesen an die Zucht. Die Städter kamen am Wochenende wie die Fliegen aufs Land, suchten nach Eiern, Milch und einem Fingerbreit Speck, verhamsterten jede Habe bis zum Ehering, wer wollte da einen Hund ernähren? Die Bauern hielten ihn für übergeschnappt. Doch als die beiden mühsam beschafften mageren Welpen in die Sägespäne rollten und sogleich an seinen Fingern saugten, wuchs in ihm die Gewissheit, dass seine Stunde gekommen war. Wer anständig arbeitet, verdient seinen Lohn, der Wind würde sich schon drehen. Hasso Friedheim war jetzt sein eigener Herr.

Eine Herkulesaufgabe wartete.

Es galt, täglich Nahrung für die Hunde zu besorgen und auch die eigene Vorratskammer zu füllen. Die Obstbäume stellten sich als Segen heraus, die Früchte des kleinen Kartoffelackers bewährten sich bei Tauschgeschäften. Entscheidender aber war, die Fallen im Wald ordentlich zu verstecken und trotz Sperrstunde im Schutze der Nacht zu kontrollieren. Den einst ehrbaren Jägerberuf verunglimpften sie als Wilderei. Man musste überall wachsam sein. Schädlinge nisteten in Hof und Haus, das Strohdach ließ den Regen durch. Ohne Pflege versumpfte der Boden, Dornensträucher wucherten die Pfade zu. Der Mühen gab es viele, Material und Werkzeug waren rar. Noch dazu drohte dem Friedheimhof eine Vertriebenenzuweisung, verflohte Ostflüchtlinge aus Schlesien, menschliches Treibgut strandete allerorts. Doch auch damit würde er fertig werden. Er meisterte die Tage mit Entschlossenheit.

Bis die Kirmes kam, das erste Volksfest nach der Niederlage. Er hatte den Anschlag am Siegesplatz gesehen, der nun wieder Kirchplatz hieß, und dem Aushang keine weitere Beachtung geschenkt. Den Deutschen war ohnehin alles untersagt, wegen des Waffenverbots würde es keine Schießbude geben, keinen Hammel am Spieß, weil das Schwarzschlachtung war. Sicherlich marschierte auch die Blaskapelle nicht ohne Besatzerschein. Für alles und jedes erfand die Fremdarmee Direktiven, Dienststempel, Registrierungen und Berechtigungen in sechsfacher Ausfertigung. Was blieb da übrig an Kitzel und Glanz, er hatte eigene Angelegenheiten. Er stand bis zur Hüfte in der neuen Sickergrube und stieß mit dem Spaten überall auf Stein. Jeder Hieb dröhnte. Irgendwo in seinen Eingeweiden rumorte der Russensplitter. Da trug der Wind die Fanfare herüber, der Spielmannszug paradierte durchs Dorf. Es klang wie das Blasen zur Jagd. Hasso Friedheim stieg aus der Grube.

Er rasierte sich vor einer Spiegelscherbe, bügelte seinen Anzug mit dem heißen Kessel glatt. Die Nägel reinigte er mit dem Hirschhornmesser. Schließlich stellte er etwas dar.

Der Festplatz war mit einem Baumstamm geschmückt, an dem geflochtene Tannenkränze hingen. Das Festzelt gehörte jüngst noch zum Wehrmachtsbestand. Schwarz umgefärbt verriet es seine Herkunft umso mehr, ein mit Blumengirlanden verzierter Überläufer. Innen gab es gepanschtes Bier, und unter dem Schanktisch Schwarzgebrannten. Ein Tanzboden war aufgebaut, wie vor dem Krieg, darauf bot ein Kirchenchor seine Strophen dar. Die gesamte Ortschaft hatte sich ins Zelt gedrängt. Den Männern und Frauen leuchteten die Augen, als stiegen sie gerade aus den Bombentrichtern und hörten das *Ave-Maria* zum ersten Mal. Der Chor verneigte sich unter dem Applaus. Dann machten die Sänger den Bretterboden fürs Tanzvergnügen frei. Dem Anschein nach waren alle einem Fieber verfallen. Denn kaum ließ der Harmoniumspieler einen Walzer anklingen, fand sich Paar um Paar und schob über die Dielen. Hasso Friedheim beobachtete ihr Treiben.

Sie tanzten wie die Besessenen, von jeder neuen Schnulze verzückt. Die Männer trugen Frisiercreme im Haar oder was sich dafür verwenden ließ, die Frauen hatten duftene Kleidchen an und waren ganz rotbackig vor Ausgelassenheit. Als läge das große Sterben längst in weiter Vergangenheit.

Er verließ das Zelt.

Draußen buk man Kartoffelpuffer in Öl aus Rizinus. Eine Traube an Kindern hatte sich um die Röstpfanne geschart. Ein Bauchladenverkäufer bot Brote gegen Lebensmittelmarken an. Auf dem Acker drehte sich das Kettenkarussell. Solch eine Gerätschaft kannte Hasso von früher, er trat näher heran.

Das Fahrgeschäft stammte sicher noch aus Kaisers Zeiten. Die verblasste Bemalung der Holzpaneele zeigte Mädel in Tracht vor Wäldern und Wasserfällen. Diese Gewässer und Berge konnte keine Luftwaffe der Welt zerstören. Um die gemalten Landschaften kreisten die Kettenflieger, bis auf den letzten Platz besetzt. Sie flogen nur wenige Meter über der Erde, aber es war ein Kreischen und Jauchzen, Hände wurden festgehalten oder in die Luft gestreckt, erwachsene Männer schlenkerten mit den Beinen, Frauenhaar flatterte, kleine Pimpfe hatten den Mund offen stehen. Jedes Mal, wenn der Kettenflieger langsamer wurde und schließlich zum Stillstand kam, blieben einige in ihren Sitzen, um wieder und wieder hochzufliegen. Schleudersitze, nur ohne Gefahr.

Dann entdeckte Hasso die Amis, es waren fünf. Milchbubis in Ausgehuniform. Erst warfen sie mit Phosphor und Stabbrandbomben, dann mit Schokolade aus ihrer prächtigen Feldration. Jetzt standen sie beim Karussell und zeigten ihr breites amerikanisches Gebiss, die Stiefel aufpoliert, die Schiffchen schräg auf dem Kopf. Ihre arglosen Gesichter hatten nichts von der Welt gesehen. Einer trat aus der Gruppe hervor, die Statur passte nicht zu den anderen. Hasso sah genauer hin, es war eine Frau. Ein Mädel in Feinduniform. Die traute sich aber was. Sie trug einen Schlips wie die Männer, die Abzeichen der Eroberer an der Brust, und einen knielangen Rock. Sie drängte zum Kettenflieger. Doch die Männer machten keine Anstalten, sie zu begleiten, einer wies in Richtung der Tanzmusik. Er schnippte seine halbgerauchte Chesterfield davon, eine Handvoll deutscher Jungen stürzte los. Sie verkeilten sich im Kampf um den Tabakrest. Und schon schlenderten die wohlgenährten Amisoldaten zum Vergnügungszelt, die Kameradin ließen sie achtlos stehen. Die Frau legte zwei Finger an die Lippen und schickte ihnen einen Pfiff hinterher, doch die Besatzer drehten sich nicht um, bereits nichts als Bier und deutsche Fräuleins im Kopf. Soldatenliebchen gegen Seidenstrümpfe.

Die Amerikanerfrau zuckte mit den Schultern und blieb, wo sie war. Sie hatte pechschwarzes Haar wie bei Karl May. Als kleiner Junge hatte er vom Wilden Westen geträumt, durch die Steppe mit der Silberbüchse. Was suchte die Amerikanerin im fremden Land? Hier? Wo keine so aussah wie sie.

Er wusste geradewegs, es würde Unordnung geben, nur das Ausmaß war nicht vorstellbar. Das Schicksal lenkte seine Schritte. Hasso Friedheim ging auf sie zu.

»Darf ich Sie auf eine Karussellfahrt begleiten?«

23

Die Schatten in diesem Deutschland. Die dichten Wälder. Moos, Farn. Sie lernte die Wörter. Tannen, Buchecker. Alles hatte kühle Silhouetten, man verbrannte sich nicht daran.

In Deutschland konnte sie die Augen weit öffnen. Dunkelgrün, Dunkelblau, Fichtenwald. Es gab Hügel und Berge, auf denen alles nach oben wuchs. Es gab Regen und Tau und sogar Schnee. Die Menschen hatten eine harte Sprache, die weicher wurde, wenn man sie verstand. Manche waren verwildert, mit Mühe eben noch übriggeblieben. Mancher stand in seinem geflickten Anzug ganz aufrecht und wie ein Versprechen da.

In Kansas gab es nur grelle Tage mit zerfurchten Gesichtern, Rinderherden und Staub. Ein Land, in dem die Böden gerade genug hergaben, damit man weitermachte, nicht aufgab. In dem man die Tornados meilenweit vorhersah, träge und rasend zugleich. Rosie starrte auf den flirrenden Horizont und wünschte sich eine Windhose, die alles mit sich nahm: die aufgesprungene Erde, das welke Gestrüpp, die Viehzäune und die Holzveranden, die kauernden Gestalten darauf. Sie spuckte auf den Boden und stellte sich vor, etwas würde daraus wachsen. Eine kleine grüne Ranke.

»Rosie!«

Schon wieder musste sie ins Haus. Jedes Mal, wenn sie gerufen wurde, klang es wie ein Richterspruch.

Vor der Küchenarbeit öffnete sie als Erstes den Radioschrank. Rosie verfolgte als Einzige die Nachrichten vom anderen Kontinent, ihre Geschwister interessierte das nicht. Jede volle Stunde zwischen dem Kinderprogramm und den *Top Forty* kamen Kurznachrichten aus Übersee. Die US-Truppen kämpften an Orten mit fremden Namen, sogar das Wochenblatt druckte die Landkarten ab. Europa und der Norden Afrikas waren groß, gefährlich, voll mit gestrichelten Linien und Pfeilen daran. Vorstöße, Rückzug, *casualties*.

Rosie stellte sich vor, wie es wäre, in ein Flugzeug zu steigen und zu fliegen und am anderen Ende jemand Neues zu sein. Eine Welt zu betreten, die größer war als die Küche mit dem Blick auf das schiefe Windrad und den verdorrten Baum. Einen Ort, an dem das von immer weiter unten geschöpfte Brunnenwasser nicht nach Fäulnis schmeckte, so wie alles hier. Wo der Sonntagsausflug nicht bloß in die Holzkirche führte, in der der Reverend vor den Pfuhlen der Sünde warnte, bis seine Schwitzflecken groß wie Kohlköpfe waren. Wo sie ein Bett hatte, in dem sie richtig schlafen konnte und alleine blieb.

Sie las den Aufruf an die amerikanischen Frauen, Dienst für ihr Land zu tun. Jede Woche war eine neue Annonce geschaltet. Und als der Traktor, der alte Ford, Ersatzteile brauchte, durfte sie mit in die nächste Stadt. Bei Jack & Jill's stand sie lange vor dem Plakat: Eine junge Frau, die entschlossen in die Wolken blickte, warb für die Marines. In eigener Uniform, mit eigenem Sold. Ihr Gesicht sah aus wie das von Katherine Hepburn. Dazu die Haare hell, die Augen blau. Keine Spur schändliches Indianerblut. Das Gegenteil von ihr, von Rosie Hawk.

Nein, sagte der Vater, ihr Land hieße Kansas, ihre Arbeitskraft würde auf der Ranch gebraucht. Sie hätte hier ihren Platz, sagte die Mutter, und dafür sollte sie dankbar sein. Wer sich im Leben für etwas Besseres hielte, würde vom Herrn gestraft.

»Und du bist nichts Besseres, weiß Gott. Wenn du jemals deine Herkunft verleugnest, brauchst du nicht wiederzukommen.«

Rosie wurde müde von ihren Tränen, sie brachten ihr nur Prügel ein. Sie war nicht mehr wert als der Dreck, der ihr abends aus den Haaren fiel, als das Putzwasser, das ihr die Hände aufweichte, mit dem sie nie etwas sauber bekam.

Da half ihr der Reverend, er wusste es nicht einmal. Er suchte ein Mädchen für seine Schreibarbeit. Ihm gefielen die Hellhäutigen mit den Sommersprossen, Rosie war nicht die erste Wahl. Aber sie wollte keine Bezahlung. Nichts als ein paar Stunden mehr an seiner Schreibmaschine.

Und so durfte Rosie jeden Sonntag nach der Predigt an einen Tisch, auf dem eine rostnarbige Underwood stand. Dort tippte sie die windige Schrift des Reverends zu schnurgeraden Sätzen auf dünnem Papier. Mit einem Handbuch brachte sie sich die Fingerhaltung bei. Welcher für welche Buchstaben zuständig war. Wie die

Handgelenke zu schweben hatten. Der Reverend beobachtete sie, eine Zeitung auf seinem Schoß.

»Du bist viel zu ungestüm«, sagte er, wenn sie tippte. »Mach nicht solchen Lärm. Man versteht seine eigenen Gedanken nicht.«

Rosie hängte ein dickes Tuch über die Maschine und konzentrierte sich auf das nächste Papier. Sie ertastete die Lettern mit ihren Fingerspitzen.

»Du schreibst das Wort Gottes«, sagte der Reverend. »Wehe, wenn du Fehler machst.«

Der Ärger zu Hause blieb nicht aus. Aber Rosie diente der Kirchengemeinschaft, und die liegengebliebenen Pflichten holte sie nach bis spät in die Nacht. Dafür übte sie sonntags, bis ihre Finger schmerzten. Sie wollte lernen, was eine Sekretärin konnte, eine Sekretärin der US-Army. Sie musste gut sein, um den Test zu bestehen.

Die Zeitungen schrieben von einer gewonnenen Schlacht in den Ardennen, vom Kampf für den Weltfrieden, die Freiheit.

An ihrem achtzehnten Geburtstag bewarb Rosie sich beim Militär, mit einem fehlerfrei getippten Brief. Zwei Wochen lang wartete sie am Küchenfenster auf das rote Fähnchen am Posteingang. Mehrmals rannte sie los, aber es war nur das Wochenblatt oder die nächste Rechnung. Bis endlich doch die Einladung kam, schwarz auf weiß mit Stempel versehen. Rosie schob sie in den Bund ihrer Unterhose.

Sie klaute den Lederkoffer vom Speicher, es passte alles hinein. Am Morgen des angegebenen Tages schlich sie ein letztes Mal in die Küche. Sie griff in die Kaffeebüchse mit dem versteckten Geld. Den Eimer mit dem Putzzeug ließ sie auf dem Tisch zurück. Noch vor Sonnenaufgang lief sie zehn Meilen zu Fuß, dann kam ein Pick-up vorbei. Der Fahrer hatte einen Sohn in Frankreich verloren, Omaha Beach, er brachte Rosie bis zur Busstation.

»Zeig es dem deutschen Nazipack! Mädchen, versprich mir das.«

In der Prüfung schrieb Rosie blind mit zehn Fingern, schneller als alle anderen.

Der Truppentransporter strahlte silbern in der Sonne, eine Douglas mit zwei Motoren. An Bord war Rosie die einzige Frau.

Die Deutschen hängten weiße Bettlaken aus den Fenstern. Die Militärbehörde zog ins Rathaus ein. Ein fest gemauerter Bau aus dem Mittelalter mit Rundbögen und Uhrenturm. In einem Zimmer tippte Rosie Berichte, Formulare und Diktate. Mit ihrer Kofferschreibmaschine hämmerte sie Ordnung ins Gewirr. Schreibfräulein, so hieß es hier. In den Pausen las sie das schwere Wörterbuch. Sie war gut darin, sich fremde Wörter zu merken, das hatte sie vorher nicht gewusst.

In einem beschlagnahmten Haus bekam sie ihr eigenes Zimmer mit Bett, Schrank und Waschschüssel. Die Laken rochen wie Kiefernnadeln. Draußen fingen die Deutschen an aufzuräumen. Auch sich selbst räumten sie auf. Auf der Straße sah Rosie eine blonde Frau in einer Bluse aus Fallschirmseide. Sie schneiderten sogar die Armeedecken um, trennten Uniformen auf, machten Kleider aus ihren roten Fahnen. Die waren noch zu gebrauchen. Die Gummibänder der Gasmasken taugten als Hosenträger. Alles taugte für irgendetwas.

Viele der einstigen Soldaten senkten die Blicke, wenn sie eine US-Uniform sahen, wenn der Army-Jeep über die holperigen Straßen brauste. In andere Männer kehrte das Leben zurück. Manchmal zwinkerte einer Rosie zu, die Hosentaschen mit nichts als Hoffnung gefüllt. Die Deutschen waren ausgehungert, und etwas daran gefiel ihr sehr.

Der kerzengerade Mann im geflickten Anzug hieß Friedheim. Ein schöner Name. Er sah zäh aus und kantig mit stechblauen Augen, hinter denen er etwas Trauriges vergrub. Sie trafen sich wieder. Rosie mochte den dunkelbraunen Hof mit dem tiefhängenden Dach, gebeugt von Moos und Feuchtigkeit. Weit draußen am Wald, wie ein Versteck. Der Deutsche erzählte in seiner Sprache, was er bauen, pflanzen und fangen wollte. Sie verstand genug, um die Umrisse vor sich zu sehen – das Grün, das hier bald wachsen würde, die frisch gezimmerten Ställe, der Neubeginn. Er zeigte ihr einen kleinen Hund an der Leine, der sich hinlegte, wenn der Deutsche den Finger hob. Sein Stolz, den er sofort überspielte. Wie er sich für sie zurechtgemacht hatte. Sein Seifengeruch. Er schaute so ernst und schien überrascht über jede Minute, die sie bei ihm blieb. Als hätte er das nicht verdient.

Auch Rosie verstand sich mit Tieren, konnte reiten und schießen, das hatte sie als Kind gelernt. Das mochte der Deutsche nicht glauben. Sie schlug ihm eine Wette vor. Sie würde ihm eine Konservenbüchse auf sechzig Fuß vom Baumstumpf schießen. Draußen, wo keiner es hörte. Sie würden sich nicht erwischen lassen. Der Deutsche drückte ihre Hand.

»Abgemacht.«

Dann bot er ihr einen Weinbrand an. Nur einen, weil es sonst ungehörig war. Denn das war es. Es war ungehörig genug.

Die GI hatten die Fräuleins, das war nur natürlich, aber keine Frau der US Army hatte einen besiegten Mann. Unmöglich. Rosie Hawk war verrückt. Und genau das gefiel ihr daran.

»Goddammit, girl!«, sagte der Kommandant, als sie nicht mehr verheimlichen konnte, dass sie schwanger war.

»Typisch Halbblut.«

Hasso Friedheim schenkte sich einen großen Cognac ein.

Sie würde aus der Armee entlassen werden. Zurück in die silberne Douglas steigen, in ein Land, wo niemand sie haben wollte. Einen deutschen Bastard im Bauch.

Hasso trank das Glas in einem Zug aus.

»Das ist mein Sohn«, sagte er.

24

Sein Vater warf ihm den leeren Kartoffelsack hin. »Morgen machen wir Hatz.«

Dafür brauchte man Hasen, doch der Stall war leer, alle verbraucht, und das hieß, die Katzen waren dran. Ausgewachsene schnelle Katzen, um die Hunde scharfzumachen. Es war Herberts Aufgabe, die Beute fürs Wildschärfetraining zu besorgen. Da war er zehn Jahre alt.

Herbert mochte die Katzen. Anders als die Hunde wehrten sie sich, wenn man sie schlug, sie merkten sich, wer sie getreten hatte, und manchmal rächten sie sich. Katzen warfen sich nicht auf Kommando in den Dreck. Sie lagen draußen in den Sonnenflecken, die Augen nur einen Schlitzbreit geöffnet, sie kamen und gingen, wie es ihnen gefiel.

Aber Herbert musste seinen Teil abliefern. Im Leben muss man das, sagte sein Vater, wer es sich leicht macht, macht es sich schwer. Nur der Stärkere kommt durch.

Und Katzen gab es sowieso genug, es kamen ständig neue nach. Irgendwann war er richtig gut darin, sie aufzustöbern, sie rund um die Scheune und vom Heuboden wegzufangen, auf den Balken zu erwischen, bevor sie fliehen konnten. Man musste sie fest am Nacken greifen, dann rein in den Kartoffelsack. Doch obwohl er schnell wie der Blitz geworden war, zerkratzten sie ihm Arme und Hände. Seine Mutter würde ihm die Striemen mit Schnaps abreiben und ihm etwas zustecken, das sie vom Backen zurückbehalten hatte. Er mochte den scharfen Geruch auf der Haut, den süßen Kuchen im Mund. Er schleifte den fauchenden Sack hinter sich her, aus dem wie kleine Messerchen die vielen Krallen schnappten.

Sein Vater kontrollierte den Fang und leerte ihn in einen Drahtkäfig aus. Eine rührte sich nicht. Sie war rot-weiß gescheckt und nicht gestreift wie die anderen, vielleicht hatte sie deshalb nicht überlebt. Nur die Getigerten sind zäh.

»Pass besser auf!«, sagte sein Vater. »Tot kann ich sie nicht gebrauchen.«

Er packte das Tier an den Hinterläufen.

Wenn ein Hund das Wild bei der Jagd umbringt, anstatt es zu apportieren, prügelt man ihn mit dem tot verbissenen Stück, damit er es sich merkt. Der kleine Schädel traf Herbert am Kopf, er hielt sich die Hände davor. Dann schlug ihm sein Vater die Katze auf den Rücken.

»Pass. Besser. Auf!«

Bis er fertig war und das Tier zur Seite warf.

»Hol eine neue.«

Herbert ließ die Hände sinken. Das verklebte Büschel lag im Dreck. Kaum hörbar kam daraus ein Geräusch, das nicht einmal mehr wie ein Maunzen war. Er hätte sich gern davorgekniet und all die Haare wieder glattgestrichen.

Wie er die Hunde hasste. Wie sie in ihren Zwingern warteten, auf Befehle, aufs Fleisch, aufs Signal zur Jagd.

Vor Aufregung sprangen sie an den Zäunen hoch, ihre Ruten peitschten durch die Luft. Wie sie seinem Vater aufs Wort gehorchten. Die Ohren gespitzt, bereit, alles zu tun, was er verlangte. Wie sie, von der Leine gelassen, ins Gehölz stürmten, nur um jedes Mal brav zurückzukehren, weil sie es so gelernt hatten. Sie rannten zu seinem Vater und setzten sich aufrecht vor ihn hin. Mit dem Beutestück im Fang warteten sie darauf, von ihm belohnt zu werden.

»Siehst du, wie folgsam meine Hunde sind.«

Sie stanken nach den Innereien, die sie zum Fressen bekamen.

Herbert ekelte sich vor den Rehkeulen und den vielen Hasen mit ihren kleinen Köpfen, vor den Wildschweinbatzen, die es zu essen gab, vor der modernen Gefriertruhe im Keller, bis obenhin voll mit Beutetier. Seine Mutter beheizte den Küchenofen für das nächste erlegte Fleisch.

Er hasste es, die Gewehre zu putzen, immer war etwas nicht richtig daran. Sein Vater stand über ihm und kontrollierte, ob er noch eine Schmauchspur entdeckte, ein Haar, einen Fingerabdruck.

»Sonst wird das kein sauberer Schuss, und willst du schuld sein, wenn das Stück nur angeschossen ist und sich durchs Unterholz quält, willst du schuld sein, weil du wieder zu faul warst, den Lauf anständig trocken zu machen!«

Da war er zwölf Jahre alt. Er hatte den Hof nicht gut gefegt. Das Zeitungspapier vom Klostall war alle, und das war seine Aufgabe, das wusste er genau. Die Stiefel standen nicht in einer Reihe, wie es sich gehörte, die Hacken auf Linie gebracht. Es lag Schmutz in der Stube, ein Steinchen, ein Fußabdruck.

»In den eigenen vier Wänden, das darf doch nicht wahr sein!«

Es war unmöglich, sich aus dem Griff zu befreien, wenn die Faust ihn am Nacken gepackt hielt, wenn sein Vater ihn über den Hof zerrte, an der Scheune vorbei und zu den Zwingern. Der letzte Drahtstall ganz hinten für trächtige Weibchen und kranke Tiere stand meist leer.

»Bis du dich entschuldigst.«

Die anderen Hunde bellten, sie rochen die Angst, und das machte sie heiß. Sein Vater stieß ihn in den Verschlag und hängte das Schloss ein, das Rasseln seines Schlüsselbunds zuckte den Hunden unters Fell. Dann drehte er sich weg und ging.

Wie Herbert die Stunden im Zwinger hasste.

Er lief die drei Schritte auf und ab, mit gesenktem Kopf, um nichts zu sehen, nicht den Hof, nicht die anderen Hundeställe und wie sie an den Gittern hingen. Er starrte in die Sägespäne, klein gefetztes Holz, Spucke sammelte sich in seinem Mund, er konnte sie nicht mehr runterschlucken. Der Muskel im Hals, oder was das war, schnürte sich fest und ließ nichts durch, gehorchte einfach nicht. Er presste die Hand gegen den Adamsapfel, quetschte die Gurgel zusammen, bis es vor ihm zu flimmern begann. Wenn er nur alles zudrücken könnte, ein für alle Mal die Luft abdrehen. Er spuckte aus, immer wieder kam es nach, er spuckte den Speichel auf seine

Füße. Sein Nacken war taub, und er rieb sich mit aller Kraft den Old-Spice-Gestank seines Vaters ab. Die Zeit verging einfach nicht. Die Sägespäne klebten voll Rotze.

Am schlimmsten war es, wenn die Tür aufging.

Und Herbert sagte: »Es tut mir leid, Vater, Entschuldigung, ich pass besser auf, ich verspreche es.«

Er schaute seinem Vater nicht ins Gesicht. Die Spucke füllte seinen Mund.

Wie er seine Mutter hasste. Wenn es vorbei war, kam sie und sagte: »My boy. My little boy.«

Sie strich durch das Grübchen an seinem Kinn, das sie so gern mochte, in das sie gern den Finger legte, sie strich über sein Haar, er schlug sie weg.

»Du weißt doch, er ist so. Er kann es nicht anders.«

»Hau ab«, sagte Herbert. »Fass mich nicht an.«

Seit Kurzem musste er nicht mehr mit zur Jagd, ein stillschweigendes Abkommen, das war besser so. Nicht, weil er schlechter zielte als vorher, im Gegenteil, er schoss gut. Bei jedem sauberen Treffer zog sein Vater einen Mundwinkel hoch. »Weiter so.«

Dabei lag eine Genugtuung in Hassos Blick, denn er hatte seinem Sohn das Jagen beigebracht, er allein. Herbert stellte sich vor, er hätte danebengeschossen. Die Hirschkuh mit dem Knall verjagt, die Büchse in den Himmel gehalten, immer wieder nachgeladen und das Revier leergescheucht. Kein Fang mehr zu machen, kein *weiter so*. Aber er zielte und traf. Zu seinem fünfzehnten Geburtstag bekam Herbert ein Jagdmesser aus Damaszenerstahl.

»Jetzt beweis mir, dass du so was Teures verdienst.«

Es war früh und sehr kalt. Herbert folgte seinem Vater durch den Wald. Diesmal hatte Hasso den Schuss abgegeben, schlecht platziert wegen der klammen Finger, das Reh zuckte, schlug mit den Hinterläufen aus und lief davon. Der Hund stöberte der Wundfährte nach. Herbert entdeckte die blassrote Tropfspur im Gehölz, nicht viel Blut, und das war ein schlechtes Zeichen. Je länger sich das Stück quält, desto zäher wird das Fleisch – das macht die Todesangst. Die Suche wollte nicht enden, und Herbert wusste, er wäre besser nicht hier. Vor ihm schlug sein Vater die Äste aus dem Weg, Herbert ließ sich zurückfallen. Blasses Rot. Er trat mit dem Stiefel drauf. Endlich bellte der Hund. Als Herbert dazukam, stand sein Vater über das Reh gebeugt und knackte mit den Fingerknochen. Aus seinem Mund kam eine Atemwolke.

»Das Stück wird gleich hier aufgebrochen. Du zeigst mir jetzt, wie man das richtig macht.«

»Aber …«, sagte Herbert, denn es war kalt genug, um das ganze Tier nach Hause zu tragen und dort in Ruhe in der Kammer auszuweiden, niemand musste sich beeilen. »Aber …«, denn er wusste, wie sein Vater war, wenn er schlecht getroffen hatte.

»Sofort«, sagte Hasso, »ich zähle bis drei.«

»Ich nehme es auch auf den Rücken.«

»Eins.«

Sein Vater warf ihm die Haken vor die Füße.

»Schau. Jetzt liegen sie im Dreck.«

Herbert schwieg.

»Zwei.«

Sollte er doch. Das letzte Mal hatte er den Flintenkolben in die Rippen gekriegt. Eine Woche lang musste er sich im Bett auf die rechte Seite drehen. Das hatte er auch überlebt.

Wie sein Vater mit gefrorenem Gesicht vor ihm stand, die kleinen Augen, die stramm nach unten gedrückten Arme, durch die gleich ein Ruck gehen würde, alles, was lebte, saugte er ein und zerquetschte es.

»Drei.«

Ein kleiner Moment nur, den er zögerte, in dem alles in der Schwebe hing – und Hasso spürte es auch –, dann griff Herbert an seinen Gürtel, zog das Jagdmesser raus und durchstach dem Reh die Hinterläufe. Er hob die Haken vom Boden, wischte sie an der Hose ab und schob sie durch die Schnitte. Danach suchte er einen passenden Ast und hängte das Reh kopfüber auf. Die Zunge baumelte aus dem Maul, der Blick war verdreht. Sein Vater näherte sich mit vor Anspannung steifen Schritten.

»Mach es korrekt. Verdirb mir nicht das Fleisch.«

Das hast du schon selbst verdorben, dachte Herbert, was du anfasst, fault mittendurch – aber er hielt den Mund und machte den Brustbeinschnitt. Bei dem vertrauten Geräusch leckte sich der Hund, der reglos abseits sitzen musste, vor Aufregung die Schnauze.

»Hast du das Messer anständig geschärft?«

»Ja.«

»Wann?«

»Gestern Abend.«

»Du schärfst es nie richtig.«

»Es ist scharf«, sagte Herbert.

»Durch und durch verweichlicht und arbeitsscheu.«

Herbert setzte das Messer an der Bauchdecke an. Er hatte kein gutes Gefühl dabei.

»Mach es einmal so, wie es sich gehört. Sei einmal ein ganzer Jägersmann. Ein Friedheim.«

Sein Vater stellte sich neben ihn und packte sein Ohr.

»Na los.«

Herbert schob die Klinge unter die Haut, vorsichtig, um keine Organe zu verletzen, deren aasiger Inhalt sich in die Bauchhöhle ergießen könnte.

»Das schöne Fleisch«, sagte sein Vater und drehte Herberts Ohr. Herbert hielt seinen Kopf gerade, so gut es ging, und machte den Schnitt von den Hinterkeulen bis runter zur Drossel. Aus dem Körper dampfte Gestank, süßlich und dumpf. Da wusste er es schon – ein Waidwundschuss, ein übler Jägerfehler –, und er spürte, wie sein Ohr zusammengekniffen wurde. Herbert bog die Hälften des Tiers auseinander, das Geschlinge sackte ihm entgegen, grüner Brei spritzte heraus. Hassos Geschoss hatte Darm und Pansen zerstört und die pestige Masse überall verteilt.

»Sieh, was du angerichtet hast!«

Sein Vater drehte ihm das Ohr einmal herum und stieß ihn nach vorn, Herberts Stirn klatschte gegen das aufgebrochene Reh, die glitschige Masse in sein Gesicht.

»Das machst du alles sauber!«

Hasso brüllte, als hätte er das seit Tagen aufgespart, sein Rachen aufgerissen, die Augen kurz vorm Zerspringen. Herbert hörte die Worte nicht, wenn es denn Worte gab, es waren sowieso nur dieselben, der Gestank von Pansen klebte ihm in Nase und Mund, der bestialische letzte Darminhalt. Dann fiel der Hund in den Lärm mit ein, zog Lefzen und Ohren zurück, hörte nicht mehr zu bellen auf. Herbert musste würgen, seine Magensäure pumpte sich nach oben, er übergab sich ins Laub unter das Reh.

»Pfui«, sagte sein Vater und presste die Lippen zu einem Strich. »Schau dich bloß an.«

Herbert wischte sich den Mund am Ärmel ab und trat dem kläffenden Hund in die Flanke.

»Nein!«, rief Hasso.

Herbert holte wieder mit dem Stiefel aus, sah seinen Vater an und trat zu. Der Hund jaulte und warf sich auf den Rücken, den Schwanz zwischen die Beine gepresst, den Bauch entblößt. Herbert hob den Fuß. Da stürzte Hasso los, Herbert riss die Hand mit dem Messer hoch.

»Aus!«, schrie sein Vater, die Pupillen auf einmal riesengroß. Herbert rammte sein Damaszenermesser bis zum Schaft in das Reh und ließ es stecken.

Während des ganzen Wegs allein durch den Wald hielt er die Fäuste geballt. Hitze stieg in ihm auf, er spürte die Kälte nicht mehr, die nass in den Zweigen hing, nur sein eigenes Atmen in der Brust, das ihn bis in jede Zelle wärmte.

Eine Woche lang war Ruhe. Hasso ging stumm seiner Arbeit nach und blieb auf Beobachterposten. Mit Herbert sprach er kein Wort. Manchmal saß er abends im Polstersessel und stierte vor sich hin. Rosie kochte Tee aus Weidenrinden.

»Sein Wandersplitter«, sagte sie. »Das macht ihm wieder Schmerzen.« Sie legte den Finger an die Lippen. Alles im Haus hatte still zu sein, wenn Hassos Granatsplitter sich rührte. Herbert beugte sich über den Kessel mit den zusammengerollten Rindenstückchen, sie rochen wie etwas, das aus dem Sumpf gezogen worden war.

»Hoffentlich erstickt er dran.«

Das Herumgeschleiche widerte ihn an. Wie seine Mutter drinnen dicke Socken trug und bloß keine Schuhe, von deren Geklapper sich Hasso gestört fühlen könnte. Wie sie sich bei jedem Handgriff anstrengte, leise zu sein. Und trotzdem summte sie. Pfiff etwas vor sich hin, was kaum zu hören war. Sie stand da, sah aus dem Küchenfenster in den Wald, und Herbert fragte sich, ob sie tief drinnen träumte, ob sie vor langer Zeit eingeschlafen war.

Einmal in der Woche deckte Rosie den Stubentisch, legte die weiße Decke auf, weil das etwas Besonderes war. Jeden Sonntag spielten sie ein Theaterstück. Bloß sah niemand zu, und keiner klatschte. Das Schauspiel handelte davon, wie eine Familie zu sein.

Immer das gleiche Ritual. Herbert zog sich lange Hosen an. Sein Vater stieg auf einen Schemel und wechselte überall das Fliegenpapier. Rosie brachte den Braten herein. Früher tat sie das besonders feierlich, trug eine bestickte Serviette über dem Arm und hob die Brauen.

»Gentlemen!«

Früher mochte sie das Spiel. Heute sah sie nur noch

müde aus. In der Terrine lag ein massiges Wildschweinstück.

Schon beim Aufschneiden hielt der Klumpen dagegen, Rosie mühte sich mit dem Fleischmesser ab, bis Hasso aufstand und übernahm. Stumm tat er Herbert eine Scheibe auf, eine viel zu große. Rosie goss Soße drauf. Sie meinte es gut, mit viel Tunke kann man alles schlucken.

Bevor das Sonntagsessen richtig begann, kam noch die Stille. Hasso senkte den Kopf. Man musste schweigen und auf die Tischdecke starren. Es war wie eine Strafe oder ein Gebet, bei dem Herbert nie wusste, an wen es gerichtet war. Bestimmt wusste sein Vater das selber nicht. Manchmal lächelte Rosie ihren Sohn dabei an. Heute nicht.

Hasso griff nach dem Besteck. Etwas brummte, kreiste wirr durchs Zimmer und traf auf den frischen Fliegenfänger, der über dem Esstisch hing. Eine goldblau schillernde Schmeißfliege, mit ihren Beinen klebte sie im Leim. Hassos Messer kratzte über das Porzellan, als sollte es das Gesumm abschneiden. Herbert blickte auf seinen Schweineteller.

Das Fleisch war unvorstellbar zäh. Er kaute und kaute und beobachtete Rosie, die immer wieder einen Schluck Wasser nahm, um die Masse im Mund hinunterzubefördern. Sein Vater schluckte, und es sah nicht so aus, als ob er überhaupt etwas zerbiss.

Der Klumpen in Herberts Mund verlor schnell den Geschmack. Er schob den faserigen Ball in die Backentasche und legte das nächste Stück Wildschwein nach.

Die Schmeißfliege zappelte, heillos mit dem Papier verklebt, ihre Flügel drehten durch. Wie konnte etwas so bunt schillern und so hässlich sein?

Herberts Zähne mahlten sich durchs Fleisch. Seine Mutter schenkte ihm Wasser ins Glas, und er konnte nicht sagen, was für ein Blick das war. Eine Bitte an ihn, eine Aufforderung? Ein geheimer Weg hier raus? Wahrscheinlich wusste sie, was passieren würde, aber wie immer hielt sie den Mund. Er könnte jetzt aufstehen, sich ein Schneuztuch holen und den unzerkaubaren Brocken verschwinden lassen. Schlucken würde er ihn auf keinen Fall.

Hassos Gabelzinken rutschten über den Teller. Herbert stopfte Wildschwein nach. Vom Kauen tat ihm der Kiefer weh, die Backenzähne malmten auf dem Kloß herum, der noch mehr aufgequollen war. Das Zeug blähte ihm die Wangen auf. Er stopfte ein weiteres Stück dazu, drängte mit der Gabel alles rein, kriegte die Lippen nicht mehr zusammen. Sein Vater hörte zu essen auf. Speichel rann über Herberts Kinn, er spürte, dass unten ein Tropfen hing, der Fraß klebte zwischen allen Zähnen. Auf seinem Teller lag der letzte Bissen mit Soße, er spießte ihn mit den Zinken auf.

Das Zappeln der Fliege war vorbei, zu hören war nur noch Herberts Schmatzen. Er sperrte den Mund auf und rammte den Rest Wildschwein rein. Hasso erhob sich vom Tisch, Rosie auch, als könnte sie noch dazwischengehen. Jetzt erkannte er den Blick seiner Mutter. Es war Angst.

Hasso drückte das Rückgrat durch, hielt den Kopf

unbeweglich wie ein Soldat. Noch war er größer als sein Sohn. Herbert spuckte das durchgekaute Fleisch auf die weiße Decke.

Das Sonntagsessen war ein Berg aus Fasern, ein grauer Haufen. Als es losging, schlug Herbert zurück. Zum ersten Mal. Es ging eigentlich ziemlich leicht.

Seine Mutter nähte ihm die Augenbraue mit dunkler Nylonschnur. Bevor sie die Nadel durchstach, gab sie ihm eine Tasse Schnaps. Sie saßen in der Küche, von draußen schien Licht herein. Rosies Haar glänzte. Sie schnitt die Schnur am Auge ab und küsste ihn auf die Stirn.

»Fertig.«

Aus einer Zuckerdose hinten im Schrank holte sie eine Rolle mit kleinen Scheinen, Fünfer und Zehner, heimliche Reste vom Wirtschaftsgeld. Dann schnitt sie dicke Scheiben vom Brot. Wie entschlossen sie alles tat, dabei lächelte sie.

Viel zu packen hatte er nicht. Als Herbert nach draußen trat, stand seine Mutter am Küchenfenster.

Bevor er ging, trat er die Tür jedes Zwingers ein. Die Hunde zwängten sich in die Ecken, legten die Ohren an und machten sich klein, setzten kein Bein nach draußen. Nicht eins. Lieber verrecken sie. Die Hunde.

25

Es kratzte an der Tür. Verdammt laut. Wer wollte da rein um diese Zeit, war überhaupt zugesperrt? Er sollte sich einen Riegel vorhängen, eine stabile Panzersperre, damit keiner mehr eindringen konnte und machte, was er wollte.

Hawk öffnete die Augen. Das Kratzen kam nicht von der Tür. Das waren seine Zähne, die aufeinanderwetzten. Er griff sich an den Kiefer, und plötzlich baumelte da ein Schlauch. Stimmt. Jemand hatte ihn aus dem Wasser gezogen wie eine Scheißmeerjungfrau. Wer auch immer das getan hatte.

Jetzt war alles wieder da. Der Angreifer von der Brücke mit seinem Totschläger im Strumpf. Was für ein primitives Gerät, damit haut man Fischen vor den Kopf. Hatten Verfurths Leute nicht mehr zu bieten? Das Glitzern der Sonne, als er zu sich kam.

Er blinzelte. Die Bananen waren vom Nachttisch verschwunden. Jetzt stand da ein Tablett mit einem Teller, der drei Abteilungen hatte. In der größten Vertiefung türmte sich so was wie Kartoffelpüree. In den kleinen Dreiecken schwammen braune Soße und grüner Spinat. Die Soße erinnerte ihn an das Erziehungsheim, sie wurde aus Pulver zusammengerührt. Damals wurde sie den Ruf nicht los, mit Betäubungsmittel gestreckt zu sein.

Hawk tastete sich ab. Der Stirnverband war neu gemacht, die Bartstoppeln kamen ihm länger vor. Er zog die Nadel mit dem Schlauch aus dem Arm, Blut kam raus, er drückte den Finger dagegen. Nadeln hatte er noch nie gemocht. Sie schießen dir ihr Gift ins System, und eh du dich versiehst, hängst du fest. Lass sie am besten gar nicht erst rein.

Hawk richtete sich im Bett auf und aß den Teller leer, nur die Soße rührte er nicht an. Okay, für Krankenhausfutter sogar richtig gut. Er sah sich im Zimmer um. Gab es nicht so einen roten Knopf? Er hätte gern gewusst, ob die hier auch Nachtisch hatten. Vanillepudding. Oder Himbeergrütze. Wäre doch zur Abwechslung nicht schlecht, einfach liegen bleiben, ein schneeweißes Bett und immer ein Teller mit was drauf. Vielleicht gab es auch eine nette Krankenschwester, die ihm die Welt vom Leibe hielt. Aber er konnte keinen Knopf entdecken. Und es war klar, er musste hier schnell wieder raus. Wer sich nicht rührt, setzt Muscheln an. Er hatte nicht vor, im Liegen zu sterben.

Hawk schlug die Decke zurück und setzte sich auf. Seine nackten Beine guckten aus dem Hemdchen. Er schaute nach, keine Unterhose. Was hatten die mit seinen Sachen gemacht?

Er schwankte zum Bad. Das lädierte Ohr schlug ihm aufs Gleichgewicht. Vor dem Spiegel wickelte er den Verband ab, da musste Sauerstoff ran. Er sah aus wie nach der Lobotomie. So heißt das doch, wenn sie dir im Hirn rumfuhrwerken, weil sie denken, dass da was nicht stimmt.

Die Stacheln des blauen Plastikfadens ragten aus den Wundrändern raus, drum herum verfärbte Haut. Und dann noch dieses Leichenhemd, Schluss damit, Hawk löste das Schleifchen auf seinem Rücken, die Kluft rutschte an ihm hinab.

Er klappte die Klobrille hoch, und es dauerte einen Moment, bis sich was regte, dann kam blutige Pisse. Hoffentlich hatte das nichts zu bedeuten. Er knallte den Deckel wieder runter, es klang wie ein zudonnernder Sarg. Aber sein Grab war das nicht. Zurück im Zimmer machte Hawk das Fenster weit auf und sah nach draußen, ganz schön weit oben, die Luft strich ihm über die Haut. Ob er lange tot gewesen war? Unter Wasser, im stinkigen Kanal? Wo ihm dieses Wesen das Tor aufhielt.

Ein Windzug griff ihm ins Brusthaar. Er füllte sich bis zum Anschlag die Lungen voll.

Unten im Hof fuhren Leute mit Rollstühlen rum. Viele rauchten oder schauten in ein Buch, ein Groschenheft, einen Beipackzettel, irgendwas, um die Zeit zu vertreiben. Ein Mädchen im Bademantel schob ihren Tropf spazieren. Besucher kamen und gingen, manche hatten in Cellophan gewickelte Sträuße dabei. Keiner sah nach oben, sah ihn nackt am Fenster stehen.

Hawk hörte das kehlige Motorradbollern, noch bevor die Maschine am Eingang vorfuhr. Hatte er den Sound schon mal im Ohr gehabt? Das kam davon, wenn man nicht aufpasste, wenn man tagelang in die Federn schnarchte, während draußen das Spiel weiterlief. Der Typ parkte seine Mühle, eine schwarze Honda mit einem mächtigen Seesack dran, ganz schön schnelles

Gelöt. Dann lief er zielstrebig auf das Krankenhaus zu, den schwarzen Helm noch auf dem Kopf, er rauchte durchs offene Visier. In einer Qualmwolke zog er den Stummel aus dem Mund und warf ihn in einen Betonblumenkübel. Eine Hand verbarg er in der ausgebeulten Tasche seiner Lederjacke. Verdammt.

Wenn du deinen Gegner aus den Augen lässt, endest du als Wasserleiche oder als weiße Striche auf dem Pflaster mit Kurzmeldung im Abendblatt. Er hatte die Deckung zu lange untengelassen.

In der Hoffnung auf seine Klamotten oder was immer davon übriggeblieben war, stürzte Hawk zum Schrank, aber bis auf eine Bettpfanne war alles leer. Er versuchte es beim Nachtschränkchen, und halleluja, da lag der Schlüsselbund. Mit dem Schließfachschlüssel, Nr. 175, seiner Lebensversicherung.

Er zog das Bettlaken von der Matratze, wickelte sich ein und öffnete vorsichtig die Tür. Ein Geschirrwagen stand auf dem Flur, jemand verschwand in einem der Zimmer, ein langer Gang, ein Gummibaum, und dahinten ein Treppenabsatz. Bloß raus aus dem Stockwerk. Hawk fächerte die spitzen Enden der Schlüssel wie Krallen zwischen seinen Fingern auf, keine schlechte Waffe für den Anfang, für den Überraschungseffekt. Dann huschte er los. Als ein Teller klapperte und Stimmen zu hören waren, duckte er sich hinter den Gummibaum, ein monströses Gewächs, das hier sicher seit Jahrzehnten verstaubte. Schritte kamen näher. Er kauerte sich an den Blumentopf. Eine Wolke aus kaltem Kippenrauch wehte über ihn hinweg. Nur kurz konnte er durch die

Blätter spähen und Verfurths Handlanger von hinten sehen. Der Lederknecht trug seinen Helm unterm Arm, schwarzes verschwitztes Haar klebte ihm am Nacken, an den Füßen durchgelatschte Motorradstiefel. Er verschwand in Hawks Krankenzimmer. Dich schnapp ich mir auch noch, aber nicht ohne Klamotten, eins nach dem anderen. Er sprintete zur Treppe, unter dem Tuch pendelte sein Geschlecht, der Schlüssel bohrte sich in seine Hand.

Niemand würde ihn aufhalten können. Einen Stock tiefer probierte er die Türen durch, bis sich was fand. Der Typ im Bett hatte eine Maske auf, durch die ein Blasebalg seine Brust aufpumpte. Er verdrehte die Augen bis ganz nach außen, um mitanzusehen, wie Hawk sich durch seinen Kleiderschrank grub. Die Sachen passten halbwegs, nur die Schuhe waren eine Nummer zu groß.

»Die Plünnen brauchst du eh nicht mehr, was?«

Hawks Stimme klang rau, als wär sie kaputtgeschrien. Der Mann grunzte unter seiner Maske.

»Hast was gut bei mir«, sagte Hawk.

26

Er betrat die Bank, und die Leute fingen an zu tuscheln. Klar, dass sie sich das Maul zerrissen, wenn einer angezählt aussah, fühlten die sich gleich wie erste Garnitur. Dabei hatten die Herren von der Kreditanstalt mit Abstand die schietigsten Finger. Außerdem war es doch wohl kein Verbrechen, mit einem Faden in der Birne rumzulaufen.

Hawk reihte sich bei einem der Schalter ein, ließ den Schlüsselanhänger baumeln und kreisen. Ob's denen passte oder nicht, gleich würden die Herren ihn durch ihre heiligen Hallen zu den Schließfächern führen.

Verdammt. Er steckte das Ding zurück in die Faust. Er hatte keinen Ausweis mehr. Mit so was waren die Finanzdiener so kleinkariert. Er sah sich um, gab es nicht doch eine Möglichkeit? Da saßen die Büttel hinter den Plexiglasscheiben, machten auf bieder, stapelten fremder Leute Moneten, andere hingen am Telefon, jubelten Bausparverträge unters Volk. Kapitalkriecher, bereit zu jedem Deal, wenn nur der Hemdkragen ordentlich saß und die eigenen Schafe ins Trockene kamen.

Am hintersten Schalter hackte ein Schlipsträger was in den Taschenrechner. Sieh an, diese weiße Weste kannte er doch. Bei dem stellte er sich jetzt an. Der Opa vor ihm drückte sich die Aktentasche fest an die Brust.

Als Hawk an der Reihe war, kriegte der Büttel einen roten Kopf, das war gut, der erinnerte sich.

»Ich muss ans Schließfach.«

Er hielt den Schlüssel hin und senkte die Stimme.

»Das Passwort ist Fliegender Holländer.«

»Äh, ja«, machte der Büttel, blätterte einen Karteikasten durch, holte Hawks Kärtchen raus.

»Das Passwort stimmt überein. Jetzt müsste ich noch Ihren Ausweis sehen.«

»Hab ich grad nicht einstecken. Aber wir kennen uns ja.«

Hawk zwinkerte, das machte er sonst nie, es ziepte an seiner Stirnwunde.

»Aber der Ausweis ...«

Hawk fixierte den Büttel. Der war regelmäßig mit seinen sauberen Kollegen über die Meile gezogen, auf der Suche nach Koks, um es nach Feierabend richtig krachen zu lassen. Nur hatte der kein Auge für die Kerls vom Straßenverkauf, und Hawk hatte ihm ein paar Mal sagen können, wo Verfurths Stoffhöker in den Ecken standen.

»Weiße Dame für den Herrenabend.«

Hawk zwinkerte wieder, echt unangenehm. Der Büttel berechnete seine Chancen, aus dieser Nummer heil rauszukommen. Hawk rieb den Fingerknöchel übers Nasenloch und machte ein Schniefgeräusch.

»Gut, danke!«, sagte der Typ mit extra lauter Stimme. Dann zückte er den Stift, trug Datum und Uhrzeit auf der Karteikarte ein.

»Unterschreiben Sie hier.«

Hawk ließ sich durch einen Teppichgang zum Tresorraum bringen, der Büttel schloss die erste Sicherung auf und machte sich eilig dünn. Hawk ging noch einmal zur Panzertür und horchte, aber der Teppich schluckte jeden Laut.

Er öffnete das Fach Nr. 175 und holte die Metallkassette raus. Noch ein Blick zur Tür, dann klappte er den Kasten auf. Da lag sie, kompakt und zuverlässig. Die Knarre hatte er sich damals besorgt, als es auf dem Kiez ungemütlich zu werden begann. Eine Puste am Mann war gut fürs Rückgrat, auch wenn er den Finger am Abzug nicht krumm machen wollte – zumindest nicht, solange es anders ging. Das Schöne an der Glock war ihre Topmechanik. Er hatte sie noch nie gereinigt und nicht vor, es je zu tun. Sie traf auch ohne Putzprogramm. Immer entsichert, sofort feuerbereit, man musste nur bis zum Anschlag durchziehen.

Hawk schob sich die Pistole vorn in den Hosenbund, darüber das T-Shirt vom Kerl mit der Lungenmaschine. Dann nahm er das Notizbuch aus der Metallkassette und schnüffelte dran. Verfurths Bibel. Erstaunlich, dass das Ding einem nicht den Atem verschlug. In Leinen gebunden, ein ekliger Stoff und grau wie die Farbe von Verfurths Augen, er schabte mit dem Nagel drüber.

Die Schrift war winzig, wie unter dem Mikroskop. Penibel in die Seiten gegrabene Zahlenkolonnen, jeder Strich kerzengerade. Verfurth hatte alles nach einem Nummernsystem codiert, seine Warenmengen, Umsätze und Kontakte. Die Zahlen ratterten übers Papier, die Kilos, die Tonnen an Gift, die sich andere durch die

Venen jagten, das waren Millionengewinne, die zuverlässigsten Händler, Geldwäscher, Transporteure, jeder, der auf der Gehaltsliste stand, dieser durchgeschmierte Apparat. An manchen Stellen war eine Zeile durchgestrichen, Namen, exakt mit dem Lineal ausgetilgt.

Das graue Notizbuch hatte auf dem Tisch gelegen, als Hawk zu Verfurth vorgelassen wurde, zwei Kerle fuhren mit ihm bis in den obersten Stock. Eine Reihe kleiner Jobs hatte er da schon erledigt, immer korrekt, und jetzt wurde es ernst. Das Vorstellungsgespräch. Die Wachhunde blieben draußen vor der Tür.

»Hast du gedient?«

Das war immer die erste Frage, wie Hawk später erfuhr. Verfurths blasse Augen stierten durch die Brillengläser. Das Büro roch wie frisch sterilisiert, kein Staubkorn überlebte hier. Keine Fotos von selbstgezeugten Kindern spielten sich auf, keine Bestechungsgeschenke, teure Tropfen, keine Kakteen standen rum oder womit die Leute sonst so versuchten, einen auf Esprit zu machen. Der Raum war nüchtern wie nur was, alles hatte Funktion. An der Wand hing ein einziges Bild, ein schwarzblitzendes Quadrat. Falls das Kunst sein sollte, passte sie hier rein, fleckenlos und abwischbar.

Auch der Schreibtisch war sagenhaft aufgeräumt, jedes Papier lag im rechten Winkel, die Füllfederhalter mit der Spitze nach vorn. Das Notizbuch auf Kante. Das Ding war so was wie Verfurths Gehirn. Bestimmt nahm er es mit ins Bett, vorm Einschlafen glitten seine Finger über die perfekten Zahlenkolonnen, fein wie Fliegenbeine.

Hawk klemmte sich auch die Bibel in die Hose. Das Buch war gefährlicher als die Glock. Nachdem es verschwunden war, herrschte wochenlang Alarm. Einer hatte damals dran glauben müssen, weil er angeschwärzt worden war. Der Falsche.

Er schob die leere Kassette ins Schließfach zurück. Kurz kam ihm die Idee, einen Zettel reinzulegen. Mit einer Nachricht drauf, falls was schiefgehen würde. Für den, der am Ende übrigblieb, dem dieser Schlüssel in die Hände fiel. Aber was gab es groß zu sagen?

Hawk lief über die Reeperbahn, vorbei an der Bullenwache, er sah zu, dass er den rostroten Backstein schnell hinter sich ließ. Dunkle Figuren reckten sich aus der Fassade, als wollten sie gleich ihre Hälse drehen. Klar, die Kommissare würden sich die Finger nach Verfurths Bibel lecken, die würden Nachtschichten schieben, um den Code zu knacken. Wahrscheinlich hing die halbe Stadt mit drin. Das graue Buch war Verfurths einzige Schwäche. Er hielt es nicht aus, sich nichts zu notieren. Erst, was er ins Papier gegraben hatte, gehörte ganz ihm. Irgendwo in den Zahlentruppen steckte auch Hawk.

Doch damit war jetzt Schluss. Die Bibel war sein Pfand. Sie hatte zwar einige Jahre im Schließfach verbracht und war nicht auf dem neuesten Stand, aber das Material blieb heiß genug, um ein paar Forderungen zu stellen. Dass Verfurth ihn in Ruhe ließ. Seine Knechte an die Leine pfiff. Hawk war kein kleines Licht aus der Sklavenarmee, das man bestrafte, wenn man Lust drauf bekam. Man zündete ihm nicht das Leben an.

Und damit Verfurth das checkte, brauchte er jetzt die einzige Person, der in diesem Sumpf noch zu trauen war. Nachdem Lu nicht mehr in Frage kam.

Er hoffte, dass Zweimeter-Inge noch am Laufen war. Angefangen hatte sie hier draußen auf der Straße, aber das viele Rumstehen ging ihr aufs Kreuz. Also setzte sie alles daran, es um die Ecke hinter eins der Fenster zu schaffen. Da konnte sie sich gemütlich in die Kissen lümmeln und sich den Kerlen präsentieren wie das edelste Stück beim Juwelier.

Hawk ging durchs Tor, und die Frauen legten los mit dem Geklopfe.

»Süßer, hast was an den Kopp bekommen?«

»Magst dich trösten lassen, Tiger?«

Er fand Inge ganz hinten unter dem blauen Licht. Sie lehnte sich aus dem weit geöffneten Koberfenster.

»Wie siehst du denn aus?«

Dabei war sie selbst reichlich angelebt. Aber er hatte nicht vor, viele Worte zu machen.

»Hör mal, kannst du was für mich aufbewahren?«

Er zog das Buch aus dem Hosenbund. Inges Blick blieb an der Knarre hängen, er strich das T-Shirt wieder glatt.

»Tu's irgendwohin, wo es sicher ist. Und falls mir in nächster Zeit wer die Kerze ausbläst, trägst du's rüber zur Davidwache.«

Zweimeter-Inge kräuselte die Augenbrauen, dünne Schlangenlinien. Die lila Schminke darunter uferte bis zu den Schläfen aus.

»Bei dir sucht kein Mensch danach.«

Er riss eine Seite aus dem Notizbuch, irgendwo aus der Mitte, das Blatt würde der Beweis für Verfurth sein. Eine der geduckten Zahlenreihen war ordentlich durchgestrichen, wie bei dieser Herzmaschine im Krankenhaus, wenn da nur noch eine Linie war.

Hawk hielt Inge die Bibel hin.

»Tust du das für mich?«

Zweimeter-Inge schüttelte den Kopf.

»Es stimmt also, was Ludovica sagt. Du bist wieder auf Geisterfahrt.«

Nicht zu fassen. Steckten die alle unter einer Decke? Wie kam Lu dazu, gegen ihn Front zu machen?

»Wenn du nicht willst, brauch ich deine Hilfe nicht.«

»Ach ja? Und wer hilft dir dann? Das Ding in deiner Hose?«

»Ich weiß, was ich tu.«

»Red kein Quatsch.«

Das blaue Licht schimmerte auf Inges Haut. Ihr Make-up warf grimmige Schatten, die schweren Wimpern fauchten ihn an. Bei wem sonst sollte er die Bibel unterbringen? Hakenkreuz-Eddi? Auf keinen Fall. Und Mahmoud hielt sich aus allem raus, was zu gefährlich für seine Geschäfte war. Notfalls bezahlte er wen dafür, bloß womit? Er drückte die Hand auf die Stirn, da, wo es pochte.

»Ich dachte, du stehst auf meiner Seite.«

»Warst du damit überhaupt beim Arzt?«

Inge guckte besorgt.

»Hab schon verstanden«, sagte Hawk. »Mach ich's eben allein.«

Er schob das Buch zurück in den Hosenbund. Inges Blick zog sich zusammen wie eine Zitrone.

»Jetzt warte mal.«

»Ich hau ab. Ich verderb dir eh nur das Geschäft. Wenn du nichts mehr hörst, dann war's das mit mir.«

»Meine Güte!« Inge griff durch das offene Fenster nach seinem Arm.

»Jetzt komm rein hier und erzähl mir die ganze Geschichte. Ich will hören, was Sache ist.«

»Kommt nicht in Frage«, sagte Hawk. »Besser ist, du weißt von nichts.«

»Aber ich schweig wie'n Grab.«

Sie holte ihn näher. Aus ihrem Schaufenster roch es nach süßem Parfum, irgendwie nach Kuchenguss.

»Wenn's gut geht, erzähl ich's dir, ja?«, sagte Hawk. »Versprochen.«

Zweimeter-Inge schüttelte den Kopf.

»Du brauchst keine Angst zu haben«, sagte er.

»Aber du.«

»Nicht, wenn ich weiß, dass das Ding sicher unter deiner Matratze liegt.«

Inge seufzte von ganz tief unten. Er holte das Notizbuch wieder raus.

»Wenn ich in vierundzwanzig Stunden nicht wiederkomm, dann wirf es bei der Wache ein.«

»Du bist wirklich die Pest.«

Doch sie nahm es und vergrub es in ihrer Pailletten-Handtasche, der Verschluss schnappte mit einem lauten Klick zu. Dann strich sie ihm über den Arm.

»Idiot.«

»Wird schon«, sagte Hawk. Seine kratzige Stimme kippte ein bisschen, aber das war die Heiserkeit.

Er war schon fast wieder beim Tor, da rief sie ihm noch was hinterher.

»Du weißt, wie sehr Lu dich mag?«

27

Auf dem Weg zu den Schlachthöfen kam er an unzähligen Kneipen vorbei, aber komisch, er hatte keinen Drang, reinzugehen, obwohl es früher Abend war. Dabei ruderte er schon ewig auf dem Trockenen. Kein kleiner Kurzer – für die Stabilität besser zwei –, kein Blondes, um in die Ruhe zu kommen und auf dem Bierdeckel die Strategie durchzugehen, er brauchte das nicht, er war klar wie nie.

Die Glock schmiegte sich warm an seine Hüfte, der Himmel goss das letzte Tiefblau über ihm aus. Die Blicke der Leute kratzten ihn nicht.

Er konnte nicht sagen, was ihn damals geritten hatte, als er in Verfurths Büro eingebrochen war. Wobei einbrechen nicht ganz stimmte, schließlich war die Tür nur angelehnt, und alle Posten rannten kreuz und quer, niemand war an seinem Platz.

Nach seinem Einstellungsgespräch hatte er keine Neigung gehabt, diesen bis in die letzte Ecke geleckten Raum je wieder zu betreten. Was er auch nicht musste, denn die Aufträge kamen über den Kontaktmann rein, und die oberste Etage blieb ohne Vorladung tabu. Nach seinen Touren fuhr er den Wagen mit der Ware in die Garage, gab den Schlüssel ab, und das war's. Der Lohn kam später, wenn alles geprüft und in Ordnung war.

An diesem entscheidenden Tag brachte er einen silbernen Audi zurück, so eine Fließhecklimousine, die auf Aerodynamik machte, und er war schon längst ausgecheckt, offiziell gar nicht mehr da. Nur war die Fahrt diesmal volle Tortur gewesen, ewig kein Schlaf und dazu mieses Wetter, das Scheibenwischerpendel benebelte ihn, er war von den Zehen bis hoch zur Speiseröhre vollgepumpt mit Kaffeecognac und Captagon. An der ersten Raststätte hinter der deutschen Grenze zwang er sich zur Futterpause, Substanz in den Magen, Proteine und so, aber das Fleisch hatte wohl Stich. Als er endlich in Verfurths Revier und in die Cargogarage rollte, war sein Mageninhalt mächtig durchgeludert.

Nach der Schlüsselübergabe verschwand er im Treppenhaus auf dem Klo. Der Boden war eiskalt und bis in die Ritzen gewischt. Der Pissstein in der Toilettenschüssel roch wie ein Blumenstrauß, sofort kam ihm das alte Schnitzel hoch.

Das alles dauerte seine Zeit, auf jeden Fall klatschte er sich gerade Wasser ins Gesicht, da hörte er von oben Bambule, ein Scheppern und Gebrüll. Irgendwas daran machte ihn wach, zog ihm die Kopfhaut wieder straff. Er schlich hoch und spähte durch den Türspalt ins Foyer. Dort rannten Kerle die Treppe runter und auf den Ausgang zu, offensichtlich Großaufgebot, manche mit Kanone in der Hand. Selbst der Typ vom Empfang griff sich die Eisenstange, die unter dem Tresen hing, und stürmte nach draußen. Eine Glaswand war zu Bruch gegangen, es sah aus, als hätte jemand seine Klunker verteilt. Vielleicht hatte wer Löhnungsschwierigkeiten und bekam jetzt das Echo ab, oder einer machte auf feindliche Übernahme, das kam vor, aber Verfurth verteidigte seine Stellung am Markt, er glaubte nicht an Konkurrenz. Bisher war er immer Nummer eins geblieben.

Auf dem Hof schrie jemand, wie durch die Leber gepiekt, und dieses stumpfe Ploppen war zu hören, das Schüsse mit Schalldämpfer machen. Hawks Blick fiel auf den Fahrstuhl, der offen stand, die Kabine war leer. Aus dem Aufzug fiel ein eigentümliches Licht. Die Knopfleiste mit den polierten Zahlen strahlte ihn an.

Das sind so Momente, da trifft dich die Entscheidung, bevor du sie selber triffst. Er bekam dieses Bild aus einem Film vor Augen, in dem ein Hochhaus brannte. Alle rannten sie kreischend die Treppen runter, nur der Held machte sich auf den Weg nach oben, Stufe für Stufe, denn der war Feuerwehrmann. Der wusste, wenn überall Chaos ist, muss einer die Ruhe bewahren. Und tun, was keiner tut.

Hawk drückte den glänzenden Fahrstuhlknopf.

Sein Herz raste mit jedem Stockwerk mehr. Sein Finger schwebte vor den Nummern, noch könnte er woanders stoppen, die 4, die 5, alles besser, als ganz nach oben durchzuziehen, aber seine Hand bewegte sich nicht. Wär gut, sich was zurechtzulegen, wenn gleich alles voll mit Lederknechten war, so ein Spruch, dass er nur helfen wollte wegen dem Krawall, aber hier hochzufahren war komplett verboten, da nützte das rührseligste Märchen nichts.

Die Tür glitt auf. Hawk hielt die Luft an. Da war kein

Laut. Er lehnte sich vor und sah die Schleifspuren auf dem Flurteppich, ein paar dunkle Sprenkel, ein Fußabdruck an der Wand. Er machte einen Schritt aus dem Aufzug und trat neben ein Haarbüschel. Blond, dahinten noch eins. Wie eine ausgelegte Fährte, die in eines der Zimmer wies. Zuerst spürte er die Gänsehaut auf den Armen, dann das Surren in der Entfernung, das beim Näherkommen schriller wurde. Verfurths Spitzname. Zahnarzt.

Angelegenheiten, von denen du die Finger lassen solltest. Wie der Notausgang im Flugzeug, den nie einer öffnen darf. Dabei juckt es doch allen in den Fingern, einmal kräftig am Hebel zu ziehen.

Oder nicht?

Hawk betrat Verfurths leeres Büro. Auf dem Schreibtisch lag alles an seinem Platz, in Reihe, auf Linie gebracht, ganz unten auf Kante die Bibel, das graue Heiligtum. Unbewacht. Das Surren kam von nebenan, drang durch den Beton, darunter mischte sich ein neuer Ton, als ob jemand zu singen versuchte, nur viel zu hoch. Hawk entdeckte das kleine Quadrat an der Wand. Er erinnerte sich an sein Vorstellungsgespräch, da hatte er dieses schwarze Bild gesehen, nur war das keine Kunst für Großkotze mit zu viel Schotter, das war eine Fensterscheibe in den Nachbarraum. Die jetzt durchsichtig geworden war, denn nebenan brannte Licht.

Ein knapper Blick reichte vollkommen.

Hawks Körper schnellte auf die Zehenspitzen und wollte sofort in den Rückwärtsgang, doch bevor er den Geist machen konnte, zwang er sich ruckartig nach vorn und schnappte die Bibel vom Tisch. Hätte er noch Spucke im Mund oder einen Rest Säure im Magen, hätte er am liebsten mittenrauf gerotzt, auf die fein sortierten Papiere und Füllfederhalter, die sagrotanblanke Makellosigkeit, keimfrei und clean, während auf den Straßen und in den Hinterzimmern die Leute an dem Gift verreckten, das durch Verfurths Taschen floss.

Als er durchs Treppenhaus floh und unten durch die Garage, versuchte, nicht mal mehr ein Schatten zu sein, kein Hauch in der Luft, den eine Kugel hätte zerfetzen können, wurde er nicht los, was er gesehen hatte. Verfurths konzentrierte Miene, der vibrierende Bohrer in seiner Faust, die Handlanger, die den blonden Mann in den Zahnarztstuhl pressten, die Spritzfontänen aus dem klaffenden Mund, der mit einem Metallgestell weit aufgesperrt war, und das Gewimmer wie von einem Kind, das längst aufgegeben hat, laut zu heulen, weil ihm sowieso niemand zu Hilfe kommt.

Sobald Hawk vom Gelände runter war, kriegte er das Flattern. Nur eine Frage der Zeit, bis Alarm geschlagen würde, und vielleicht hatte doch wer sein endloses Würgen überm Lokus registriert. Das graue Buch brannte ihm in den Händen, was hatte er sich nur gedacht? Das war kein geklautes Einmachglas. Er sollte es in der Elbe versenken, bevor es ihn mit in die Hölle zog. Seine Zähne würden einknicken wie weiche Knie. Die nackten Wurzeln aus seinem Kiefer schlackern.

Aber vielleicht hatte ihn tatsächlich keiner gesehen.

Dann hätte er ein Loch in Verfurths Universum gerissen, eine offene Wunde, durch die das Chaos sickerte, der Dreck, die Bakterien, die sich durch die Allmacht fraßen, Kakerlaken, die überall ihre Eier legten, nachts an der Wand hochliefen und sich in Verfurths Maul fallen ließen.

Leichenblass und in zittrigem Triumph war Hawk zur Bank marschiert und hatte das Schließfach eröffnet. Die kommenden Wochen nahm er die Glock sogar mit aufs Scheißhaus. Der Mensch will ja in Würde sterben.

Tatsächlich gab Verfurth ordentlich Schraube, sämtliche Aufpasser bekamen ihre Strafaktion, und als endlich ein Opfer ausgemacht war, stiegen alle drauf ein, nur um Ruhe zu haben. Die Nachricht ging von Mann zu Mann: Der Verräter ist gefasst. Hawk setzte sich in die nächstbeste Kneipe und füllte sich bis zur Tischkante ab. Er war aus dem Schneider. Und irgendeine arme Sau war weggemacht.

Ein, zwei Jahre verdiente er weiter gutes Geld mit den Touren, die Cargo GmbH zahlte wie eh und je. Bis zum Unfall, bis zum Knast.

Jetzt war er wieder hier. Es fühlte sich an, wie rückwärts durch die Zeit zu gehen. Alles umgedreht – mit jedem Schritt senkte sich sein Puls, bald war er im Minus, unter null. Die Angst war ihm verloren gegangen, sie lag noch im Kanal.

Er hörte nicht mehr auf die Befehle. Nicht von Verfurth, nicht von Hasso. Jeder Schuss musste sitzen, jede falsche Bewegung wurde bestraft. Jetzt kam ihm auch Pik-Johnny hoch, was hatte er für den Typen geschuftet, für Johnnys Rolex am Arm. Als er schließlich erwischt worden war, der kleine Herbert mit den Hosen voll

Schmuggelfracht, da hatte er dichtgehalten. Ehrensache. Was konnte ihm schon das bisschen Jugendarrest?

»Ich hol dich da raus«, hatte Pik-Johnny gesagt. Und hinter dem Rücken die Finger gekreuzt.

Erziehungsheim, Kommiss und der Knast, immer wirst du auf die Schiene gesetzt. Und wenn du nicht mitziehen willst, frisst du die Faust. Kerle, die sich gegenseitig an den Nippeln drehen, um gefühllos und hart zu werden. Die sich Stacheldraht um den Hals tätowieren. Du willst der Sieger sein und hängst längst steifgefroren überm Gartenzaun. Die Wutsplitter eitern dir durchs Blut.

Aber er hatte genug, er würde sich den Stachel selbst rausziehen. Und zwar hier, im verdammten Sperrbezirk.

28

Da braute sich was zusammen. Hawk erkannte die Burschen in den Lederkutten, die sich in den Ecken postierten, das war Verfurths Brut. Ihre Blicke klebten sich fest an ihm, sollten sie doch, er war nicht gekommen, um den Schwanz einzuziehen. Ein paar lösten sich von der Hauswand und folgten ihm. Auch der Typ in der Telefonzelle drehte sich um. Der hielt den Hörer am Ohr und klappte mit der anderen Hand seine Jacke auf, damit Hawk das schwere Holster sah. Kurz war er versucht, sein Shirt hochzuziehen – was du hast, hab ich auch. Aber wozu das Drohgeknurr? Seine wichtigste Waffe war ein Blatt Papier.

Die Schlachthöfe bauten sich vor ihm auf. Mittendrin der Cargoturm. Am Eingang rottete sich eine düstere Herde zusammen, das Empfangskomitee. Verfurth nahm die Sache ernst.

Hawk hörte das Motorrad näher kommen und erkannte den harten Sound, sein Todesengel, der fehlte ja noch. Verfurths Bastard, der am Kanal mit ihm über Bord gegangen war. Der wollte die Sache wohl zu Ende bringen. Denn jetzt beschleunigte die Honda am Ende der Straße, schaltete blitzschnell hoch und hielt auf Hawk zu. Der Lederknecht hatte seinen Helm auf dem Kopf, raste ran wie eine Billardkugel, die Schwarze

Acht. Die Fußtruppen suchten reflexhaft Deckung, nur Hawk blieb stehen. Was sollte die Nummer? Wieso machte der jetzt auf Soloshow?

Die ersten zückten ihre Kanonen, die Maschine jaulte auf. Der Lederkerl schrie etwas unter seinem Visier, trat auf die Bremse, der schwere Kessel schlitterte auf Hawk zu. Hawk rannte los, eine Hand erwischte ihn am Rücken, fasste sein Shirt, und es tat einen Ruck, aber er war nicht zu stoppen, er rannte mitten auf Verfurths Hof. Im Lauf bemerkte er den Windzug am Körper, der Stoff war zerrissen und die Klamotten verrutscht, die unter den Gürtel geklemmte Glock lag frei. Verflucht, das war nicht gut, das war wie das Angriffssignal. Der Rest der Meute sprang aus den Löchern und legte auf ihn an.

»Stehen bleiben! Waffe weg!«

Hawks Hände schnellten hoch, über seinem Kopf schwenkte er jetzt die Bibelseite, als könnte sie Kugeln abwehren. Der erste Schuss ging mittendurch. Der nächste traf sein Bein. Hier also würde es zu Ende gehen, gleich öffnete sich der Himmel für den Regen aus Blei, der letzte Tropfen direkt ins Herz.

Aber dann spuckte es Feuer über den Hof, Verfurths Trupp stürzte auseinander, und Hawk ließ sich fallen, dabei hatte er aufrecht abtreten wollen. Er rollte über den Boden, etwas Heißes zischte über ihn weg und explodierte am Eingang vom Cargoturm.

Hawk warf sich rum, nicht zu fassen, der Lederknecht schmiss Molotows. Schon züngelte seine Zippoflamme den nächsten Benzinlappen hoch.

»Spring rauf!«

Das Gesicht unter dem Schwarzhelm war nicht zu erkennen, Hawk schnallte nur, dass der Kerl kein Sklave von Verfurth war.

»Komm schon!«

Dann schleuderte er seine Spritbombe. Hawk wollte hoch, aber das Bein gab nach, und der Schmerz hebelte ihn fast von den Füßen, er konnte nur noch hüpfen, wie ein Kriegsveteran. Die Honda puckerte, wartete auf ihn. Der Kerl legte die Hand aufs Gas. Hawk stolperte auf die Maschine zu, versuchte, etwas von der Visage zu sehen, aber die Spiegelung im Visier zeigte nur seine eigene Fratze. Hawk schwang sich auf den hinteren Sitz, das vermasselte Bein zuerst. Hoffentlich war keine Arterie durchsiebt, hoffentlich lief er nicht aus. Eingequetscht zwischen Vordersitz und Seesack am Heck griff er den Kerl um die Hüfte, und der riss am Gas. Hawks Stirnwunde knallte auf den Helm, die Maschine stürmte los. Kalter Kippendunst legte sich um ihn, kam dem Typen aus jeder Pore. Hawk krallte sich in die Lederjacke und versuchte, sein Bein in den Blick zu kriegen. Die Hose färbte sich unten dunkel, er markierte die Straße mit seinem Blut und sollte sich schleunigst die Wunde abbinden, nur schwer zu machen bei voller Fahrt.

Sie fegten auf die Kreuzung zu, und Hawk verdrehte den Hals, um nach Verfurths Gefolge zu sehen – da stürzte schon eine Horde Kawasakis aus den Feuersäulen, machte Jagd auf die Schwarze Acht. Die Honda warf sich in die Kurve, rutschte knapp zwischen zwei Autos durch, die braven Bürger hupten vor Schreck. Jetzt wäre der Moment, sich fallenzulassen, runter von diesem Todesofen, solang es noch ging, solang die Kawasakis nicht dicht am Auspuff klebten oder der Kerl ihm wieder eins überbriet, aber wie weiter auf einem Bein?

Die Honda schmetterte über eine rote Ampel und setzte ein Hupkonzert in Gang, Blech krachte aufeinander, Hawk schielte über die Schulter. Eine Kawasaki hatte sich unter einen Laster gelegt, ihre Räder drehten in der Luft, zwei andere holten auf.

Schon wieder sprang eine Ampel auf Rot. Mit einem Zug am Gas ließ der Kerl die Honda aufröhren, Fußgänger sprangen aus dem Weg, jemand warf ihnen eine Bierdose nach. Die Maschine sprintete an einem Linienbus vorbei, Nasen drückten sich gegen Fensterscheiben, die Verfolger jagten hinterher. Hawk konnte ihre gebleckten Zähne sehen, so nah waren sie. Dann zog ein Kawasakimann seine Waffe und richtete sie auf Hawk, aus der kurzen Distanz ein leichtes Spiel. Automatisch griff Hawk nach der Glock.

Die Honda ruckte sofort zur Seite und schrammte einen BMW. Der Lederkerl löste die Linke vom Lenker, schlug nach hinten, schlug Hawk die Waffe aus der Hand, sie segelte über die Fahrbahn. Am Straßenrand warfen sich Leute hinter einen Kinderwagen. Als ob das noch wichtig wär, ratterte Hawk durch den Kopf, wer ihm die Glock besorgt hatte. Sie war unregistriert, aber voll mit seinen Fingerabdrücken. Und die lagerten auch in der Bullenkartei. Egal, denn die Kawasaki legte wieder an, die Honda knickte zur Seite, und Hawk kniff die Augen zu, bevor er am Asphalt zerschlug, nur blieb der Aufprall aus, und sie preschten von der Straße auf den Bürgersteig. Leute kreischten und rollten sich in den Dreck, war doch irre, alle wussten, wie man aus der Schusslinie sprang, wenn endlich der Tag gekommen war, in jedem krummgebuckelten Krawattenträger steckte noch ein Rest Fluchtinstinkt.

Da kam die nächste Kawasaki – und zwar von vorn –, bretterte über den Fußgängerweg. Die Honda hielt drauf zu. Der Lederkerl war auf Kamikaze aus – oder er hatte einen anderen Plan, das begriff Hawk aber erst, als er vor sich den Bunker sah und daneben den Eingang mit der schwebenden Schrift, die drei bunten Buchstaben DOM, das sich behäbig drehende Riesenrad, das Spruchband *Herzlich Willkommen*. Die schlendernden Besucher, noch kein Riesengedränge, weil's erst früher Abend war, aber genug Seelen auf den Beinen für den finalen Zusammenknall.

Die Honda brach zur Seite aus und kesselte auf den Rummelplatz. Ein Gekreisch wie bei der Fahrt durchs Gruselkabinett, nur war der Horror in den Augen der Leute echt und nicht für billige fünf Mark. Kinder wurden aus dem Weg gerissen, Verkaufsständer mit Nippes kippten um, die Bürger schmissen ihre Fettkringel weg und retteten sich lieber das Leben.

Der Todesengel war ein echter Artist, wie er einen Seitschwinger nach dem nächsten hinlegte und es schaffte, im Gefuchtel der Grimassen niemanden zu Grütze zu fahren, zumindest nicht auf den ersten Metern. Ein Ballonmann ließ seine Ware los, Heliumtiere schwebten davon.

Zwei Kawasakis stürmten ins Rummellabyrinth. Die Honda streifte einen Popcornautomaten, dann tauchte sie im Puffmaisregen zwischen den Fressbuden durch. Jetzt holperte die Maschine über die Holzplanken und Kabelagen an der Rückseite der Fahrgeschäfte, ein geheimer Gang. Hinterm Autoscooter schlüpfte sie wieder raus in die nächste Vergnügungsgasse, rammte einen Strauß Liebesherzen und scheuchte die Halbstarken in den Staub.

Die Maschine torkelte durch ein Spalier aus wirbelnden Körpern und Buden in Kriegsbemalung, nicht zu fassen, wie der Lederkerl die Orientierung behielt. Überall Farben, Musikfetzen und Gerüche, giftbunte Losgewinne, gebrannte Mandeln im Geschrei. Jetzt bogen sie zu den Achterbahnen ein, Gondeln kippten in der Luft, Wagen rotierten, Überschlag. Das Panikbrüllen unten am Boden schraubte sich in das Jauchzen des Volks, das in den unmöglichsten Apparaten aus der Schwerkraft brauste. Die Schmierstimmen der Ankoberer an den Mikrofonen, »Wer will noch mal, wer hat noch nicht!«, aus hundert Lautsprechern hämmerte Diskomusik. Hawk grub seine Finger ins Leder, in der Schiffsschaukel über ihm hing eine Frau über Kopf, ihr Haar wiegte sich leise wie ein Vorhang, der eben gefallen war.

Jemand warf eine Mülltonne in die Gasse, nicht schlecht, die Leute wehrten sich, in die Schreie mischten sich Pöbeleien. Der Lederkerl musste Haken schlagen, eine Flasche zerschellte an seinem Helm. Aus dem Krawall drang Kawasakigrollen, ein Verfolger hing wieder dran. Der nächste Abfallkübel flog durch die Luft. Die Honda wich aus, rutschte über Ketchup-Pappen und Fritten-Reste, hinter ihr tat es einen Knall. Die Honda strauchelte auf den Arm einer Teufelsgondel zu, die sich meterhoch nach oben schwang, und grätschte kurz vor dem Looping zwischen die Verteilerkästen. Wieder rumpelten sie über Planken und Rohre in die Welt hinter den Kulissen, in die Jahrmarktinnereien. Hier war es dunkel, hier war kein Mensch.

Der Lederkerl drosselte sein Tempo und schlängelte sich an den Wohnwagen der Schausteller vorbei durch die versteckte Siedlung aus Caravans. Die Kawasaki kam nicht nach. In der Ferne plärrte ein vertrauter Ton, Polizeisirenen, Hawk entdeckte den ersten Hubschrauber am Himmel.

Die Honda kam zum Stehen. Der Kerl klappte sein Visier nach oben und drehte sich um.

»Ab jetzt laufen.«

Seine Stimme war heiser, wie die von Hawk.

»Laufen geht nicht mit dem Bein.«

»Pech«, sagte der Kerl. »Absteigen.«

Hawk starrte in das halb verdeckte Gesicht unter dem Helm. Der wirkte noch jung.

»Los«, sagte der Typ, seine Pupillen flackerten.

»Bist du hier der Boss, oder was?«

Für wen arbeitete der? Verfurths Konkurrenz, die scharf auf die Bibel war? Die Hubschrauber zirkelten jetzt wie die Geier über dem ganzen Tumult. Hawk rutschte mühsam aus dem Sattel auf den guten Fuß und stützte sich an einen Caravan. Das rechte Bein pochte wie verrückt. Der Kerl schob die Honda zwischen zwei Autoanhänger, sie passte genau. Eine Honda Bol d'Or, wie Hawk jetzt erkannte, die alte Bolle, eine echte Rennmaschine. Der Lederkerl nahm seinen Helm ab, klemmte ihn an den Lenker, fuhr sich durchs wirre schwarze Haar. Dann zerrte er eine Plane unter einem der Anhänger hervor, damit deckte er das Ganze ab. Der Typ kannte sich definitiv aus. Jetzt wühlte er in seinem Riesenseesack und fand eine Rolle Klebeband.

»Das Bein.«

Es tropfte noch, aber nichts Genaues war zu sehen, die Hose hatte sich gründlich vollgesaugt. Der Kerl ging in die Hocke und tastete nach dem Einschussloch, ein Schmerz wie Benzin, und dann Feuerzeug ran. Hawk wollte zutreten, ein Treffer unters Kinn, aber sein Fuß zuckte nur lahm.

»Stillhalten«, sagte der Lederkerl.

Hawk presste die Stirn ans Wohnmobil. Gäbe es nur Schnaps und nicht diese bodenlose Nüchternheit. Hätte er nur die Glock. Der Kerl fand die Stelle und bohrte den Finger rein. Hawk biss sich ins Handgelenk, um nicht zu schreien. Machte dem das Spaß? Was fuhr der für einen Rachetrip? Der Typ setzte das Klebeband an und rollte es um den Unterschenkel, wickelte es fester und fester ums Bein. Dann spuckte er sich in die Hände und wischte das Blut an seiner Hose ab. Wieder zerrte er was aus dem Riesensack.

»Anziehen.«

Ein Pullover mit Kapuze, er stank nach Rauch. Vielleicht legte sich das Ding ja wie Nebel über ihn und bedeckte den ganzen Scheiß. Hawk war zu schummrig, um mehr erkennen zu können, aber der Lederkerl hatte Bartstoppeln, tiefdunkle Augenringe, kannte er den nicht von irgendwoher? Seine Sinne waren noch neben der Spur. Hatte er das hier schon mal erlebt? Er schüttelte sich.

Vom Rummelplatz wehten Stimmen rüber.

»Und?«, fragte Hawk. »Wie weiter? Was fällt dir jetzt Schlaues ein?«

»Maul halten.«

Dem Kerl zuckte der Mund, als wär ihm was besonders widerlich, als könnte er sich kaum zusammenreißen. Er gab seinem Arm einen Ruck und warf ihn um Hawks Schulter.

»Festhalten.«

Der Körper unter der schweren Lederjacke war schmaler, als gedacht. Hawks Hirn suchte nach Fluchtwegen, irgendeinem letzten Mauseloch, aber sein Arm klemmte sich schon an dem Typen fest, um bloß nicht umzufallen.

Auf dem Dom herrschte Kopflosigkeit. Die Leute rannten sich gegenseitig um wie die Sturmflutopfer, schoben auf die Ausgänge zu, ganz schwindelig vor Adrenalin. Hawk hörte was von »Amok« und »Schießerei«, er hatte die Kapuze vorm Gesicht und versuchte, mit dem einen Bein hinkend in den Takt zu kommen. Dem Gedudel der Losbuden und Achterbahnen war endlich der Stecker gezogen, tonlos blinkten sie in die Dämmerung, hysterische Leuchtfetzen und Blaulichtkreise. Der Kerl stützte ihn im Menschenstrom, eine

Selbstgedrehte in seinem Mund. Die Finger in den Handschuhen zitterten.

»Was willst du eigentlich von mir?«, zischte Hawk.

Die Kippe glühte auf, glühte in einer Tour.

29

Die Bullenwagen sausten wie die Fliegen zum Dom.

»Wenn einer blöd guckt, tu einfach besoffen«, sagte der Kerl. »Kannste doch gut.«

»Woher hast du Ahnung, was ich kann?«

Aber tatsächlich fielen sie nicht weiter auf. Von der Reeperbahn hinkten sie in die Seitenstraßen, Hawk schwitzte, der andere auch, und jedes Mal, wenn irgendwo ein Motorrad jaulte, duckten sie sich in einen Hauseingang. Unter seiner Kapuze schielte Hawk nach Leuten, die er kannte, denen er ein Zeichen geben könnte, aber da war niemand, und die Passanten machten einen Bogen um die schwankenden Gesellen mit dem Seesack und dem Krüppelbein.

War das eine Entführung oder eine Flucht?

»Wer ist dein Boss?«

»Maul.«

»Bezahlt der dich wenigstens anständig?«

Der Kerl beschleunigte seinen Schritt und zerrte Hawk weiter, in seinem Mundwinkel verglühte eine nach der nächsten aus einem endlosen Vorrat an Selbstgedrehten. Sie steuerten Richtung Wasser. Vielleicht sollte er doch in der Elbe krepieren. Der Typ war so undurchsichtig wie Hafenschlick.

»Schluss jetzt.« Hawk blieb mit einem Ruck stehen.

»Mir reicht's.«

Er stieß den anderen weg, er würde schon so was wie eine Krücke finden, irgendeine Stange, ein Brett zum Draufstützen, und dann runter von der Straße, wo er leichte Beute war. Doch er schlug auf dem Gehweg auf, ein Knie bohrte sich in seine Brust, der Handschuh drückte ihm die Gurgel zu.

»Dir reicht's, ja?« Spucke sprühte, der Typ hatte Flecken auf den Wangen. »Mir reicht's auch! Mir reicht's schon lange, du Bastard, du kommst jetzt mit!«

Hawk röchelte, schwarze Punkte tanzten auf ihn zu, wuchsen sich zu Löchern aus. Dem Typen zuckte blankes Gemetzel durch die Augen, er bebte, kämpfte gegen an, hatte Mühe, seinen Griff von Hawks Hals zu lösen, so sehr stand er unter Strom. Doch er bekam die Kontrolle zurück, erhob sich keuchend und fuhr sich durchs Haar. Hawk schnappte nach Luft, der war nicht richtig im Kopf, der war Sprengstoff. Und jetzt streckte der den Arm nach ihm aus.

»Los!«

Wenig später standen sie vor dem Anarchohaus. Das Aschgrau der Fassade war mit merkwürdigen Zeichen und Gekritzel beschmiert, zwischen den verbarrikadierten Fenstern hingen Betttücher mit Sprüchen, die kein Mensch verstand: *Angst allein macht nicht glücklich.* Oder in Krakelschrift unterm Dach: *Wir lassen uns nicht BRDigen.*

Vor der Haustür lungerte ein Mädel mit grünen Haarstacheln auf einem Sperrmüllsofa, sie trug Netzstrumpfhosen am ganzen Leib und eine Rasierklinge um den Hals. Mit einer Hand kraulte sie einen Köter mit zugenähtem Auge, der zusammengerollt in ihrem Schoß lag. Mit der anderen knackte sie eine Bierbüchse auf.

»Henri, Alter, wo warst du die ganze Zeit? Bist du komplett psycho geworden? Und wen schleppst du da an?«

Der Kerl warf seine Kippe hin, trampelte mit dem Motorradstiefel genau daneben und scharrte, als würde er die Glut austreten, bald scharrte der sich die Sohle durch.

»Ey, Henri, alles klar? Ich mach mir Sorgen, verdammt!«

Hawk beugte sich vor, erwischte das Karlsquell und trank es in einem Zug aus.

Die Tür fiel zu, das Zimmer war schmal und ohne viel Zeug. Der Typ warf seinen Seesack hin, stieg auf den einzigen Stuhl und drehte die Glühbirne fest rein, nacktes Licht leuchtete auf, Schatten pendelten über die Wände. Überall lagen Bücher herum wie in anderen Buden Pizzakartons, Marmeladengläser bis zum Rand voller Fluppenreste, Flaschen mit Kerzen im Hals. Ein Teppich mit frischen Brandlochnarben, noch nicht festgetreten, Hawk sah das sofort. An der Wand hing ein aufgespanntes Fell, eine struppige Ziege oder ein Schaf, irgendein gehäutetes Vieh. In der Ecke eine kröpelige Zimmerpalme. Das war die ganze Dekoration.

Hawk ließ sich zu Boden sinken, lehnte sich gegen

einen Karton, aus dem Klamotten hingen. Das zerschossene Bein lag da, als wär's nicht seins.

Der Typ hockte sich gegenüber auf die Matratze, seine Lippen schimmerten blau. War dem etwa kalt? Einer, der im Sommer friert. Noch immer trug der die schwere Jacke, aber jetzt zog er die Lederhandschuhe aus. Er griff sich eine Packung Tabak und wollte drehen, nur kriegte er die Finger nicht ruhig, ihm bröselte alles davon. An seiner Hand blitzte ein Ring, so ein grobes Teil, ein silberner Totenkopf.

Hawk musterte den Typen. Der Killer mit den Klapperfingern.

»Wenn du mich umlegen willst, halt dich lieber ran.«

Immerhin war er nicht an die Heizung gekettet und auch an keinen Zahnarztstuhl. Aber seine Chancen standen nicht grad auf Gold. Verwundet saß er in Geiselhaft, auf schuppiger Auslegeware. Vielleicht wartete der andere auf neue Order? War etwas gründlich schiefgegangen? Oder dem fehlte der Masterplan.

Der Typ steckte seine Bröselkippe in Brand und saugte sich voll Qualm.

»Wie alt bist du eigentlich?«, fragte Hawk.

Endlich hob der den Blick.

»Ich stell hier die Fragen.«

Aber es kam nur Rauch.

Der hatte eine komische Art, die Zigarette zu halten, mit der glühenden Spitze in der hohlen Hand. Vielleicht wärmte den das.

Der Totenkopfring schimmerte. Moment. Hawk schaute genauer hin. Die schwarzen Augenhöhlen, der grinsende Kiefer mit den Flügeln dran – gibt's doch nicht, er kannte das Ding. Die feinen Schnörkel um die Schädeldecke, mexikanische Totenblumen.

»Woher hast du den?«

Hawk schmeckte den Rauch auf der Zunge, bitter wie zerdrückte Käfer. Der andere stierte ihn nur an.

»Hast du den geklaut?«

Asche fiel auf die Matratze.

Oder hatte sie ihm diesen Kerl geschickt, war das ihre Abrechnung? Miss Stetson in Flammen, Benzin in die Venen und Molotows in jeder Hand, das passte zu ihr, so wie alles, was knallt, wie alles, was man anzünden kann.

»Hast du sie gebumst, ist es das? Tust du das für sie?«

Der Typ hatte aufgehört zu rauchen, aus seiner Hand glimmte es, er rührte sich nicht. Schaute Hawk nur an. Wie bleich der war. Hawk fixierte den anderen, als könnte er ihn zwingen, den Mund aufzumachen. Der Schein der Glühbirne im übermüdeten Gesicht. Die kratzigen Stoppeln.

Wie der glotzte. Die bewegungslosen Schatten an der Wand.

Aus der Nase von dem Typen kroch ein Faden Blut, kroch ihm bis auf die Oberlippe. Hawks Schädel pochte. Nachdem er von der Brücke gestürzt und im Kanal ertrunken war, hatte er diesen Tunnel gesehen, diesen Durchgang ins Licht. Nicht, dass er an so was glaubte. Dass da die Toten schweben, um dich rüberzuholen. Aber genau so war's. Im gleißenden Weiß hatte eine Frau auf ihn gewartet.

»Was hast du mit ihr gemacht?«

»Du warst das«, sagte Henri, das Blut lief ihm in den Mund.

»Du hast sie umgebracht.«

30

Das Licht blendete. Zum ersten Mal seit Monaten drang wieder Wärme in ihn ein. Er fummelte die neuen Spiegelgläser aus seiner Jeansjacke – echte Pilotenbrille – und setzte sie auf, ein erstklassiges Gefühl. Überall auf den Straßen standen Leute mit geschlossenen Augen, die sich zur Sonne reckten wie die Tulpen. Er war auf dem Weg in den Park, viel mehr hatte er nicht zu tun. Er hatte überhaupt nichts zu tun, er war endlich erwachsen, einundzwanzig und frei. Schluss mit Erziehungsheim, Schluss mit Bundeswehr, das ging ihn ab jetzt so wenig an wie die Abschlachterei in Vietnam. Anderer Leute Krieg. Er ließ den Zahnstocher im Mundwinkel wippen.

Noch bis vor kurzem hatten die Sklavenschinder vom Kommiss versucht, ihn einzumachen, jetzt gehörte die Zeit wieder ihm. Keiner kontrollierte sein Bett, zwang ihn in die Soldatenkutte, ließ ihn strammstehen nachts um drei. Keiner streute ihm Zehennägel ins volle Essgeschirr. Das Haar wellte sich in seinem Nacken, und die Koteletten wuchsen, niemand befahl ihm, das abzurasieren. Endlich sah er wieder nach was aus.

Ein Sofa zum Pennen fand sich immer. Wenn er Geld brauchte, machte er Aushilfe, mal hier, mal dort, und wenn's sein musste, einen Bruch. Aber nur nüchtern, das war Regel Nummer eins. Immer, wo ihn keiner kannte. Und keine Wachhunde – wenn da ein Schild hing, ließ er es sein. Er war jung, er würde durchstarten, ihm fiel schon was ein. Diese Stadt würde endlich ihm gehören.

»He, du! Bleib mal stehen!«

Ein schmales Wesen baute sich vor ihm auf. Ihre Augen waren riesig, mit pechschwarzem Rand.

»Hast du Licht?«

Er dachte erst, sie meinte die Sonnenstrahlen. Aber sie ließ den Daumen wie eine Flamme aus ihrer Faust nach oben schnellen und schwenkte ihn vor seinem Gesicht.

»Hast du bestimmt.«

Sie trug Feinstrumpfhose und einen Pullover in Männergröße, mit einem Gürtel auf Taille geschnallt, ganz so, als wär's eins dieser Minikleider. Der Pullover glitt ihr von der Schulter. Möglichst lässig spuckte er den Zahnstocher aus.

»Und wenn nicht?«

»Pech.« Sie blies ihr Haar aus der Stirn. »Dann entgeht dir was.«

Sie kam ganz schön forsch daher. Aber klar, irgendwo hatte er sein Gasfeuerzeug. Er dachte, sie würde näher kommen und sich eine Zigarette anzünden lassen, aber schon klaute sie das Teil aus seiner Hand.

»Danke, Fremder!«

Das, was sie sich zwischen die Lippen schob, sah eher aus wie ein Joint. Sie steckte ihn an und inhalierte tief. Zog den Pullover hoch, der sofort wieder runterrutschte.

»Hier!«

Sie drückte ihm die Haschzigarette auf den Mund, sodass er nur dran saugen müsste, doch er wand sie ihr zwischen den Fingern raus. Ihre Ringe blitzten in der Sonne, kolossale Silberdinger. Eigentlich mochte er lieber Bier, das war so verlässlich, er schaute sich kurz um und nahm trotzdem einen Zug. Die weiche Dröhnung schwebte ihm sofort ins Blut.

»Gut, oder?«

»Rauchst du das immer auf offener Straße?«

Sie zuckte mit den Schultern, griff sich den Joint und blies eine Schwade in die Luft. Sie wirkte jünger als er, noch unter zwanzig, aber vielleicht nur, weil sie so leicht geraten war. Er könnte sie unterm Arm davontragen, so schwerelos sah sie aus.

Sie drehte sich zur Wiese und zeigte drauf.

»Sieht aus wie Schnee, findest du nicht?«

Das Gras war voll mit weißem Gewölle, so ein Flaum, der von den Bäumen kam. War wohl die Jahreszeit.

»Oder Federbett«, sagte er.

Ob er ihr gefiel?

Sie ging ein paar Schritte aufs überschneite Gras, und er folgte ihr, seine Schuhe wirbelten die Wolle hoch, das Zeug umschwebte seine Bluejeans wie Zuckerwatte. Sie steckte sein Feuerzeug in ihre Umhängetasche, einfach so, hockte sich in die Flusendecke und fuhr mit der Hand darüber.

»Meinst du, das brennt?«

»Keine Ahnung«, sagte er.

Schon hielt sie die glühende Haschkippe dran. Die

Fusseln flammten auf wie Zunder, eine steckte die nächste an, ein brennender Teppich breitete sich aus, zügig und ohne Geräusch. Die Feuerwolle sauste ihnen um die Füße, er trampelte drauf, sie lachte und hob ihre Sandalen, als kitzelten ihr die Sohlen.

»Guck dir das an!«

Die Flammen rasten in alle Richtungen, mit faszinierender Konsequenz, bis sie die Wiese komplett unter sich hatten.

»Brennender Schnee!«

Sie freute sich unbändig. Spaziergänger blieben stehen, bestaunten den lodernden Flaum oder schüttelten den Kopf mit dem karierten Hut obendrauf.

»Ihr Gammler, was macht ihr da! Einsperren sollte man euch!«

Sie rannten gemeinsam weg, und ihre Sandalen knallten.

Sie kletterte mit ihm auf den Sockel vom Bismarck-Denkmal, der Granit war ganz warm. Weit über ihnen thronte der Kahlkopf mit seinen zwei Adlern und dem Schwert, angeblich war das acht Meter lang. Der Steinprotz drehte der Stadt den Rücken zu und blickte stoisch zum Fluss.

»Ob jemals einer ganz oben war? Bis zur Glatze?«

»Keine Ahnung«, sagte er. »Wozu?«

»Na, weil's ganz oben ist.«

Sie legte den Kopf in den Nacken und blinzelte hoch. Dabei hatten sie noch nicht mal den ganzen Sockel geschafft, sondern saßen auf dieser Zwischenebene bei den nackten Germanen mit ihren runden Ärschen und dem Bizeps aus Stein. Das Preußending war über dreißig Meter hoch. Größter Reichskanzler der Welt.

»Willst du dir den Hals brechen?«, fragte er.

»Du nicht?«

Da war sie schon aus ihren Sandalen gesprungen und versuchte, eine steinerne Kniekehle zu erwischen, um sich raufzuziehen. Sie war ziemlich fix, aber der Granitkrieger bot schlechten Halt.

»Wo bleibst du?«

Na schön, er hatte ganz andere Kilos gewuchtet, er müsste dieses Leichtgewicht doch auf den Preußenklotz kriegen, schließlich war er im Training wie nur was.

»Steig in meine Hände.«

Sie trat ganz schön zu, und er stemmte sie hoch bis zum Germanenhintern, mit Gerangel schaffte sie es über die Hüfte, dann umklammerte sie den steinernen Rücken, als würde sie huckepack reiten.

»Weiter, weiter!«, rief sie, und er versuchte, von unten nachzuschieben, bis sie endlich den Kopf der Figur zu fassen bekam und über die Brüstung kletterte. Von oben kicherte es wild.

Er musste ordentlich kämpfen, um nachzuziehen, irre, wie hoch das war – wie würde er jemals heil wieder runterkommen? Mit Schwung rollte er sich aufs Plateau. Dort ragte in der Mitte ein Säulenkreis auf, ein mächtiger, abweisender Unterbau. Der Riesenbismarck darüber mit seinem Schwert schien in noch weitere Ferne gerückt.

»Finito«, sagte er. »Den Rest machen wir ein andermal.«

Sie ließ sich komplett auf die Plattform sinken, fächerte Arme und Beine weit aus.

»Egal.«

Er setzte sich daneben und sah sie an. Was für eine Frau. Sie schloss die Augen und ließ sich von der Sonne bestrahlen, er beugte sich noch näher zu ihr, versuchte sich zu erinnern, wann er das letzte Mal mit einer richtig beisammen gewesen war, aber das fiel ihm nicht ein. Die Äderchen in ihren Lidern zuckten, die Härchen auf ihren Wangen schwebten im Licht, fast ein bisschen wie das Baumwollzeug. Ihre Nase kräuselte sich.

»Zufrieden?«, fragte er.

Sie lächelte blind in die Sonnenstrahlen.

»Ich bin Nada.«

Er überlegte nur kurz.

»Ich Hawk.«

Sie wiederholte seinen Namen, die Augen noch immer geschlossen, nur dieser einzelne, tiefliegende Laut.

»Hawk.«

Es war das erste Mal, dass er ihn ausgesprochen hatte. In seinem Kopf ging der Gedanke schon länger um, jetzt war er handfest und klar. Herbert Friedheim – den hatte er immer gehasst. Dieser Friedheim klebte an ihm wie Rotz – Zeit, sich das abzuwischen.

»Und was machst du heute noch, Hawk?«

Sie hatte diese Bude, die sie mit anderen teilte, er schnallte nicht, mit wem und wie vielen, vielleicht war das eine von diesen Kommunen. Aber es war nicht weit weg, gleich hinter diesem neumodischen Eros-Klotz auf der Reeperbahn, und nachdem sie durch die Sonne und das Beieinanderliegen reichlich hochgekocht waren, ging es nicht mehr. Der Abstieg klappte mit viel aufgeschürfter Haut, jeder Striemen war es wert.

Sie schafften es kaum durchs Treppenhaus, endlich knallten sie von innen gegen die Zimmertür. Ausziehen dauerte viel zu lang, sie feuerte die Sandalen von ihren Füßen, riss den Gürtel runter und grub sich um ihn, er wühlte sich unter den Pullover, den Kopf an ihre Brüste gepresst. Die Wolle legte sich über ihn wie ein Wüstenzelt, nur stach die Hitze von innen, jede Faser saugte sich sofort voll Schweiß. Hawk taumelte mit ihr durchs Zimmer, ohne was zu sehen, rammte was Hartes, Zeug fiel um, sein Nacken fest in ihrem Griff, Nägel in seinem Hals. Sie hängte sich mit allem an ihn ran, die Beine um seine Hüften geschlungen, er verkantete seine Arme unter ihrem Po, um sie bloß oben zu halten. Seine Hose rutschte runter, sie drohten ständig zu stolpern, der Länge nach umzufallen, doch Nada schleuderte nur den Kopf zurück, wie beim Karussell, voller Vertrauen, dass es hält, dass es sich immer weiter dreht.

Er ackerte und schwitzte wie noch nie, plötzlich gab er Laute von sich, die er nicht kannte, aber die mussten raus. Und auch, als ihm die Beine zittrig wurden, die Knie wackelten und die Arme brannten, wollte er unbedingt aufrecht bleiben, er war so stolz, dass es im Stehen ging.

Erst danach stürzten sie auf die Matratze, alles bebte, sie zogen sich die Klamotten runter. Draußen war es dunkel geworden, und im Fenster spiegelte sich ein rotes Licht von der anderen Straßenseite. Ein Herz flackerte an und aus, aus und an.

»Das ist gut zum Einschlafen«, sagte sie. Nada legte den Kopf in seine Armbeuge, sie passte perfekt hinein.

»Bleib hier. Wär doch schön, meinst du nicht?«

Am nächsten Tag zog er bei ihr ein. Denn warum nicht? Das war wild, das war Rock 'n' Roll, mit Nada lief alles leicht, wie ein Fingerschnipsen. Wenn sie flüssig waren, gab es Schampus und Krabbencocktail, bei Flaute wochenlang Nudeln mit Kakao. Manchmal suchten sie sich ein Edellokal, probierten die Karte rauf und runter und türmten durchs Fenster vom Damenklo. Einmal schlichen sie ins Hotel und klauten dem Nachtportier einen Zimmerschlüssel. Hawk liebte die duftenden Laken und wie sie zerwühlt aussahen. Gemeinsam plünderten sie die Minibar. Er schaffte fünfzig Liegestütze, während sie nackt auf ihm lag, ihr Kopf zwischen seinen Schulterblättern.

Damals besorgte er diesen Fotoapparat. Das war so eine Sache aus der Hüfte heraus, eine Agfa mit Blitzwürfeln, die beim Leihhaus im Fenster lag. Die Pfandleiherin zeigte ihm, wie man die Patrone einlegte, wo man kurbelte und drehte. Der Blitz war so stark, dass man rote Punkte sah.

»Noch eins!«, rief Nada. »Noch mal!«

Sie riss die Augen extra weit auf, ihre Pupillen schrumpften sich nadelspitzklein. Manchmal knipste er eine ganze Packung Blitzlichter leer, ohne dass die Agfa geladen war. Der Lichtwürfel zündete über Nadas Haut und verbreitete den Geruch von abgebranntem Streichholz und Mottenschrank. Beim Auskühlen knisterten die verschossenen Blitze.

Die Abzüge sammelte er im Schuhkarton, auch die unscharfen, die verwackelten, die mit nichts drauf. Oft war nur ein Stück von Nada zu sehen, vom Rücken, vom Hals, weil er irgendwas hatte einfangen wollen, nur klappte das nie. Wie durchsichtig sie war. Ein Muttermal. Diese Impfnarbe wie ein Fingerabdruck, ein rausstehendes Schlüsselbein. Ihre schmale Hand mit den Totenköpfen. Auf anderen hatten sie die Arme umeinander gelegt oder machten das Victoryzeichen, prosteten irgendwem hinter der Kamera zu oder einfach dem Moment.

Aber wie das so ist – irgendwann sind alle Bilder gemacht.

31

Nada war es, die ihn auf die Apotheken brachte. Kleine Ampullen mit Morphium und noch reichlich andere Substanzen, die in den Beatschuppen und Clubs schnell ihre Abnehmer fanden, sie kannte sich aus mit der Chemie. Eukodal, Dolantin, lupenreine Opiumtinktur. Die Gitter aufzuhebeln war kein Problem, mit einem Dietrich kam er überall rein.

»Baby, ich bin Bonnie«, sagte sie, »und du bist Clyde.«

Das war dieser neue Streifen aus Hollywood.

»An uns kommt keiner vorbei.«

Sie feierten tagelang. Irgendwann würden sie sich ein Auto kaufen, genug Scheine zurücklegen und zum Händler gehen. Was Gebrauchtes mit viel PS auf der Brust – und rot sollte es sein. Aber wenn er die Beute nicht sofort verkaufte, schrumpfte sie schnell zusammen.

»Eins zur Belohnung«, sagte sie. »Eins zum Spaß. Und das da für danach. Nur ein kleiner Pieks. Probier doch mal.«

Ihre Haut, durch die man die Adern sah, die blau durchscheinende Unterwelt.

»Perfekt zum Ballern«, sagte sie.

Ihre Riesenaugen, kurz vorm Überlaufen, die zusammenschnurrten, wenn das Zeug zu wirken begann, warmes, weiches Opium.

»Du weißt gar nicht, was du verpasst.«

Aber er blieb lieber beim Schnaps und zum Einheizen manchmal Wachmacherdrops, trotz trockenem Mund und Herzflatterei. Die ganze Dämmerware war nicht seins, genauso wenig die Trips, bei denen man Tiere sah, und gespritzt ließ er nichts in sich rein.

Nada lud alles. Irgendwas hatte sich hochgeschaukelt, irgendein Viech lief frei. Sie pflückte nachts Blumen aus dem Park, Hortensien und was sich so rauchen ließ, jedes Giftkraut grinste sie an. Ihren Plattenspieler tauschte sie gegen Mescalin.

»Willst du nicht auch? Das ist die bessere Musik – geht gleich ins Rückenmark.«

Und während er trank und sie Farben sah, redeten sie über alles, wie es grad kam, redeten wie sonst nie. Nada war die Einzige, die ihn kannte. Die wusste, wie er nach Hamburg durchgebrannt war, von der Seemannskneipe bis zum Erziehungsheim, dass seine Mutter aus Amerika kam und wie der Teufel Auto fahren konnte, dass sein Alter ihn nie hatte suchen lassen. *Das ist nicht mehr mein Sohn.* Und so war es auch.

Wenn nichts Hartes da war, schnüffelte sie Lackverdünner. Sie hätte auch in die Steckdose gefasst, um auf Törn zu gehen, sie war die offene Wunde und schrie nach dem Salz.

Wie oft hatte er nach durchfeierten Nächten ihren Puls gefühlt, zwei Finger an die Halsschlagader und selbst noch voll Promille. Irgendwann ließ er es sein. Denn sie stand ja aus allem wieder auf, kicherte, kotzte oder rollte sich einen Joint, griff nach seiner Hand.

»Du bist so sehr mein Baby, weißt du das?«

»Und du bist meins.«

Wir alle haben Flecken auf der Seele, oder nicht? Manchmal wollte sie, dass er ihr beim Vögeln den Hals zudrückte, bis sie die Sterne sah. Manchmal wusste er nicht, warum er aufhören sollte. Und schreckte hoch aus dem Schlaf, als hätte er's getan.

Dann kam der Juli '69. Die Amis hatten eine Rakete zum Mond geschossen, diesmal mit Menschen drin, seit Tagen war das die Attraktion. Selbst beim Bäcker gab es Apollobrötchen. Montag sollte die Landung sein, Hawk besorgte einen Fernsehapparat.

»Das schaffen die nie. Die gehen alle bei drauf.«

Aber Nada meinte: »Kinderspiel. Worauf wetten wir?«

»Wer verliert, bleibt ein Jahr nüchtern.«

»Dein Pech«, sagte sie.

Die Herren in der Glotze trugen Anzüge mit Krawatten und eckige Brillen, sie taten fürchterlich studiert, so als verstünden sie was von der Raumfahrerei. Auf ihren Papieren bekamen sie Fragen gestellt – ob die Astronauten bewaffnet sind? Und falls die Maschinen streiken – haben sie Blausäure dabei? Dabei sterben Leute im All ganz ohne Gift, sie müssen einfach an ihren Raumanzügen die Reißverschlüsse aufziehen.

Nada riss das Fenster auf und lehnte sich raus.

»Da ist er!«

»Wie sieht er aus?«

»Fantastisch«, sagte sie.

Es war mitten in der Nacht, und es roch nach Röstkaffee. Die ganze Stadt war wach geblieben, alle wollten das Raumschiff landen sehen.

»Komm her!«, rief Hawk.

Sie warf sich zu ihm aufs Bett. Das Fernsehbild flimmerte, milchige Schattenbilder in Schwarzweiß. Nach einer Unendlichkeit tauchte ein Fuß auf der Leiter auf, zumindest sagten das die Krawattenmänner, der allererste Menschenfuß. Wie eine Schildkröte tastete er sich voran.

»Gleich tritt er drauf!«

Er wunderte sich selbst, dass er aufgeregt war, fast wie bei einem Kampf von Muhammad Ali, nur entfaltete sich jeder Schritt mit unglaublicher Langsamkeit. Nada sprang auf und lief wieder zum Fenster, setzte sich aufs Sims. Sie streckte ihren nackten Fuß nach draußen und lehnte sich zurück, schwankte, aber hielt knapp das Gleichgewicht.

»Schau!«

Ihr Fuß schwebte in der Luft, angestrahlt vom roten Licht, er schwebte überm Mond. Dann senkte er sich. Der Astronautenschuh landete im Staub. Nada bewegte die Zehen.

»Fühlt sich weich an, wie Puder.«

Draußen gab es Jubelgeschrei, in einem der Häuser klatschte wer. Nebliges Rauschen zog über den Fernsehschirm, Fußstapfen in Aschgrau.

»Wir haben's geschafft!«, rief Nada in die Nacht.

Und irgendwie spürte er es auch, ein Gefühl von Gemeinsamkeit mit diesem ganzen vergeigten Erdengelichter. Er ging zu ihr, drehte sie herum und nahm ihre Zehen in den Mund, erst nacheinander jeden allein, dann so viele er auf einmal kriegen konnte. Sie neigte sich auf dem Sims zurück, reckte den Oberkörper aus dem Fenster, die Beine zu ihm, er sah es kommen – und griff sofort zu. Sie schrammte mit dem Rücken über die Fensterbank, er hielt sie gepackt, bis es Flecken gab, das Adrenalin pfiff in seinen Ohren.

»Spinnst du?«

»Siehst du? Du lässt mich nicht fallen«, sagte sie. »Nie.«

Sie war verrückt, aber dann war er's auch, sie wälzten sich durchs Zimmer, bis keiner von beiden sich mehr rühren konnte.

Auf der Mattscheibe wölbte sich der Mondhorizont.

Alles an ihr wurde immer dünner. Sogar ihr Haar – strähnig und schlapp fiel es massenhaft aus. Bald könnte sie mit ihren Armen Colabüchsen aus dem Automaten angeln, direkt aus dem Schacht. Und immerzu ihre Friererei.

»Ist das Fenster auf? Nicht aufmachen, ja?«

Manchmal weckte ihn das Zähneklappern. Er kämpfte sich aus dem Laken, knipste an der Glotze das Testbild aus. Die Totenköpfe an ihren Fingern klackerten, Knochenhände, irgendwann rutschten die Ringe einfach ab. Er fand sie im Bett, in den Sofaritzen, im Ausguss, im Klo.

»Baby, besorgst du mir was?«

Überall lagen ausgepresste Zitronenreste im verschimmelten Muff, abgebrannte Kerzen, rußige Löffel und dieses widerwärtige Schießbesteck. Er versuchte, nirgendwo reinzutreten. Überm Klo kam ihm der Magen hoch, die pure Säure, aus seinen Achseln stank es nach Schnapsfabrik. Hatte er sich nicht was geschworen? Was für die Zukunft vorgenommen? Jetzt fiel ihm das nicht mehr ein. Er drückte die Hand in die Seite, bloß ein Schluck zur Beruhigung für diese knallharte Leber, dann würde er weitersehen. Es graute ihm davor, zu ihr zurück ins Zimmer zu gehen.

»Komm schon, Baby, besorg mir was, nur noch dieses eine Mal. Du bist so sehr mein Baby, und beeil dich, ja?«

Es lief ihr nur so aus der Nase raus, ihre Pupillen verschluckten die letzte Augenfarbe.

»Vergiss es, ich hol dir die Grütze nicht mehr.«

Bloß, dann tat er es doch.

Die Giftler in den Schummerbars, die Gammler und Blumenkinder, die gierigen Teens mit ihren verkrusteten Schießleisten im Arm – schon beim Zusehen kroch ihm die Gelbsucht hoch, das alles ekelte ihn an. Er wollte nicht mehr mit dem Zeug hausieren gehen. Auch hatten die Apotheken aufgerüstet, mit jedem Bruch wuchs das Risiko. Und die Kartelle drängten auf den Markt, kofferweise gestreckte Ware, von der man das große Kratzen bekam.

Ein Kumpel vom Rauschgewerbe brachte ihn drauf, ein Ehemaliger aus dem Straßenverkauf.

»Die suchen Fahrer. Is was Reelles. Keine schmutzigen Hände mehr, nur schmutzige Reifen.«

»Aha«, sagte Hawk. »Und was sind das für Leute?«

»Welche vom Fach.«

»Ich will was Festes.«

»Wenn die dich nehmen, ist das ne sichere Bank.«

Der Typ senkte die Stimme.

»Sagt dir der Name Verfurth was?«

Er brachte Nada eine Tüte Kuchenreste vom Bäckerladen, das Einzige, was sie noch gern aß.

»Du musst mehr essen.«

»Mach ich doch. Ich nehm ständig zu.«

Sie hatte ein dunkles Laken ins Fenster geklemmt, im Fernseher lief Bonanza ohne Ton. Er warf ihr die Tüte aufs Bett, ohne näher zu kommen.

»Ich hab nen Job. Ich geh erst mal auf Tour.«

Er konnte ihr Herz flattern hören, ein Vogel, der gegen die Scheibe kracht.

»Wenn du mich verlässt, häng ich mich auf.«

Er übernahm jede Fahrt, die er kriegen konnte. Beruhigend, wie der Zähler die Kilometer abspulte, wie der Tank die Liter wegschluckte, eine zuverlässige Maschinerie. An den Raststätten beugte er sich über den Motor – alles sauber, Ölstand okay –, mit Schwung ließ er die Haube runterknallen. Den verschmierten Lumpen lagerte er im Handschuhfach, damit der Ölhauch in seiner Nase blieb, ein unverwüstlicher Geruch. Er kippte die Bohnenplörre direkt aus der Thermoskanne – schwarzer Kaffee und fast nur das. Sein Pegel stabil wie die Tachonadel – nicht zu viel Umdrehung, lieber ruhiges Tempo mit Bestand.

Doch auf dem Rückweg erwischte es ihn. All die Tankstellengeschenke, die er ihr besorgte, Blumen, Schlüsselanhänger, Zeug, das neben der Kasse rumstand. Tütenweise Glückskleebüchsen, Nudeldosen, verschweißten Schokoladenkuchen, hektisch eingepackt. Zwei, drei Fläschchen für den Weg in seine eigene Jackentasche.

»Hier, hab ich dir mitgebracht!«

Die Sonnenbrille mit den Riesengläsern, mit der sie aussah wie ein Schmetterling. Der Taschenspiegel mit dem Glitzerkram. Sie schminkte sich, ohne hinzusehen, ein schwerer Strich auf jedes Augenlid.

»Danke, Baby«, sagte sie.

Er fragte sich, woher sie den Stoff bekam. Ranzige Gestalten hatten sich bei Nada eingenistet, neue Mitbewohner, die in der Küche ihr Pulver aufkochten und blutige Taschentücher in den Hinterhof warfen, Mädchen, die ständig in der Badewanne lagen, damit die Adern besser zum Vorschein kamen. Er warf sie alle raus, wechselte das Schloss. Auf dem Küchentisch krochen Falter durch die Opiumreste, schlürften den giftigen Staub. Bis er sie lähmte und sie wie ausgestopft liegen blieben. Man konnte sie auf Zahnstocher spießen, erst viel später wachten sie wieder auf.

Nadas Bude stank nach Schüttelfrost.

»Ich schaff's diesmal.«

Ihr ganzer Körper krampfte und ballte sich, er drückte sie runter und hielt ihr den Joint an den Mund. Ihre Hände beschmierten ihn mit Zitterschweiß. Sie wälzte und verrenkte sich so sehr, dass die Welt sich mit verzerrte, Risse aufsprangen. Mit dem Schraubenzieher kratzte sie Löcher in die Wand, um die Flüsterleute da rauszuziehen, die Wasserhähne stopfte sie zu, weil da das Gas rauskam. Sie verbarrikadierte die Tür.

»Dich haben sie noch nicht erwischt, Baby, bleib hier.«

Nachts zog sie das Bettlaken vom Fenster, schaute stundenlang in das rote Licht. Die Tränen liefen ihr vor Glück.

»Es ist alles so warm.«

Sie hatte wieder gespritzt. Zur Belohnung, weil sie lang genug clean geblieben war.

»Ich hol dich da raus«, sagte Hawk. »Nach der nächsten Tour pack ich alles an.«

Sie krümmte sich überm Klo, kotzte sich leer, zum Umblasen schwach und doch zäh wie nur was, die aufgekratzten Arme, dürren Knochen, ihre Stirn ein glühendes Trümmerteil. Der Flaum auf ihrer Haut wie ein durchsichtiges Kleid.

»Ich bleib bei dir. Wir sind Bonnie und Clyde.«

Ihr merkwürdig geschwollener Bauch.

Sie lächelte ihn an, wischte den Speichel vom Mund und machte das Victoryzeichen.

»Das schaffen wir, Baby, ja? Wir alle zusammen.«

Den Ring entdeckte er in Amsterdam. Am Hafen suchte er seinen Verbindungsmann, die Händler hatten ihre Decken ausgebreitet, allerhand Tinnef, das interessierte ihn nicht. Aber da stand ein Mexikaner mit faltiger Haut und weißem Haar, um ihn herum nichts als Knochenschmuck. Skelette als Hampelmänner, blumige Totenmasken und verschnörkelte Silberringe. Der kleine Schädel mit den Flügeln sprang ihn irgendwie an, keine Ahnung warum. Die Federn rankten aus den Augenhöhlen. Er testete das Teil an seiner Hand – erstaunlich, es war wirklich schwer, viel zu schwer, um nur Schmuck zu sein.

»How much?«

Sie wollte ihn küssen, als er ihr den Ring an den Finger steckte.

»Baby, wir haben was zu feiern.«

»Warte«, sagte er. »Gleich wieder da.«

Er ging in die Küche, machte den Kühlschrank auf, der war sowieso leer, was sollte das, und dann stand er einfach da. Scheiße. Das Gerät brummte, die Luft wurde kalt.

Nada rief nach ihm.

Er schloss die Kühlkiste, schlich aus der Küche, aus der Wohnung, versuchte kein Geräusch zu machen, bis die Tür fest zugezogen war.

32

Der hatte Blutschmiere am Kinn, dieses Grübchen wie von einem Fingerabdruck, die dunklen Augenringe. Das gleiche schwarze Haar. Der Anblick schnappte zu wie ein Paar Handschellen. Unfassbar.

»Ich kenn dich nicht.«

Der Kiefer, in dem die Kaumuskeln pumpten, die erschöpfte Wut. Als würde Hawk in einen verzerrten Spiegel schauen, wie in der Geisterbahn.

»Ich muss kotzen.«

Der andere griff nach einer Supermarkttüte, die auf dem Boden lag. »Spuck's aus.«

Grad noch rechtzeitig kriegte Hawk die Henkel zu fassen, das Bier und uraltes Zeugs schossen raus.

Nach zwanzig Jahren!

Er knotete die Tüte zu, zweimal, dreimal, er saß in der Falle. Bodenlose Nüchternheit fiel ihn an.

»Du hast sie verrecken lassen. Du hast sie auf das Gift gebracht.«

Er musste hier weg. Bloß wie – mit Chirurgenfaden im Kopf und ohne Abwehrplan? Mit einem Bein, in dem sich die Kugel rumtrieb? Flammen der Entzündung unter dem Klebeband.

Der andere zog was Flaches unter der Matratze hervor, eine Karte oder ein Papier.

»Bleib mir vom Leib!«

Schon fiel der Schatten über ihn, hielt das Foto fest, unmöglich wegzusehen.

Sie lagen am See. Nada im Bikini, Hawk trug Badehose. In der Sonne kniff sie die Augen zusammen, sah aus wie ein schöner Tag. Hawks Gesicht war weggekratzt.

Der warf das Bild in seinen Schoß, es war mit der Agfa gemacht.

»Seit zwanzig Tagen ist sie tot.«

Wollte der jetzt heulen, oder was? Wollte der hören: Es tut mir leid?

»Der Notarzt hat ihr die Rippen gebrochen, hat nichts mehr gebracht.«

Er hatte Lust, sich die Finger in die Ohren zu stopfen, mit einem Ruck durchs Trommelfell.

»Als sie verreckt ist, war keiner da.«

Das Geräusch brechender Streichholzrippen, Wiederbelebung nennt man das, als ob man die Zeit zurückdrehen kann.

»Der Gürtel hing noch an ihrem Arm.«

Nada in einem Leichensack, der sich zuziehende Reißverschluss, er schüttelte das aus seinem Kopf.

»Sie haben sie im Ofen verbrannt.«

»Ich bin nicht die Seelsorge«, sagte Hawk.

»Aber mein Vater.«

Was bildete der sich ein? Die paar Tropfen besoffenes Sperma gingen ihn nichts an. Jeder wird mal in die Welt gerotzt. In seinem Schädel kribbelte es, etwas erwischte ihn.

»Die war doch längst zum Abriss frei.«

Jetzt begannen dem Kerl die Hände zu zittern, die abgekauten Fingernägel. Tat hart wie Krupp mit seiner Lederjacke, und innen bebte der. So einer kam nicht weit.

»Was meinst du, wer sie alles gevögelt hat? Für ein paar dreckige Gramm?«

Dem zuckte der Mund, die Stimme kam kratzig aus dem Hals.

»Mit zerquetschten Rippen in den Ofen geschoben und irgendwo verscharrt. Ohne Namen. Ohne Stein. Als hätte es sie nie gegeben.«

Etwas biss nach Hawk.

»Spring doch hinterher!«

Wie alles an dem flatterte, was für ein schwaches Hemd, gleich zerfiel der zu Trümmern.

»Manche Leute vermisst kein Mensch.«

Wie der Kerl nickte, unheimlich.

»Mach schon, bring's zu Ende!«, schrie Hawk. »Kämpf wie ein Mann!«

Die Spucke landete auf seinem Hosenbein. Eine Sekunde lang wurde er starr. Kein großer Abgang, kein letzter Knockout, er bekam einfach nur einen Mund voll Schleim.

»Ich hab dich schon einmal umgebracht«, sagte der. Und dann leise: »Ich will nicht mehr.«

Das Schütteln kam von ganz unten. Hawk wollte zutreten, den anderen endlich von den Füßen holen, aber seine Beine gehorchten nicht, er wollte zupacken, nicht kapitulieren, es schleuderte ihn hin und her. Sein Körper zuckte auf dem Teppich, überzog sich mit Gänsehaut, nackte Pusteln der Angst. Etwas winselte in seiner Brust, bäumte sich auf, ließ ihn zurück auf den Boden knallen. Seine Glieder gehörten ihm nicht, die Muskeln strampelten blind, nichts war mehr in seiner Gewalt.

Überall Blitzlichtflecken und Rauch im Mund, er zerbiss sich die Zunge, hörte das Jaulen aus seinem Hals. Dann packte ihn etwas, ließ ihn nicht los. Der Griff hielt seine bebenden Schultern, sein Geschüttel, der Atem streifte sein Ohr, ging in ihn rein. Hitzeschauer überrollten ihn, in seinem Kopf war nichts mehr am Platz, alles strömte raus.

Schweiß lief aus seinen Augen, die Wangen hinunter, lief und lief. Der andere war da. Ganz ruhig. Hawk spürte den Atem an seiner Seite, diesen fremden Herzschlag, plötzlich ganz nah.

33

Er hielt seine Mutter fest an der Hand. Das Plakat hing über ihm, die vielen Köpfe starrten ihn an, aufgereiht, in Schwarz und Weiß. Sie standen in der Schlange vorm Schalter. Das Poster hatte einen roten Rand, weil das gefährliche Mörder waren. Er traute sich nicht, lange hinzusehen, sonst dachten die Leute, er kannte die. Manche Gesichter waren ausgekrakelt. Die Frau ganz oben mit den schwarzen Augen sah ein bisschen wie seine Mutter aus. Hatten die von der Post das bemerkt? Und alle vom Dorf? Er drehte sich mit dem Rücken zur Wand und spürte die Köpfe hinter sich.

»Magst du raus? Willst du solange mit den anderen spielen?«

Henri drückte sich gegen die schwere Tür. Die Kinder waren aus der Klasse über ihm, schon größer und in der Zweiten, sie hüpften Himmel und Hölle auf dem Bürgersteig. Er stellte sich an den Rand und wartete. Die anderen kicherten, stupsten sich gegenseitig an.

»Deine Mutter kommt vom Misthaufen! Die kriegt Stütze!«

Die Kinder zeigten auf sein schwarzes Haar.

»Zigeunerjunge! Zigeunerjunge!«

Sie rannten johlend davon.

Nur weil sein Papa schon tot war und er den nicht kannte. Weil seine Mutter nicht aussah wie die alten Tanten mit langem Rock und Dauerwelle. Nada trug Ringe wie eine Königin und Schuhe aus Holz, die auf der Straße hallten, mit denen sie die Größte war, und die Nachbarn lugten durch die Gardinen.

Wenn die Fürsorgeleute kamen, ruckten die Vorhänge noch mehr als sonst. Die strenge Frau und der Mann mit dem Hut klingelten immer nur bei ihm.

Nada sagte: »Weil wir was ganz Besonderes sind.«

Sie setzten sich auf das kleine Sofa, eng beieinander und ganz steif, um sich nicht an den Knien zu berühren. Nada stellte den Wackelpudding auf den Tisch, sie hatte gerührt, er hatte das Pulver reingetan. Jetzt schenkte sie Kaffee ein, er tat Schlagsahne drauf, umklammerte die Sprühflasche, damit nichts danebenging. Er biss sich auf die Unterlippe, traute sich nicht, aufs Klo zu gehen, denn er durfte keinen Fehler machen, sonst schickten sie ihn von hier weg. Das hatte keiner laut gesagt, doch er wusste, dass es so war.

Die Frau ging in die Küche, um in den Kühlschrank zu sehen, sie öffnete jede Tür. Der Mann kontrollierte das Kinderzimmer, schaute sich Henris Sachen an, den großen Drachen auf dem Bett, die Fingerfarben an der Wand, wonach immer er auch suchte, er durfte es nicht finden. Henri kaute auf seiner Lippe, der Mann legte ihm die Hand auf den Kopf.

»Und hier geht es dir gut?«

Henri nickte.

»Ich kann dich nicht hören.«

Henri nickte schneller, seine Hose wurde heiß und nass.

Sie ließen den Wackelpudding stehen, die Löffel zitterten vor sich hin.

Nada setzte ihn in die Dusche, stellte das Wasser an.

»Ist nicht schlimm, Henri. Hast du gut gemacht.«

Am liebsten mochte er die Sperrmülltage, auf Feddertour gehen bis kurz vor Dunkelheit. Er durchwühlte die Berge vor den anderen Häusern, sein Herz klopfte, aber das war ja erlaubt, das kam sonst alles in den Müll. Die Schätze brachte er in seine Höhle beim Mondscheintümpel, sie hatte ein Dach aus Teerpappestreifen und verschlungenen Zweigen, ein Sesselpolster zum Sitzen, ein Stück echten Perserteppich und überall Weihnachtsschmuck. Sein größter Fund war ein angerostetes Bonanzarad, das lag am Ende vom Dorf vorm Hansenhof, hatte den Lenker verdreht und platte Reifen. Nada besorgte ihm eine Pumpe und ein grünes Kästchen mit Fahrradpflastern. Man brauchte erst Luft im Reifen und musste ihn dann unter Wasser halten, bis man Bläschen hochsprudeln sah.

Jetzt konnte er nach Steinmoor ganz ohne den Bus, der nur so selten kam. Beim ersten Mal brauchte er eine Stunde, immer der Landstraße nach. In der Stadt gab es Läden, in denen man Sachen gucken konnte, den Bahnhofskiosk mit Bravoheften, durch die er heimlich blätterte, die Eisdiele Rizzardini mit den besten Sorten, Stracciatella und Nuss. Vor Karstadt, wo die Zeugen Jehovas standen, trafen sich auch welche vom Gymnasium, die trugen Parkajacken, wie Nada eine hatte, und blaue Anstecker mit einer Taube drauf. Die waren sicher schon sechzehn, verteilten Zettel, manchmal sangen sie was. Einer mit langen Haaren winkte ihn ran. »Na du? Bist du auch gegen Atom?«

Henri nickte. Der Junge stieß das große Mädchen neben sich an. »Siehst du, einer von uns.«

Das Mädchen lächelte. Henri nahm all seinen Mut zusammen: »Nach den Sommerferien komm ich auch aufs Gymnasium.«

»Astrein.«

Sie schenkte ihm einen gelben Sticker mit roter Sonne. Henri klebte ihn auf sein Bonanzarad.

Die großen Ferien verbrachte er am Mondscheintümpel. Er hatte jetzt einen Leseausweis und konnte sich, sooft er wollte, einen Ranzen voller Bücher leihen. Mit Butterkeksen im Gepäck schlug er sich durch die Brennnesseln – wenn man sie fest genug fasste, tat es nicht weh –, schleppte die Bücher in sein Versteck. Nacktschnecken hatten Spuren auf den Teppich gemalt, es roch nach Entengrütze. Er nahm die Packung Lux-Zigaretten, die er beim Krämerladen gefunden hatte, und zerbröselte eine davon rund um die Höhle, Medizinmänner taten das auch. Dann griff er ein Buch. Je dicker und schwerer es war, desto besser fühlte es sich an.

Irgendwann bemerkte er den Geruch, sauer und etwas nach Karamellbonbon. Als er eines Morgens ganz früh in die Küche kam. Mit seltsamen Augen strahlte Nada ihn an: »Du bist ja schon wach!«

Sie sah glücklich aus, auf eine fremde Art.

Er wusste nicht wieso, aber etwas zu Hause veränderte sich, so als wäre da jemand, der hinter seinem Rücken durch die Wohnung kroch.

Er fand eine Spritze in der Besteckschublade, innen ganz braun. Henri wickelte sie in Klopapier und zwängte sie in den Spalt hinter der Spüle, in den er manchmal alte Kaugummis tat.

War seine Mutter krank? Er wusste nicht, ob er fragen sollte, schließlich hatte sie die Spritze versteckt.

Nach und nach wurden es mehr, auch welche mit Blut, heimlich schmiss er sie alle weg.

Etwas war mit ihren Pupillen, starre Punkte, als wären das in die Augen gebohrte Löcher und nichts, womit sie noch sehen konnte. Ihr Lächeln zerlief komisch am Mund. Sie kaufte immer weniger ein, lag im großen Zimmer in ihrem Ausklappbett, aß nur noch Zuckerbrot.

Die Fürsorge rief an, in zwei Tagen war wieder Kontrolle. Nada lag im Bett, Essiggeruch stieg aus ihrer Haut.

»Lass mich«, sagte sie.

Er musste es jetzt alleine schaffen, sie brauchte ihn, er war alt genug. Henri weichte dreckige Wäsche in der Dusche ein, legte Seife dazu, trotzdem roch es nicht gut. Er sammelte leere Verpackungen für den Küchenschrank – genug Vorräte, wie bei anderen Familien –, Cornflakes-Schachteln mit Papierknöllchen drin. Er lief in die Felder und pflückte einen Blumenstrauß für den Wohnzimmertisch.

Nada rührte sich immer noch nicht.

»Sag, ich bin krank.«

Es klingelte an der Tür.

»Mama, steh auf!«

Er rüttelte an ihr, mühsam erhob sie sich und klappte das Schrankbett ein. Dann wickelte sie sich in die Gardine, eine Mumie mitten im Raum.

»Ich versteck mich, und du sagst, ich bin nicht da.«

Die Türklingel hörte gar nicht mehr auf. Er dachte, jetzt wäre es vorbei, Polizisten mit Pistolen kämen und sperrten ihn für immer ein.

»Schon gut, Henribaby. War nur ein Scherz.«

Diesmal untersuchten sie alles genau, Fragen mit hochgezogenen Augenbrauen, die Blicke spießten Henri auf. Nachdem sie endlich gegangen waren, nahm er die Schere und schnitt jede einzelne Blüte vom Strauß. Wie hübsch die noch taten, selbst wenn sie geköpft auf dem Boden lagen.

Hinter der Spüle war alles voll. Nada wachte auf, wenn er aus der Schule kam, im Schlaf hatte sie sich blutig gekratzt.

An ihren Fingern war die Farbe abgestoßen. Ihre Hände zitterten zu sehr, er holte ihren Nagellack, malte alles nach.

Im Brotkorb stapelten sich ungeöffnete Briefe, Henri leerte sie in den Müll. Es war Winter geworden, aber die Heizung blieb kalt, zum Schlafen baute er sich ein Deckenlager, als würde er auf Polarfahrt gehen. Irgendwann ging auch der Fernseher aus, es gab kein Licht mehr.

»Stromausfall!«, rief Nada. »Wie früher!«

Sie zündete eine Kerze an und stellte sie aufs Fensterbrett. Draußen fiel der erste Schnee. In den anderen Wohnungen blieb es hell. Nada legte den Arm um ihn, sie standen gemeinsam im dunklen Zimmer, in Mütze, Schal und Winterjacke, und schauten die Flamme an.

Er hatte versagt. Nicht genug Packungen in den Kühlschrank gestellt, oder die falschen. Auf die Fragen das Verkehrte gesagt, die Fenster zu wenig aufgemacht, sicher hatten die Fürsorgeleute die Spritzen hinter der Spüle gerochen.

Er hatte sie verraten. Warum sonst brauchte sie die Stiche überall? Entzündet und hart, aufgekratzte Krater, weil er nicht gut genug für sie war, nicht mutig genug, sie zu schützen. Darum war er jetzt hier, in diesem Backsteinbau für Ausgestoßene, möglichst weit draußen, zwischen Schafwiesen und Deich.

Es gab Vorhängeschlösser an jedem Schrank und Aufseher, die nachts die Türen zusperrten, die Flure stanken nach Hagebuttentee. Wer ins Bett pinkelte, musste das Laken im Hof aufhängen, damit die anderen ihn auslachen konnten. Am besten schlief man gar nicht erst ein.

Aber Henri würde alles wiedergutmachen – bei seinem Leben, Ehrenwort. Er stand vor der Koppel hinter dem Haus, sein Atem blies Wolken in die eisige Luft. Er streckte die Hand nach dem Stromzaun aus.

Wenn er hier rauskam, brauchte sie nie mehr krank zu sein, er wäre stark für sie beide. Er musste nur genug Feuerkraft sammeln. Henri hielt die Luft an und fasste in den Draht, er schaffte es, bis zwei zu zählen. Die Mammuts auf der Wiese schnaubten, ihr Fell fing die elektrischen Blitze auf, pulste mit dem Strom und wuchs.

Nachts im Zimmer, das die Aufpasser ihm zugeteilt hatten, hörte er das Schnarchen der anderen Jungen. In der Ferne riefen die Mammuts, kreuzten ihre Säbelzähne, das war ihr Zeichen für ihn. Henri setzte sich auf, wiegte sich vor und zurück, er würde durchhalten, alles aushalten, er konnte das. Jede Nacht ritzte er mit dem Taschenmesser einen Strich in sein Bein. Das Brennen schoss in die Mammutwolle, dichte Locken wie ein Umhang für ihn.

Bald war er wieder hier raus.

Seine Hand auf der heißen Herdplatte, er zählte schnell bis drei.

»Hey! Was macht der denn?«

Der Aufpasser zog Henri am Kragen.

»Meinst du, so sparst du dir den Küchendienst?«

Henris Handfläche leuchtete rot, drei war gut, aber fünf wäre besser gewesen.

»Und hör mit dem ständigen Kopfnicken auf!«

Nach zwei Monaten rief ihn der Oberaufseher in sein Büro. *Ein Herz für Kinder* klebte an der Tür.

»Setz dich.«

Der Aufseher versteckte seine Glatze unter dünnen Fäden, die quer über den Kopf gekämmt waren.

»Und, Junge, hast du dich eingelebt?«

»Ich heiße Henri.«

Der Aufseher trat vor eine Aktenwand, vom Boden

bis zur Decke Ordner, die alle gleich aussahen. »Das wissen wir doch.«

Er griff einen heraus, öffnete den Aktendeckel und blätterte durch die Seiten. Henri klaute eine Büroklammer vom Tisch.

»Die Betreuer melden, du benimmst dich verdreht. Treibst dich immer bei der Kuhweide rum. Hörst nicht zu, wenn man mit dir spricht.«

Auf der Akte stand eine lange Zahl. War das sein Name? Wer hatte ihm diese Nummer gegeben?

»Wann kann ich hier raus?«

»Falsche Frage. Da sind wir nicht zuständig.«

Der Aufseher fingerte eine Postkarte aus einer Klarsichtfolie und wedelte damit in der Luft. Henri sah die geschwungene Schrift.

»Die hättest du wohl gern?«

Unter der Tischplatte bog Henri die Büroklammer auf, die Mammuts hoben ihre Köpfe. Der Aufseher kriegte nichts davon mit, obwohl sie ihm in den Nacken schnauften. Henri nickte und bohrte den Büroklammerdraht durch die Hose in sein Bein.

»Wenn wir dir das geben – können wir uns darauf verlassen, dass du dich normal benimmst?«

Henris Oberkörper ruckte, Mammutnüstern stießen heiße Wolken aus, er lud sie mit Feuer auf, zählte so weit, wie er kam. Der Aufseher runzelte die Stirn, durch seine Strähnen glänzte es nackt.

»Denn wenn wir noch mal Beschwerden hören, gibt es Sperre für Briefverkehr.«

Der kleine Draht schoss Wellen durch Henris Bein.

»Ich will nach Hause«, sagte er.

»Wollen wir das nicht alle? Also ruinier dir nicht deine Zukunft, Junge. Bald wirst du zwölf. Zeit, sich zusammenzureißen.«

Im Zimmer untersuchte Henri die Karte genau. Nada hatte die Buchstaben sorgfältig gemalt, die Worte mit blauem Kugelschreiber tief in die Pappe gedrückt.

Henribaby, denk an mich! Du bist mein Leben.

Er befühlte jedes einzelne Wort. Das Bild vorn zeigte ein großes Gebäude in einem Tannenwald. Ein Krankenhaus? Ein Hotel? Henri kniff die Augen zusammen. Auf jedem der kleinen Fenster klebte eine Vogelsilhouette, ein ganzer Schwarm Raubvögel, gefangen in Glas.

Henris Beine und Arme waren voller Striche, er wechselte zum Bauch. Hunderte Linien, deren Kraft er im Körper trug, Spuren von einem ganzen Jahr. War das nicht genug? Durfte er immer noch nicht raus?

Er musste ein Zeichen setzen, eins, das stärker war als die dünnen Zeilen auf der Haut. Kein tägliches Funkensammeln mehr – ein gewaltiger Feuerschlag.

Der Bahndamm lag hinter der Koppel. Henri kletterte die Böschung hoch und setzte sich aufs Gleis. Krähen kreisten über den Feldern. Der Boden war nicht mehr gefroren, die Luft weit und klar. Im Schotter fand er zwei Feuersteine mit splitterigen Kanten und schlug sie aufeinander. Die Mammuts drehten ihre Nüstern zum Wind, witterten ihn. Dann zuckten ihre Ohren – das Schnellzugpfeifen.

In Henris Brust türmte sich die Angst, darüber der Mut. Er zog seine Jacke aus, warf sie neben das Gleis. In der Ferne öffnete die Lok ihre Augen, zwei gelbe Punkte, die größer wurden.

Henri atmete tief ein und aus, wippte mit dem Oberkörper, die Mammuts stampften mit den Hufen.

Der Schnellzug kam näher, Henri legte sich flach zwischen die Schienen, das Metall summte vor Energie. Die Tiere schüttelten ihre Mähnen, dichter und dichter werdender Pelz. Er würde zurück nach Hause kommen, er hatte alles abgebüßt. Er krallte sich an einer Bahnschwelle fest. Ein letzter Blick hoch, die Eisenmaschine raste auf ihn zu, die leuchtenden Augen weit aufgerissen, er saugte sich voll mit der Feuerkraft. Ein lautes Tuten, die Mammuts bliesen durch ihre Rüssel, wuchernde Berge aus Fell. Henri presste seine Wange in den Schotter und schloss die Augen, wenn er das überlebte, war er stark genug.

Wieder und wieder stieß der Zug seinen Warnschrei aus, wie ein Gewitter, das näher kam, Henri zählte die Sekunden bis zum Blitz, zählte wie ein Besessener.

Das Quietschen zerriss ihm fast das Trommelfell, der Wind donnerte und zerrte an ihm, wollte ihn aus dem Gleis heraussaugen. Henri krampfte jeden Muskel fest, machte sich schwer, dann spuckten die Bremsen ihren Feuerregen, der Wirbelsturm ließ los. Die Eisenmaschine kam keuchend über ihm zum Stehen.

Alle regten sich fürchterlich auf, doch er hatte es geschafft, ein Gericht entschied, dass er nach Hause durfte.

Nada vergrub ihre Finger in seinem Haar, er blieb ganz still, hielt sie einfach fest. Sie roch nach frischem Parfum, die ganze Wohnung roch danach. Sie umarmte ihn, hob ihn vom Boden ab. Im Zimmer war es warm, trotz Februar.

»Wie groß du geworden bist.«

Mitten in der Nacht fuhr er hoch, da war ein Schnauben gewesen. Etwas atmete in der Dunkelheit, weiches Fell hob und senkte sich. Neben dem Bett lag eine Gestalt, klein und reglos zusammengerollt.

»Shhh«, machte er, »shhh«, um sie zu beruhigen, ehe er überhaupt wusste, was da war.

»Alles gut.«

Ein Drache.

»Keine Angst.«

Sein altes Kuscheltier. Er berührte den Pelz.

Henri trat in den Flur, das vertraute Kitzeln des Teppichs unter den Füßen, lauschte, bis er Nadas Atem hörte, sie warf sich im Bett herum, vielleicht kämpfte sie mit irgendwas. Er schlich zu ihr, schob ihr den Drachen in den Arm.

Zwei Jahre lang ging alles gut.

Die Schule hatte ihn in eine neue Klasse gesteckt. »Das ist Henri, seid nett zu ihm«, sagte die Lehrerin. »Manche von uns haben es nicht leicht.« Bald kannte jeder die Geschichte mit dem Zug.

»Der ist nicht ganz dicht!«

Egal, so wurde er wenigstens in Ruhe gelassen, in den Pausen blieb er im Klassenraum, schloss die Tür und drehte den Walkman laut, Sisters of Mercy, The Cure. Sollten die denken, was sie wollten, irgendwann war er sowieso hier raus. Vielleicht Bremen. Oder Hamburg. Nur nicht Steinmoor, wo es für alle das Aufregendste war, samstags vorm Jugendzentrum den Asbachcola kreisen zu lassen, um danach in die Büsche zu kotzen. Montags waren sie wieder angepasst und machten auf heile Welt.

Als er aus der Schule kam, sang sie im Badezimmer.

»Mama?«

Sie hatte sich eingeschlossen.

»Gleich, Baby.«

Der Geruch von Katzenpisse aus dem Schlüsselloch. Nur ganz fein. Ihm wurde kalt.

Manchmal blieb sie tagelang weg. Er trug alle Handtücher und Laken in die Münzwäscherei, wischte das Bad, suchte ihre Spritzenverstecke. Er stach sich an einer Nadel, die im Waschlappen verborgen war. Aus Henris Zeigefinger quoll dieser Tropfen, kein tiefer Stich, aber am liebsten hätte er losgebrüllt, seine Fäuste auf die Kacheln geschlagen, gerade war alles gut gewesen, fast wie im Gleichgewicht, er wünschte, sie käme nie mehr zurück.

Henri tunkte seinen Finger in Wundbenzin, er wollte das nicht im Körper haben, kein noch so kleines Teilchen von ihr, er wollte sie rausätzen aus seinem Blut. Dann schüttelte er den Kopf, wie scheußlich er war.

Er kippte Putzmittel auf den Boden, ekelhafter Essiggeruch, packte den Schwamm und schrubbte so hart, dass er zu würgen begann. Er musste sich mehr Mühe geben, es war nicht genug. Nada konnte nicht leben ohne ihn.

Er hatte nicht vorgehabt, auf die Feier zu gehen, er wollte nur sein Zeugnis und raus. Nie wieder dieser Bau mit der quietschenden Kreide und dem Turnbeutelgeruch, mit den Blicken der Lehrer, die alle wussten, dass er es sowieso nicht schaffen würde, dass seine Mutter ein Junkie war. Das Tuscheln in seinem Rücken.

»Die hat sicher Aids.«

Aber an dem Abend ging es ihr gut, keine laufende Nase, kein Schweiß auf der Stirn. Sollten die anderen ruhig gucken. Er hatte auch eine Familie. Nada hatte sich ein gelbes Kleid gekauft, er zog seine Motorradstiefel vom Flohmarkt an, die sahen aus wie nach einer Wüstentour, einmal um die Erde und zurück.

Bevor sie losgingen, roch er heimlich an ihr, alles schien in Ordnung zu sein.

»Warte, ich will dir was schenken«, sagte sie an der Tür. »Gib deine Hand.«

Sie streifte einen ihrer Ringe ab, steckte ihn an seinen Zeigefinger. Der Totenkopf mit den Flügeln dran.

»Guck, wie der passt!«

Die Aula roch nach Bohnerwachs, alle Eltern hatten sich fein gemacht. Er saß mit Nada in der letzten Reihe.

»Baby, ich bin irre stolz auf dich!«

Der Direktor hielt eine Rede. *Ernst des Lebens, Leistung, Jeder ist seines Glückes Schmied.*

Nada rutschte auf ihrem Stuhl herum.

»Gibt's hier ne Bar?«

Als der Schulchor zur Bühne marschierte, stand sie auf. Bis zur Zeugnisvergabe hielt er es aus, drehte den Ring an seinem Finger, kaute seine Wange wund.

Er fand sie im Innenhof. Das Johlen kam aus der Raucherhöhle, der von Büschen umwachsenen Ecke, die nur für die Älteren war. Die Stimmen im Dickicht überschlugen sich, sie feuerten jemanden an.

»Ex! Ex! Ex!«

Henri wollte da nicht hin, aber seine Beine liefen auf die Büsche zu.

Nada hatte den Kopf in den Nacken gelegt, die Flasche am Mund, sie kippte den Wodka, ohne zu schlucken.

»Die Alte haut echt was weg!«

Einer der Jungen kniff ihr in die Brust, grinste seine Kumpels an. Das Grinsen zuckte kurz und wurde breiter, als er Henris erstarrten Umriss sah.

»Na, da ist ja auch unser Hurensohn!«

Henri schleifte sie über den Hof und durch das Spalier aus plötzlicher Stille, raus aus dem Haupteingang. Nada stolperte auf ihren Hackenschuhen, er riss sie hoch.

»Lass mich los! Ich will feiern!«

Sie blies ihm ihren Atem ins Gesicht.

»Nie darf ich was. Lass mir doch meinen Spaß!«

Seine Hände schraubten sich in ihre Arme, das vernarbte, zerstochene Fleisch.

»Halt einfach den Mund.«

Nada rutschte aus einem Schuh, schleuderte den zweiten vom Fuß. Dann knickte sie weg, ließ sich fallen in seinem Griff.

»Will nicht mehr. Schluss.«

»Du stehst jetzt auf!«

Wie eine Puppe ließ sie sich baumeln und kicherte, dann liefen ihr Tränen runter.

»Hau doch ab, Scheißkerl! Ihr seid alle gleich.«

Er ließ los, ihr Kopf knallte auf den Boden, die Beine verdreht im Dreck. Nada schluchzte, aber er fühlte nichts.

»Du lässt mich fallen«, lallte sie. »Wie dein Vater.«

Wodkaspucke rann ihr übers Kinn. Das gelbe Kleid war hochgerutscht.

»Wie du aussiehst!«, brüllte sie. Je lauter sie schrie, desto leiser wurde es in ihm. Das Brabbeln einer Verrückten, einer Ruinenfratze. »Wie dein feiger Erzeuger! Geh doch zu dem!«

Gedämpft kam die Stimme aus seinem Mund.

»Der ist tot.«

»Ach Quatsch, tot!«

Sie wälzte sich auf alle viere und kroch auf ihn zu.

»Der wollte uns beide nicht!«

Er machte einen Schritt nach hinten.

»Niemand will uns! Wir sind Müll!«

Die Bilder blitzten durch seinen Kopf, Nada, die in der Gosse lag, sich die Nadel durchs Auge rammte, unter die Zunge, direkt ins Herz – und dann war sie tot.

»Du bist der Müll!«, rief er. »Setz dir endlich den goldenen Schuss!« Er zerrte den Ring von seinem Finger und schmiss ihn ihr hin.

Henri rauchte bis zum Morgengrauen, rauchte, bis die Stummel ihn verbrannten und kein Sauerstoff mehr übrig war. Sie kam nicht zurück, das war seine Schuld, sie lag da draußen, wo jeder auf sie spucken konnte, auf der Straße, wo sie der Abschaum war, und er rührte sich nicht, zitterte nur.

Er hatte sie umgebracht.

Dann endlich das Schlüsselstochern.

Ihre Füße waren geschwollen, die Arme voll mit blauen Flecken, überall, wo er zugepackt hatte. Henri umarmte sie, klappernde Zähne an seinem Ohr, er wollte ganz warm für sie sein.

»Ich brauch Tavor«, sagte sie, »Magnesium und Schlaftabletten. Verstehst du, Baby? Sonst pack ich's nicht.«

»Ich hol dir alles. Das schaffen wir.«

Dieser Typ in Boxerpose. Der spannte seine Muskeln an, stolz auf seine nackte Brust. Nur ein paar Jahre älter als er. Der Typ in Jeans und Sonnenbrille, sein Mädchen auf dem Schoß. Nada lachte in die Kamera. Der Typ mit zwei Bierdosen in jeder Hand. So sah er also aus.

Herbert Hawk.

Wie groß der auf all den Bildern tat, ohne Sorge, voll mit Leben. Nada wimmerte in ihre vollgeschwitzte Matratze, Henri gab ihr mehr Wasser, neue Tabletten, er wollte ihr die Stirn abwischen, aber sie ertrug die Berührung nicht, ertrug nicht mal die eigene Haut.

Der Typ hatte seiner Mutter das Gift besorgt, und als sie schwanger war, hatte er sie im Stich gelassen. Hatte gewollt, dass sie krepiert, genau wie das Kind in ihrem Bauch.

Nada kotzte in den Eimer. Wenn die Pillen wirkten und sie reden konnte, fragte Henri sie aus. Nach der Zeit in Hamburg, ihrer Zeit mit Hawk, nach allem, was sie über seinen Vater wusste, dem Streuner, dem Säufer, dem Angeber. Der Drogen über die Grenze brachte und von einem roten Auto träumte. Der Angst vor Hunden hatte. Der den Namen seiner Mutter trug, weil sein Vater ein Arschloch war.

»Hast du nie versucht, ihn zu finden?«

»Wozu? Damit er uns noch mehr wehtun kann?«

Sie griff eins der Fotos aus seinem Schoß, sie und Hawk in Badesachen, ein Sommerausflug an den See. Wie jung Nada war, keine Spuren, kein Schmerz um den Mund, das Lächeln heil und ahnungslos.

»Von mir aus verbrenn den alten Scheiß.«

Sie wischte ihre Nase an der Bettdecke ab und drehte sich weg.

»Du siehst aus wie er. Das haut mich kaputt, weißt du das?«

34

Du kommst wirklich zurecht?«

»Klar«, sagte Nada. »Komm ich doch immer.«

Er hatte den Seesack gepackt, sein letzter Flohmarktfund, alles Wichtige passte hinein.

»Ich besuch dich jeden Monat. Zwei Stunden weg ist ja nicht weit.«

»Grüß mir Hamburg«, sagte sie. »Spuck für mich auf die Reeperbahn.«

Er hatte von diesem besetzten Haus gehört, in das man gehen konnte, wenn man anders war. Außenseiter, Punks und Durchgebrannte, die sich nicht für was Besseres hielten, die ließen dich rein und fragten nicht lang.

Die Fassade war bemalt und mit Transparenten behängt, eine Faust an der Wand, ein großes *A* im Kreis, vor dem Eingang saßen Leute und machten Musik, trommelten auf Konservenbüchsen. Wie Krieger am Lagerfeuer, mit Ketten, Nieten und Federn behängt.

»Hast du mal Tabak?«, rief die eine mit dem grünen Haar.

Er warf ihr sein Päckchen zu. Sie nickte.

»Coole Boots. Willst'n Bier?«

»Ich trink nicht.«

Jemand lachte.

»Was ist da lustig? Bleibt mehr für mich!«

Sie hieß Kante, und er konnte gut rauchen und reden mit ihr. Stundenlang saßen sie vor der Tür, und er kam sich so vor wie einer, der zum ersten Mal den Mund aufmacht, alles musste raus.

Später zeigte sie ihm das Haus. Es gab einen Keller für Konzerte, mit Aufklebern übersäte Flure, es gab Matratzen auf dem Dach. Die Zimmerdecke in der riesigen Küche war über und über mit Mercedessternen geschmückt.

»Wahnsinn. Habt ihr die alle abgebrochen?«

»Ehrensache.«

Kante grinste, als er sich mit offenem Mund unterm Sternenhimmel drehte.

Er rief Nada aus der Telefonzelle an, am Anfang noch jeden Tag. Sie klang immer gut und freute sich, er warf einen Groschen nach dem nächsten ein und erzählte, wie anders hier die Leute waren – »alle spinnen, und das ist okay«.

Er beschrieb ihr das Zimmer, in das er ziehen durfte, wenn er beim Renovieren half, die Küche für alle, Sprüche am Fenster statt Gardinen. Kein Jugendamt mehr, das ihn ausspionierte. Wahrscheinlich klappte es auch mit der Stelle, auf die er sich beworben hatte, St. Georg, Zivi beim Rettungsdienst. In ein paar Monaten ging es los. Bis dahin wollte er Geld verdienen für den Motorradschein.

Wenn er zu ihr fuhr, lud er den Kühlschrank voll, wusch ihre Wäsche. Sein altes Zimmer war auf einmal winzig klein, mehr als eine Nacht hielt er das nicht aus.

Sie sprachen nie mehr über Hawk.

Und nur, wenn er ein rotes Auto sah, zuckte er kurz, vielleicht lebte sein Erzeuger noch, lebte mit ihm in der gleichen Stadt – die Taschen voll Geld, den Kofferraum voll mit Heroin – und versorgte jetzt andere mit dem Gift. Aber das ging ihn nichts an.

Henri arbeitete, so viel es ging. Beim Messebau suchten sie immer welche, und an den Wochenenden auf dem großen Jahrmarkt, dem Hamburger Dom. Er mochte die Schausteller mit ihren Wohnwagen, die lebten, wo sie wollten, und sich ihre eigenen Regeln machten. Da war einer mit verwittertem Gesicht, der ihn immer *Henrico* nannte und früher beim Zirkus gewesen war – zumindest erzählte er das. Zeko hatte eine richtig schnelle Honda, die mit den Flügeln auf dem Tank.

»Ich fahr sie viel zu selten. Aber verscherbeln fühlt sich schäbig an.«

Henri durfte mit aufs versteckte Gelände hinter den Buden, wo Wäscheleinen zwischen den Wagen hingen, irgendwo gackerte ein Huhn. Mit großer Geste schlug Zeko die Plane zurück.

»Eine echte Bol d'Or! Willst du mal mit? Die ledert besser ab als dein Autoscooter.«

Er durfte bei Zeko hinten drauf. Und irgendwann auch nach vorn.

»Dreh mal ne Runde allein.«

Henri lehnte sich weit vor, atmete tief in den Bauch, versuchte den Lenker locker zu lassen. Der Motor stieß kehlige Laute aus, dann sprang die Honda auf ihn an. Er tobte den Feldweg runter, die Riesenmaschine machte ihn leicht, flog mit ihm davon.

»Na, da haben sich zwei gefunden, was? Kannst gern immer mal ne Tour mit ihr machen. Die Stiefel hast du ja schon.«

Henri konnte nicht glauben, dass einer so großzügig war.

Die Striche auf seinen Armen und Beinen verblassten, wie alles von früher. Es war Sommer, nachts lagen die Hausbewohner auf dem Dach und quatschten und rauchten, spielten Gitarre. Er dachte sich Geschichten für die anderen aus.

»Alter! Und was passiert dann?«

Kantes Kopf lag auf seinem Bauch. Manchmal blieb sie so, er schlief ein und wurde am Morgen von der Sonne wach.

Irgendwann ging Nada nicht mehr ans Telefon. Wie lange hatte er sich keine Sorgen mehr gemacht? Er hatte jetzt dieses Leben – vielleicht war das sein Fehler. Vielleicht hatte er das nicht verdient.

Ihr Postkasten quoll über. Er griff sich die Briefe und Anzeigenblätter, Schnäppchenpreise, Werbung für Entrümpelung, er zwang sich, die Stufen nicht hochzurennen. Erst vor ein paar Wochen war er hier gewesen. Was sollte jetzt anders sein?

Über dem Wohnungsschloss klebte ein Papier.

Amtliches Siegel. Polizei.

Die Blicke der Nachbarn durch die Spione, es raschelte hinter den Türen. Er zerriss das Klebeschild, drehte den Schlüssel herum.

Etwas Fremdes lag in der Luft. Ihr Bett war gemacht, ihre Hausschuhe standen im Bad. In der Küche ein Teller mit Keksen, die, die sie gerne aß. Henri ging in sein altes Kinderzimmer. Auf seinem Kopfkissen lag ihr Ring. Er warf die Bettdecke zurück, als ob er sie darunter finden würde. Eingerollt im Versteck.

Wieder und wieder ging er die Zimmer durch, riss alle Schränke und Schubladen auf, dann griff er sich die Werbepost. Nackensteaks im Sonderangebot. *Heißer Sommer – heiße Preise.* Ein Gewinnspiel. Ein Brief vom Gesundheitsamt. Sein eigener Name stand darauf. Ekelhaftes fahles Papier.

Ordnungsbehördliche Bestattung der Mutter veranlasst. Urnengemeinschaftsgrab. Anfallende Kosten.

Pflicht laut Gesetz. Bußgeld nach Fristablauf.

Wörter aus einer anderen Welt. Henri stolperte zum Küchenfenster, machte es auf, damit sie ihn nicht erstickten. Er streckte eine Hand ins Freie, und es war, als stieße er gegen etwas, gegen eine Haut, sie gab nach, aber ließ ihn nicht raus.

Er hörte die Geräusche im Flur, dann an der Tür, wie im Theater, wo man wartet, was als Nächstes kommt.

Drei Polizisten. Der kleinste von ihnen wischte sich mit einem Taschentuch über die Stirn. Er sah wütend aus.

»Was tun Sie hier? Das ist Siegelbruch. Sie haben sich strafbar gemacht!«

Strafbar. Henri hielt den Brief fest in der Hand.

»Ich besuche meine Mutter.«

»Die Wohnung ist unter dienstlichem Verschluss.«

»Aber sie lebt doch hier.«

»Schluss jetzt, weisen Sie sich erst mal aus.«

Ausweisen. Henri wollte in seine Tasche greifen.

»Hände weg von der Jacke!«

Der kleine Polizist fuchtelte herum, als hätte Henri eine Waffe versteckt. Irgendwann nahm einer von den anderen beiden Henri das Papier aus der Hand. Der dritte klopfte die Jacke ab.

Sie ließen ihn telefonieren. Minutenlang *Für Elise* in der Warteschleife vom Ordnungsamt.

»Beileid. Wir haben Sie nicht erreicht. In Hamburg haben Sie keine Meldeadresse. Wenn sich innerhalb von sieben Tagen keine Angehörigen finden, bestatten wir von Amts wegen. Das ist immer so.«

Vor drei Wochen hatte sie noch gelebt. Wieso war sie jetzt tot? Er starrte das Datum im Briefkopf an, über eine Woche alt.

»Sieben Tage? Das ist viel zu wenig Zeit!«

»Hören Sie, ich mache die Gesetze nicht. Schließlich fallen auch Kühlkosten an.«

»Aber was ist mit der Beerdigung?«

»Das ist doch auf Ihrem Schreiben vermerkt. Ordnungsgemäß vollzogen.«

Die Stimme hatte ihm noch den Friedhof genannt und gesagt, dass die Bestattungskosten nicht in Raten gezahlt werden konnten. Dreimal musste er nachfragen, um zu erfahren, wie sie gestorben war. Goldener Schuss. Herzstillstand.

Er ging zu Fuß, kilometerweit. Kühlkosten, Fristablauf, alles nach Paragraph – wieso hatten die das Recht dazu?

Geharkte Wege, Marmorsteine, er irrte herum, bis er das Urnenfeld fand. Das sollte es sein? Keine Namen, keine Zahlen, eine Riesenfläche mit nichts als Gras. Er kniete sich auf die leere Wiese.

Musste es nicht eine Stelle mit frisch aufgeworfenem Boden geben? Spatenspuren, erst kürzlich festgeklopfter Rasen? Er tastete über das Gras, krallte die Finger hinein, es war so unnatürlich grün, wie gefälscht, wie angemalt. Die Erde färbte seine Nägel schwarz.

Vielleicht gab es noch etwas von ihr auf dem Bahnhofsklo? Einen verlorenen Schuh, ein Haar? Einen Tropfen Gift vom letzten Druck in den Arm? Vielleicht lag da ihr Abschiedsbrief, und niemand hatte ihn aufgehoben? Vielleicht stand da, warum? All das, was sie ihm noch sagen wollte? Er verstand einfach nicht, wo sie war.

Er drehte ihren Ring an seinem Finger und zählte bis drei. Dann noch mal. Kindisch und dumm.

Er dämmerte durch den Nebel hinter seiner geschlossenen Zimmertür und drückte die Zigaretten im Teppich aus. Löcher ins Fell, versengtes Haar. Sie war ausgelöscht. Warum nicht er?

Er streckte die Hand aus, da war sie wieder, die Membran, diese unsichtbare Hülle, unter der er gefangen war.

Irgendwann wurde seine Tür aufgestoßen, Kante packte ihn an den Schultern.

»Du hockst hier seit Tagen! Du gehst jetzt raus!«

Sie zog ihn durch den Flur, hielt seine Hand. Hatte er ihr von Nada erzählt? Unten pinselten welche an einem Plakat.

Macht kaputt, was euch kaputt macht.

Wie ferngesteuert lief er durch die Stadt. Die Leute trugen kurze Sachen, dabei war es kalt. Wie die alle taten, als wärmte sie das eisige Sonnenlicht, als ginge sie der Tod nichts an.

Ein Kreischen von der Seite, langsam drehte er den Kopf, Bremsgeräusche.

»Bist du lebensmüde?«

Jemand schrie ihn an, eine Frau im roten Cabrio. Henri blieb stehen, wo er war.

Ein Hupen. Hinter dem Auto staute es sich.

»He! Mach die Augen auf!«

Er bewegte sich nicht. Jetzt hauten auch andere auf ihre Hupen, beschimpften ihn. Was für ein Krach. Er machte einen Schritt auf das Cabrio zu.

Fahr mich doch tot.

Sein Schienbein berührte die Stoßstange.

»Na komm!«

Die Frau ruckte am Rückwärtsgang, aber hinter ihr war kein Platz. Die Straße überschlug sich mit Geheul. Autotüren wurden aufgestoßen, die ersten stiegen aus, stampften auf die Fahrbahn. Doch keiner kam wirklich nah an ihn ran, vielleicht war es was in seinem Blick, das nach draußen brach, was Schweres in seiner Hand, eine Eisenstange, er wollte weit ausholen, um die Windschutzscheibe zu zerhauen, ein riesiger Hammer in seiner Faust, unter jedem Schlag platzte das Blech, spritzte rote Farbe raus, tränkte den Asphalt, mit einem Schrei brach die Kühlerhaube auf, die Stiefel traten die Lichter ein, die Straße, die ganze Welt, bis alles in Schutt und Splittern lag, nichts mehr in Ordnung, nichts mehr ganz, so fühlte es sich richtig an.

Ich finde den.

Er überquerte die Straße und zerriss die Membran.

»Kennt irgendwer diesen Typen? Nur in älter. Der heißt Herbert Hawk.«

Ein Foto besaß er noch, das mit Nada im Badeanzug, das am See. Bei den Dealern am Hauptbahnhof fing er an, danach rannte er durch alle Hafenkneipen.

»Klar, lang nicht mehr hier gewesen, hat noch was auf dem Zettel stehen.«

»Sitzt der nicht im Knast? Sieht aus wie du – ist das dein Alter?«

»Ey, der hat mir die Beißfelgen ramponiert. Guck dir diese Zahnlücke an!«

»Versuch's mal in den bösen Blumen.«

»Wo?«

»Na, im Fleurs du mal. Da steht der drauf.«

Die Leute sahen ihn komisch an. Aber auch hier war nichts zu finden. Nicht das Auto, von dem alle sprachen. Nicht der Typ, mit dem es immer Ärger gab. Nur tote Spuren, Bierdeckelschulden. Dieser Hawk war nicht mehr in der Stadt.

Erst auf der Straße, als da eine Telefonzelle stand, ging ihm ein Licht auf. Ein Name wie ein Leuchtturm. Auskunft der Post.

»Wie bitte? So heißt doch keiner! Buchstabieren Sie mal.«

»H«, sagte Henri, »A …«

Er klappte das Visier nach oben, es roch nach Malz. Die Gegend war eingeschläfert worden. Verlassene Bushäuschen, ein Kriegerdenkmal hinter der Ligusterhecke, leere Wäschespinnen vor Reihenhäusern. Ein Ort wie eine Anstalt.

Der rote Alfa Romeo. Ein breites Grinsen auf Rädern.

Der Bastard merkte nichts, drehte ungerührt seine Kreise, Tankstelle, Wohnung, Kneipe, ging alleine rein, kam alleine wieder raus. Henri blieb im toten Winkel, erst entfernt, dann nah wie ein Schatten. Wie blind und taub der war. Ein Panzer, der alles niederwalzte, immer drauf zu, nie zurück.

Der großmäulige Alfa stand davor, das Blech noch ganz warm. Durch das Kneipenfenster konnte Henri den Rücken sehen, in der Ecke vom Tresen, unbeweglich, nur die Biere flossen rein. Sein Blick bohrte sich zwischen die Schulterblätter, das kratzte den nicht. An der Hauswand lagen zerschlagene Flaschen und ganze Ziegelsteine, Henri hob einen auf. Klinker. Hart und schwer. Gut, um einen totzuhauen. Er ließ den Ziegel fallen. Wie schlaff sein Arm am Körper hing. Wie sinnlos.

Er wusste nicht, warum er weinte. Er rieb die Knöchel in die Augen, drückte die Tränen wieder rein. Was wollte er hier? Es sollte einfach zu Ende gehen. So wie jetzt war es nicht auszuhalten.

Er ekelte sich vor sich selbst, wie er unsichtbar im Dunkeln stand, das Foto vom Bastard in seiner Jacke, an seiner Brust, der nie gewollt hatte, dass Henri am Leben war.

Es gab keinen Weg raus. Er würde jetzt auf die Honda steigen, Gas bis zur Höchstgeschwindigkeit, und das Steuer ins Leere reißen.

Oder er zerstörte diesen Mann.

Henri hob eine Glasscherbe auf und nahm das Foto in die Hand.

35

Hawk hatte Muskelkater am ganzen Leib, bis ins Gedärm, bis ins Herz. Die Augen ausgeschmirgelt mit Salz. Ein entferntes Pochen unten am Bein. Es war Nacht, jemand hatte ihn zugedeckt. Hawk hob den Kopf. Er war allein.

Alle tot.

Und er war nie dabei gewesen. Kein letzter Wurf Erde, kein Schnaps auf den Sarg. Jetzt hatte er keine Kontrolle mehr, nicht über dieses dunkle Zimmer, nicht über die Vergangenheit. Auf Grund gelaufen. Ende der Fahrt.

Ein Glühwürmchen leuchtete auf. Da rauchte wer. Hawk blieb liegen, als hätte er nichts bemerkt. Aber diese stille Anwesenheit füllte nach und nach alles aus.

Henri also.

Andere schossen vor Freude mit Leuchtmunition, wenn sie einen Sohn bekamen. Und er wurde fast von dem umgebracht. Was sollte er sagen? Ich geh mit dir angeln? Komm, Junge, ich zeig dir die Welt? Hier ist mein Portemonnaie, ich spendier dir was?

Ich hab Nada nicht zum Junkie gemacht.

Die Kippe erlosch im Einmachglas.

»Ich muss was trinken«, sagte Hawk.

»Bei mir gibt's keinen Alkohol.«

»Wasser. Ohne irgendwas.«

Der Schatten erhob sich, öffnete die Tür. Ein Streifen gedämpftes Licht fiel herein. Der Weg nach draußen. Was immer da war. Aber der bloße Gedanke erschöpfte Hawk, er rollte sich fest in die Decke ein.

Henri kam zurück, schloss die Zimmertür. Da war sie wieder, die Dunkelheit.

»Hier.«

Hawk setzte sich auf und trank alles leer, bis auf den letzten Tropfen, bis das Plastik knackte, die Flasche sich zusammensaugte. Er ließ die zerquetschte Hülle fallen, sie faltete sich wieder auf. Das war das einzige Geräusch. Er wartete.

Etwas spannte sich in der Stille an.

»Wie lange war sie mit dir zusammen?«

Klar, all die Fragen, die in dem steckten.

»Ein paar Jahre.«

»Was heißt das?«

»Vier vielleicht. Die ersten waren gut.«

»Und seit wann nahm sie das Zeug?«

»Sie nahm immer irgendwas.«

»Aber das Heroin – seit wann?«

»Das ändert doch nichts. Sie hat aus allem die Überdosis gemacht.«

»Ohne das Pulver wäre sie noch am Leben.«

»Ach ja?«

Schweigen.

»Glaubst du das?«

Henri kaute auf was rum, auf seiner Lippe vielleicht.

Hawk wollte nachsetzen, dann ließ er es sein. Dass Nada es geschafft hatte, ein echtes Kind herzustellen, es in sich wachsen zu lassen, mit Armen und Beinen und allem dran. Dass der überhaupt durchgekommen war. In jeder Wüste lebte was.

Hawk zog sich die Decke über die Schultern, nicht wegen der Kälte, eigentlich war es viel zu warm. Aber so fühlte es sich besser an.

Ein Streichholz ritschte, züngelte auf. Henri stellte die Flasche mit der Kerze zwischen sich und Hawk. Nur ein kleines Flackern, aber wenn man mittenrein sah, dehnte es sich aus. Das Knistern vom Tabakbeutel. Wie viel der qualmte, sich mit Rauch auflud, sich und diese stickige Höhle. Der erdige Geruch von diesem Kraut, das wer weiß wo gewachsen war – nicht hier, nicht auf diesem Kontinent.

Und dann schmeckte er die zertretenen Kippen wieder, das Gemisch aus Spucke und Kanal. Das Getrommel von außen gegen seine Rippen. Der hatte nach ihm geschrien.

»Du«, sagte Hawk. Den Namen Henri laut auszusprechen, schaffte er noch nicht. »Du.«

Und man brauchte schon Elan, um einen totzuschlagen. Mächtig Schwung und Hass.

»Da auf der Brücke …«

Es raschelte, Henri fluchte. Ihm war was aus der Hand gefallen.

»… da sind wir zusammen übers Geländer gegangen.«

Hawk wartete, bis leise die Stimme kam.

»Ja.«

»Ich bin fast ertrunken. Und dann hast du mich rausgezogen.«

Das Knistern von dünnem Papier. Der brennende Docht in einem See aus Wachs. Ein Tropfen schwappte über den Rand, andere rannen nach, erstarrten unten am Flaschenhals.

»Ja.«

Henri beugte sich aus der Schwärze des Raums in den Kerzenschein. Die Zigarette zitterte zwischen seinen Lippen, er zündete sie an der Flamme an.

Klopf auf Holz, dachte Hawk, sonst geht wer von Bord. Er schaute sich um, was in Reichweite war, aber da lagen nur Bücher und das Foto mit dem zerfetzten Gesicht. Er klopfte dreimal auf einen Buchumschlag, war auch mal ein Baum.

»Warum?«, fragte Hawk. »Warum hast du mich wieder an Land gebracht?«

»Weil du verreckt wärst.«

»Das wolltest du doch.«

Die Flamme wiegte sich im Tabakrauch.

Hawk dachte an Nada, ihren eingedrückten Brustkorb, in dem nichts mehr angesprungen war. Während seine Lungen unter den Schlägen des anderen wieder pumpten, gierig nach fremder Atemluft, Qualm, nach allem, was sie kriegen konnten.

»Und als ich am Tropf hing, im Krankenhaus?«

»Ich wollte sehen, ob du noch lebst.«

Nicht zu fassen. Und er war zum Schließfach gerannt. Hatte die Glock in die Hose gesteckt und die Hölle losgemacht.

Der Kerzendocht bitzelte. In Hawks Augenwinkel huschte was durch die Zimmerecke. Gab es hier Ratten?

Eine kleine Maus? Ein Pelztier wie das Fell an der Wand, haarig und warm. Aber das lag nur an der Müdigkeit, an der Hitze, am Rauch, an dieser Kerzenflammentrance. Dinge bewegten sich. Und er hatte doch einen Gedanken gehabt, der war ihm weggerutscht. Hawk haute sich selbst eine runter. Dann die andere Seite. Jetzt war es wieder da.

»Pass auf, das ist wichtig. Das Motorrad. Die Honda darfst du nie wieder fahren. Verfurths Leute bringen dich um.«

Henri schwieg.

»Halt dich fern von dem ganzen Pack.«

Der war jung, bei dem war noch nichts verloren. Hawk überlegte, ob es noch was zu sagen gab, was mit Bedeutung und Sinn, ganz bestimmt, er wusste doch Dinge, bloß was waren die Worte dafür? Sein Kopf sackte vor, pendelte auf seiner Brust, der Leuchtturm schwankte, die Kerzenflamme vervielfältigte sich bis in die Unendlichkeit.

»Trink.«

Henri hatte Nachschub geholt, Hawk kippte alles in sich rein, dieser bodenlose Durst, in seinem Leben hatte er nicht so viel Wasser geschluckt. Die Arme der Zimmerpalme wellten sich im Nebel. Schlug wer die Trommel, oder war das ein Tropfen? Ein steter hohler Klang. Hawk tastete nach seinem Bein, seine Finger tauchten runter zur Teppichlache. Ein Leck. Er könnte sich still und heimlich sinken lassen, versickern in der Auslegeware.

»Scheiße«, sagte Henri.

Wieder wischte etwas quer durchs Zimmer, das könnte er schwören, mit Trippelschritten ins Versteck. Bleib doch noch, dachte Hawk.

»Ich mach jetzt das Licht an.«

Die Glühbirne blendete auf. Hawk kniff die Augen zu, in dem Moment kam der Schmerz. Er zischte durch die Zähne. Henri stand vor ihm, blass und ernst. Er trug seine Lederjacke nicht mehr.

»Krankenhaus.«

»Nein. Da finden mich die Bullen und Verfurth auch.«

»Was dann?«

»Weiß ich nich.«

»Aber die Kugel muss raus.«

Die Zeit tropfte davon. Hawk zupfte am Klebeband, um was von der Hitze nach draußen zu lassen, nur nützte das nichts. Henri klemmte die Unterlippe ein, kaute drauf, rieb sich den Kiefer, hinterließ zwei dunkle Striemen, als hätte er ins Ascheglas gefasst.

»Na gut.«

Als Henri zurück ins Zimmer kam, folgte ihm die Frau mit dem grünen Haar. Wortlos riss sie das Fenster auf, griff das Kissen vom Bett, wedelte damit den Dunst aus dem Raum, Rauchzeichen in die Nacht. Dann gab sie Hawk das Kopfkissen in die Hand.

»Beiß am besten fest rein.«

Henri hatte eine Schere besorgt, Pinzetten, ein schmales Messer und Nadeln. Eine Flasche Wodka. Eine Mullbinde mit Leukoplast.

»Kannst du so was?«, fragte Hawk.

»Ich mach Zivi. Ich hab schon mal zugeguckt.«

Die Frau knipste eine Taschenlampe an und richtete sie auf den Klebeverband.

»Kann losgehen mit euerm Scheiß.«

Hawk schaute zur Kerze – sie war runtergebrannt. Er packte das Kissen mit beiden Händen und tauchte unter, so tief, wie er kam.

Was für ein Idiot er war. Mit einem Ruck rissen die verklebten Haare ab. Er war ein Idiot, ein Idiot. Ein Pfeil bohrte sich rein. Er schrie in den weichen Stoff, der nach Zigaretten und nach Henri roch, so ist das, so fühlt sich das an, wenn man nichts mehr hat als fremde Klamotten am Leib, ein Kartoffelmesser im Fleisch, und die Toten standen Schlange bei ihm. Das Ritzen und Stochern und Wühlen. Und kindische Gedanken – ich mach das wieder gut, ich fang von vorne an. Ich bezahl die Zeche mit meinem Bein. Ich schreib allen, die gestorben sind, eine Schiffspostkarte und nagel sie an den Mast. Und denen, die leben, sag ich auch irgendwas.

Die Nadel zog den Faden durch, Hawk hob den verschwitzten Kopf aus dem Kissen. Sein abgeschnittenes Hosenbein lag da wie runzlige Schlangenhaut. Sein Unterschenkel war nackt wie nie. Henri goss Schnaps über die schiefe Naht.

»Fertig.«

Dann reichte er ihm das Projektil, 9mm, ein silberner Kegel, er hatte verdammtes Glück gehabt. Hawk schloss die Faust um die Kugel. Er wollte dem anderen auch was geben, etwas Großes, nur was? Seine Flecke auf dem Teppich, mehr hatte er nicht. Vielleicht ja später. Wenn er auf die Beine gekommen war, wieder stabil. Schließlich war das jetzt sein Sohn.

Es war still im Zimmer.

Das vertraute Streichholzritschen, Henri zündete sich eine an. Die Hände waren ruhig, das Zittern war versiegt.

Er blies Rauch auf das Bein.

»Du kannst gehen«, sagte er zu Hawk.

36

Weißer Schaum tropfte aus seinem Mund. Gischt, in den Ausguss gespült. Hawk schlürfte Wasser aus dem Hahn, gurgelte mit Pfefferminzgeschmack. Er wusch die Bürste aus, steckte sie zurück zu den anderen in den Ziegelstein – ganz schön viele Zahnbürsten in diesem Haus. Er hauchte den Spiegel an, alles frisch. Keiner konnte ihm abschlagen, sich noch mal in Schuss zu bringen, für ein letztes Quentchen Würde, wenigstens das.

Sein Gesicht sah aus wie ein Fahndungsfoto, Kratzer, Narben und frische Nähte, Fäden im Leib, die ihn zusammenhielten. Er ging das Regal durch und entdeckte zwischen Domestos, Haarkleber und Deorollern einen Rasierapparat. Hawk stellte die Klinge auf drei Millimeter. Die Stoppeln regneten wie gemähtes Gras.

Das zweite Hosenbein hatte er auch abgeschnitten. Schließlich war Sommer, was soll's. Die Mullbinde saß straff, ein sauberer Verband. Er stützte sich auf die Krücke, nicht elegant, aber halbwegs gerade. Die mit dem grünen Haar hatte ihm das Gerät irgendwo rausgewühlt.

»Dann lern mal laufen. Viel Glück, Mann.«

Mit der Hinkestange stieß er die Haustür auf.

Draußen hing der erste Streifen Orange am Himmel. Hawk setzte die Kapuze auf und schwankte los. Keine

Sirenen, kein Motorradknattern, er hörte nur den Wind. Vielleicht machte ihn dieser Aufzug ja unsichtbar. So wie die Leute, die in Hausschuhen und Morgenmantel über die Reeperbahn schlurfen. Ausgecheckt aus dem Weltgeschehen, und niemandem droht Gefahr.

Am Ende der Straße drehte er sich um. Auf dem Dach vom bemalten Haus saß ein Schatten – oder zwei. Sie warteten auf den Sonnenaufgang.

Er hängte sich in seine Krücke, zum Glück war es nicht weit. Keine Ahnung, was er sagen würde. Nur nicht stumm von der Bildfläche stehlen, das machte er nicht noch mal. Ganz hinten stieg der Sonnenball rot aus dem Wasser. Die Möwen zeigten ihre weißen Bäuche.

Er stellte sich vor, wie Lu hinter ihrer Theke sang, ihre nackten Zehen auf dem Kneipenboden, schmutzig und warm. Eine neue Kassette drehte sich, das Lied hatte er noch nie gehört. Er trat durch die Tür, die Gestalten an der Bar schwenkten auf ihren Hockern herum, da saß Nada, da saß Rosie, da saß Karl.

»Ich geb einen aus«, sagte Hawk.

Sie sahen ihn an.

Vielleicht war es einfach, wie es war?

Wind strich um seine Beine. Wann hatte er zuletzt kurze Hosen angehabt? Flaum auf den Waden, blasse Haut, die der Sommer bräunte. Aufgeschürfte Knie, alles wuchs schnell wieder zusammen. Hawk sah auf den Fluss und atmete ein, inhalierte auf Vorrat für ein ganzes Jahr. Oder zumindest für das, was jetzt kam.

Die Sonne warf eine glänzende Spur auf die Elbe. Er nahm die Patrone, das Geschoss aus dem Bein, und warf es ins Wasser. All die Kriegsgranaten da unten, unleserliche Flaschenpost, Wandersplitter – raus mit dem Scheiß. Dann drehte er sich um, es war höchste Zeit.

Schon aus der Entfernung sah die Tür zu den Blumen verdächtig aus. Irgendwie verkehrt. Seine Krücke klackte über das Kopfsteinpflaster, ein entsetzlicher Lärm. Mit jedem Meter wuchs das Gefühl, zu spät dran zu sein.

Lu hat nichts damit zu tun. Keiner tut ihr was.

Da war ein Riss im Holz, ein scharfkantiger Spalt, als hätte jemand die Axt geschwungen und dann mittenrein. Auch das Schloss griff nicht mehr, Hawk tippte gegen die Tür, sie öffnete das Maul. Die schale Kneipennacht dunstete ihm entgegen, in seiner Brust fror alles ein.

Er würde Verfurth zerreißen, den Cargoturm sprengen, aus dem Rockernest eine Ruine machen. Im Schankraum trudelte Staub durch die Luft. Auf dem Tresen reihten sich die vollen Aschenbecher wie Berge mit Schutt. Der Zahnarzt in den rauchenden Trümmern, noch halb gefesselt an seinen Stuhl, Hawk hielt ihm das Beißbesteck vor die mausgrauen Augen – Zange, Bohrer, Skalpell. Verfurth presste die Lippen zusammen, eine verdorrte Falte von Mund. Und dann? Das Bild rieselte davon. Der Rachezug war abgefahren, zumindest auf diesem Gleis.

Zwischen den Barhockern lag ein Hackenschuh.

»Lu?«

Etwas klirrte. Hinter der Theke rührte sich was. Er humpelte vor, spähte über den Rand.

»Hawk?«

Er streifte sich die Kapuze vom Kopf. Sie saß auf dem Boden, an ihrer Schulter Zweimeter-Inge, wie eine gefällte Riesin lehnte sie da. Lu stupste sie an und Inge machte die Augen auf, ihr Blick kreiste benommen, dann entdeckte sie ihn.

»Ach, du Heilige!«

Zwischen Inges Füßen lag eine Flasche Likör, daneben der zweite Schuh.

»Alles in Ordnung?«, fragte Hawk.

Inge stemmte sich hoch, wankte, baute sich vor ihm auf.

»Die suchen dich!« Sie packte seinen Kragen.

»Überall war Alarm, das ganze Drohprogramm. Wir dachten, die hätten dich totgemacht!«

Er wollte was sagen, sie schüttelte ihn.

»Immer schleppst du die Hölle an!«

Sie stieß ihn zurück, holte ihn wieder ran und drückte ihn in ihren Busen. Abgetragenes Parfum stieg auf, ein wenig wie Gebäck.

»Runter!«, zischte Lu, die noch auf der Erde saß. »Was ist, wenn die wiederkommen?« Sie sah müde aus, wie nach einer durchkämpften Nacht. »Du musst sofort weg!«

»Darum bin ich ja da«, sagte Hawk.

»Ich mein's ernst.« Ihr Blick war verschlossen, irgendein Visier blieb runtergefahren.

»Ich auch.«

Nur diese klitzekleine Gnadenfrist, mehr wollte er nicht. Inge bückte sich nach der Kellerluke.

»Alle hier rein.«

Er musste Sprosse für Sprosse mit dem Hintern nehmen, das kaputte Bein hochgestreckt. Keine der Frauen fragte nach dem Verband. Vielleicht waren sie es gründlich leid. Inge drehte leere Getränkekisten zum Sitzen um. Es roch nach Moder und verschüttetem Bier.

»So«, sagte Lu und wischte sich die Locken weg. Sie saß unendlich fern von ihm, auch wenn es nur eine Armlänge war. »Was jetzt? Hmm? Alles wegsaufen bis zum Blackout?«

Sie machte es ihm nicht grad leicht. Wie das hohe Gericht hockten die beiden da. Lu verschränkte die Arme, und in dem Moment sprang ihn der Zweifel an. Gab es nicht doch einen anderen Weg? Zurück zu Mahmoud ins Versteck. Draußen kreisten die Hunde. Oder eine Karre mit vollem Tank. Ließ sich nicht immer was arrangieren? Mit dem zerschossenen Bein rauf aufs Gas und dann die Musik lautdrehen. *The End.*

Bloß danach? Ein Gossenleben auf der Flucht.

Hawk holte Luft. Mit Abhauen war Schluss.

»Ich geh zur Polizei.«

Inge schüttelte heftig den Kopf. Lu regte sich nicht.

»Ich mach Kronzeuge gegen Verfurth.«

Inge stöhnte. »Einen Quatsch machst du.«

»Mit allem, was ich weiß.«

»Was weißt du schon!« Inge hielt es kaum auf der Kiste.

»Und ich brauch das Buch«, sagte Hawk.

Lu beugte sich vor, sie war plötzlich ganz nah.

»Das liegt im Müll, und zwar ganz unten.«

Zum ersten Mal sah sie ihn richtig an.

»Du hast Inge in Gefahr gebracht.«

Nur war ihm das vorher nicht eingefallen. Er hatte doch einen Plan gehabt. Er allein marschierte vor dem Mörderpack auf und schwenkte eine Seite Papier.

»Ich bin ein Idiot.«

»Ganz genau.«

Dann schwieg sie und er auch. Er dachte an das Foto ohne Gesicht. Wie schwer das alles war.

Er würde so gern ihre Hände nehmen. Der Seetang auf ihrer Haut war unentwirrbar und fremd.

Irgendwann seufzte Zweimeter-Inge. »Ihr habt nicht viel Zeit.« Sie krabbelte die Stiege hoch.

Stumm schaute Lu ihn an.

Die Worte in seinem Kopf waren abgegriffen, durch zu viele Finger gegangen. Spielst du uns einen letzten Song? Ich werd an dich denken? Ich komme wieder, falls es klappt? Er fuhr sich durch den Bart. Wie holt man den Antrag zurück? Ich wollte dir sagen: Heirate mich nicht?

»Ich muss gehen«, sagte Hawk.

Einen Moment lang bewegten beide sich nicht. Und noch einen. Dann war es vorbei.

Inge stand an der Tür und lugte nach draußen. Hawk grub den feuchten Müllsack um und stieß im Siff auf das Buch. Mit Klopapier wischte er die Bibel ab.

»Du machst das wirklich?«, fragte Lu.

Er nickte.

»Mit deiner Krücke zur Davidwache?«

»Ich geh da rüber.«

Kein Mensch glaubte an ihn.

»Dann fix«, sagte Inge. »Jetzt ist alles frei.«

Der Abgang lief so schnell. So long, tschüss – nicht mal das. Er tauchte unter die Kapuze, sie roch immer noch verqualmt, schwang sein Krüppelbein durch die Tür. Er war aus der Deckung. Draußen war es hell. Auf seiner Zunge lag ein Rest Pfefferminzgeschmack.

Wie unschuldig dieser Morgen tat. Das Licht kroch die Häuser hoch, sein metallisches Humpeln hallte durch die Stadt, jeder Schritt ein Schlag, noch schliefen die Leuchtreklamen, er senkte den Kopf, blieb eng bei den Wänden und Hauseingängen. Wer konnte ihn alles hören? Hinter jedem Fenster ein Zielfernrohr, ein Finger am Abzug, der zuckte. Und er war unendlich lahm. Wie in diesem Traum, wo man rannte und rannte und sich nichts bewegte.

Sein Nacken kribbelte. So als schwebte da eine Hand. Er drehte sich nicht um, duckte sich tiefer in den Pullover, den kalten Rauch, der aus jeder Faser drang.

Am Ende der Straße lauerte die Davidwache, die paar Meter waren die härtesten der Welt. Und niemand da, den das juckte, dem die Augen feucht wurden, wenn er über die Klippe sprang.

Hawk schreckte zusammen, da war ein Hauch im Rücken, Fingerspitzen an seiner Wirbelsäule. Einer verfolgte ihn.

Das Kribbeln umhüllte seinen Kopf, einbrechender Frost, unter der Kapuze stellten sich die Haare auf. Er stolperte schneller, gleich würde was zuschnappen, seinen Nacken schütteln, ihn endgültig aus den Angeln heben. Etwas schnalzte, Hawk fuhr herum. Die Straße war menschenleer. Sein Blick zuckte von Haus zu Haus – da, auf einem der Fenstersimse saß eine Gestalt, weit oben, sie ließ die Beine nach draußen baumeln. Er sah sie genau, das Mädchen schlug Kaugummiblasen. Sie trug ein durchsichtiges Kleid. Sonst war keiner hinter ihm her.

Okay, ganz ruhig. Dort drüben musste er rein, mit Krücke, Bibel und seinem nackten Leben. Er würde jetzt die Straße überqueren, Hinkeschritt für Hinkeschritt. Wie absurd, er schleppte sich freiwillig in einen Bullenbau. Hoffentlich standen die nicht selbst auf Verfurths Lohntabelle.

Über ihm prangten die Buchstaben POLIZEI. Darunter der Steinbogen mit dem hölzernen Tor, gewaltig wie aus einer anderen Zeit. Hawk streifte die Kapuze ab. Es schauderte ihn. Er hob den Arm, griff nach der Tür, die eiskalte Klinke in seiner Hand. Dahinter kreisten bestimmt die Haie. Doch bevor er über die Planke ging, drehte er sich noch einmal zur Stadt, ein letzter Blick musste sein.

Da lag die Meile in der Morgensonne. Bald wieder zu allem bereit. Die Kronkorken im Rinnstein, schmutziges Gold. Ein streunender Hund lief vorbei. Die Erde hatte sich einmal gedreht und ging den Tag von Grund auf neu an. Mit oder ohne Hawk. Keiner läutete die Glocke für ihn.

Wieder dieses Kribbeln, da war doch was. Eine Bewegung im Augenwinkel, ein Schatten auf der anderen Straßenseite.

Etwas war um die Ecke gehuscht. Jetzt war es still.

Nur das Blut rauschte zwischen seinen Ohren. Sein Blick tastete die Hauswand ab, Stein für Stein, dann verfing er sich, da flatterte was Rotes, ihre Haare im Wind.

Unter seinen Füßen schwankte es leicht. Die Spur von Salz in der Luft – oder bildete er sich das ein? Wellen an der Wand. Er nickte ihnen fast unmerklich zu.

Sie wäre da, wenn er von Bord in die Tiefe sprang.

Er schloss die Augen. Bestimmt war das Wasser warm.

Mein herzlicher Dank geht an
Dion M. Beeck, Gabriele Sophia Börges, Thorsten Dönges, Gun Gericke, Dominik Graf, Annina Haab, Mirko Hans, Brigitta Heinrich, Kristin Höller, Nicole Hornig, Sophia Klink, Patrick Koch, Elke Köpping, Jens Meinrenken, Anna Okrasko, Ulrike Ostermeyer, Livia Rauch, Pasquale Virginie Rotter, Simone Schröder, Hildegard Schroedter, Eva-Maria Schultz, Karl-Ludwig Schultz, David Schwertgen, Leszek Stalewski, Henrik Stampe, Robert Stripling, Antje Rávik Strubel, Gregory C. Tjepkema, Harrie Tosch, Claudia Wagner, Olivia Wenzel, Bettina Wilpert und ganz besonders Cornelia Fleck.